# 山鏡

張郅忻

【出版緣起】

# 多元族群的多音交響

國家文化藝術基金會董事長　林淇瀁（向陽）

台灣的族群構成，是花團錦簇的花園，原住民、閩、客、戰後移民、新住民以及移工等不同族群，無論新來後到，只要願意，都能在這塊美麗土地上找到安頓的居所。表現在文學創作上，如此多元多樣的族群文化更是繽紛多彩，不同的語言、觀點和聲音，通過文學家的想像與創作，更是多音交響、眾聲喧嘩，美不勝收。國藝會從一九九六年成立以來，一直致力於國家文化藝術的專業補助，以營造有利文化藝術工作者的創作環境，維護各族群特有文化藝術及語言的傳承，在文學的這一塊，長篇小說專案從二〇〇三年啟動以來，歷二十年而不輟，所推出的作品備受各界矚目，甚多作品完成後更是獲得各種重要文學獎的肯定，已然蔚成繁花勝景。

這部長篇小說《山鏡》是國藝會長篇小說專案出版的第四十九部作品，作者張郅忻寫作多年，是新世代作家中擅長以族群議題為題材，並能以小說技巧打開讀者心窗的能手。在創作上，她已累獲桐花文學獎、客家歷史小說獎、馬偕傳教士紀念電影劇本首獎等大獎的肯定；在題材上，她從早期的家族書寫擴及到台灣內部族群混種、語言混語、文化渾成的現象，更開拓出長篇小說創作的新視野。此外，她還是台灣文學研究的新銳學者，二〇一九年以博論《重寫與對話：台灣新移民書寫之研究（二〇〇四—二〇一五）》取得成大台文所博士學位，其後並出版專書，受到學界的注目。

《山鏡》是張郅忻經營多年的「客途三部曲」的第三部，在此之前，她已完成第一部《織》和第二部《海市》。在《織》這部長篇小說中，她以祖父從台灣到越南從事紡織業的移動為背景，寫出多元族群的家族史及紡織業史，刻繪新移民的移動身影，動人十分；第二部《海市》以客家小鎮成長的女孩如月為主角，書寫一九七〇—八〇年代台灣客家女性離開故鄉到城市逐夢的故事，展現客家女性不向命運低頭的生命力；而第三部的《山鏡》則透過小說主角小張、半個阿美族人的娜高、女兒比黛，以及賽夏族的瓦旦，以多重視角敘述生命的抉擇，複雜身分認同的衝突與妥協，深刻寫出台灣內部族群遷徙、語言與風俗習慣涵化的深沉脈絡。

恭喜張郅忻的「客途三部曲」終於因為《山鏡》的出版而完成，為具有長遠傳統的台灣大河小說注入既壯闊而又幽微的活水，也為國藝會的長篇小說專案增添了光采。今年起，國藝會將輔以「文學青年培養皿」課程，擴大推動本專案和文學類常態補助的創作、出版與推廣。特別感謝和碩聯合科技公司年年贊助本專案，為企業贊襄文學樹立典模，也為台灣文學累積厚實成果，功不可沒。

推薦序

# 懺悔、寬容與重生之路

甘耀明

曾有過這樣經驗，沿著苗栗淺山道路健行，沿路電杆貼著黃色廣告，寫著休閒土地、農地、農舍買賣。這廣告吸引哪些都市居民，想在僻靜山區擁有一方天地。沿路上，錯落的老式瓦房、鐵皮屋或貨櫃屋，肯定滿足不了都市人品味，他們需要怎樣農舍？答案很快出現，走到山路盡頭，出現了剷除雜林而闢建的階梯式林地，每塊林地上蓋著小洋房，還有小風車、白鐵椅與種著迷迭香的花園，原來這就是「農舍」，土地掮客發展出一套逃避法規的遊戲，都市人也很樂意跳進來玩。

才讀到張郅忻《山鏡》第一章，我油然浮起，此書是處理土地買賣倫理，只不過是把問題從我那次淺山之行的印象，放到原住民土地。漢人以原住民人頭買賣或租用條款，蠶食山林，這世界什麼都能買賣，花得起錢，沒有買不到，沒有破解不了的法律限制關卡，一切是遊戲。但持續讀完這本迷人的《山鏡》，我發現張郅忻講得更多、談得更深，她並未侷限在土地倫理，而是借用在土地疊加的多重歷史空間，拉出縱深的人文關懷。這足以說明了，張郅忻一直是有企圖的小說家，逐步拉高自己的創作意識，成績可佩。

張郅忻是企圖心大的小說家，揆諸她的小說步履，鍥而不捨發表的長篇小說「客途三部曲」，首部曲《織》（二〇一七）、二部曲《海市》（二〇二〇），到目前出版的《山鏡》，用「鄉」概念形諸小說。「鄉」可解釋為「故鄉」，也可以詮釋為「她鄉」，前者有父權痕跡，後者是女性生存空間，張郅忻小說揉雜這兩種鄉愁的血脈，或許從她的散文《我家是聯合國》看出端倪：張郅忻本身是客家人、兩位嬸嬸是異國婚姻來台、表妹嫁給了南非人，而她祖父在越戰時，到越南西貢從事紡織業。

於是讀者可以看到：《織》描寫台灣男人移往越南發展紡織，外籍配偶來台生活。《海市》描寫上個世紀八〇年代客家女性，北漂台北西門町謀生，融入張郅忻與她母親的經歷。女性隱忍遷移的生存，日久她鄉是故鄉，使得張郅忻小說充滿獨特觀點，細膩的思維與觀察，充盈文字間，最後形成豐沛的大河組曲。

戰後的台灣男性作家常挑戰大河小說，建立自己的台灣史觀，並且繳出可觀成績。相較於大河小說那種歷史背景強烈的顯性書寫，解嚴後的家族書寫，帶著隱性風格，也就是不強烈彰顯歷史，瀰漫疏密不同的時代氣氛，成了重要寫作風潮，例如陳玉慧《海神家族》、鍾文音《在河左岸》、陳雪《陳春天》等等，張郅忻的「客途」三部曲也置身在這輛列車，成了台灣書寫的巍巍壯景。《織》與《海市》有家族背景，然而新出版的《山鏡》書寫泰雅族、阿美族與原住民土地的故事，憑藉何來？我們同樣從她的散文《我家是聯合國》找到線索，張郅忻的父親在新竹泰雅山區工作多年，深獲族人認同，可以借用族地。張郅忻同父異母的妹妹是半個阿美族人，泰雅名字與《山鏡》的女主角同樣叫作比黛，因緣際會，《山鏡》融入雄厚的田野調查，小說家走訪小說場景，挑戰迥異於以往題材，為她的寫作帶入另一波高峰。

《山鏡》的文字簡潔，節奏明快，時而情深抒情，時而故事衝突，越看越想知道結局，不知不覺讀完了整本書，意猶未盡。不過得稍稍破哏，透露劇情，才能彈奏《山鏡》弦外之音，聽取其中耐人尋味之音。牽動小說發展的關鍵，是第一章出現的主角「小張」被家人視為非自然死亡，繼而偵探式追索死亡之謎，直至終章。「小張」之死，成了貫穿全文的燃燒引信，藉此處理原漢議題，張郅忻的企圖心昭然，決心以《山鏡》呈現這塊土地上長久來的糾葛，不寫透，不善罷甘休。

小張是客家人，曾因人頭案坐牢，腦袋機靈無比，懂得如何為度假村招攬生意，擅長蓋民宿發展觀光，專研開發露營地與土地買賣，儼然是榨取山脈資源的牛仔。這位隨時保有商業模式的漢人，非常傾慕原住民文化，愛得深入骨髓，精神上已「脫漢入胡」，長恨此身乃漢人。小張對原住民文化熱愛，由他的泰雅義父賦予亞富．哈勇名字（這同時是出現散文《我家是聯合國》的真實人物）。義父甚至打破部落文化限制，帶領他進入獵場，將原住民土地割讓給義子，在在證明小張對原民文化之愛。張郅忻創造的小張人格，真實無比，頗具爭議，符合某些既定的漢人印象。正因如此，《山鏡》不躲避，直面多年來的原漢關係的複雜推移，特別是在原民保留地，令人看了糾結。

原漢糾結，如何解開？《山鏡》在小張死後，藉由多重敘事觀點，解開死亡謎霧，以小張的阿美族妻子娜高、女兒比黛、泰雅朋友瓦旦的戲份較重，娓娓道出。張郅忻借用阿美族的傳統文化「追思之旅（Micohongy）」為酵素，分解那些傷痛，這是高妙手法。「追思之旅」是阿美族的慰藉喪家文化，家屬到往生者生前常往來的親友，專程答謝，這是溫馨且凝聚情感的活動。

小說中的妻子娜高、女兒比黛，從新竹出發，取道南方，回到自己的故鄉花蓮鶴岡屋拉力部落，完成走喪文化，看似尋訪小張死因，實乃尋覓自我生命的遺失缺片，找到活下去的生存動力。這場孽情或原漢糾葛，最終靠著泰雅人瓦旦的寬容之心，得到緩衝，在這趟追思之旅，看似漫漫，卻使各角色得到懺悔、寬容與重生，在一種宗教安魂曲的襯托下，生命獲得新啟示，真正走完阿美族的慰藉喪家之路。

有些利益糾葛、土地議題龐大，張郅忻並非藉由《山鏡》高懸明鏡，或判斷罪責，或當和事佬，她只是發揮小說家的本色，將《山鏡》打磨成照妖鏡，眾生在此照見真身，是人是妖，是鬼是怪，是穢相或真性情，無所遁形，這才有再次開啟生命的機會。正因如此，閱讀

《山鏡》過程，是波濤旅程，路有顛簸，山徑傾斜，密匝匝攪繞許多議題，但張郅忻總能駕馭，帶領讀者在幾道《山鏡》急彎處傳來的輪胎急遽摩擦聲之後，車速終於放慢，這時我們才看到可貴風景，山水迢迢，雲海浮動，並珍惜之。真心恭喜《山鏡》出版，與郅忻帶領我們領略沿路風景，沒有哪片風景會失去它的意義。

推薦序

# 竹東少女的「愛與暴力事件簿」

張亦絢

我一直是張郅忻的愛讀者。《山鏡》是她繼《織》、《海市》之後的第三部小說，維持了她一貫不疾不徐、節奏輕柔的音樂感，也有她非常擅寫的親情依戀與家族紀事——然牽引出來的問題意識，不可謂不複雜。流暢生動之餘，她對社會現象觀察之敏銳，也使得小說在捕捉某些台灣歷史脈動的同時，重新審視了身分政治的盲區，此成績可說足堪與不少世界文學對話。

泰雅族人瓦旦從軍人變成位於五峰鄉的張學良故居的管理人，想開髮廊的賽夏族人慕伊卻命喪度假村旁的河流，慕伊有個不願賣地的哥哥伍拜——不斷把所有人串起來的是「多情但不多金」，不時被誤為「真正泰雅人」的客家人小張（又名亞富．哈勇），他的第三任妻子是半原半漢的阿美族人娜高，他們有個獨生女比黛——小說調動了不同的敘事觀點，以「違法買賣原住民族保留地」為原點，留下竹東「山上到山下」的微型生活史。

## 不被當一回事的土地正義

「經濟主題」在文學裡一向不那麼熱門，就算是「經濟犯罪小說」，為數也不能算多——賴和的〈一桿秤子〉或呂赫若的〈牛車〉都有傑出的政治經濟分析，但一般較少強調這個面向——如果又再侷限在「土地」或地政，可舉的作品例子又更少——然而，我們在新聞上常看到，農地不農用，或是侵佔國有地，成為各黨政治人物的嚴重醜聞，不當開發也會引發關注。但除非本身買賣過土地，一般人應會覺得，這是離自己有點遠的主題。

故事開始沒多久，小張帶去看地的是退休教授，算是高級知識份子，他知道購買原住民族保留地違法，但記掛的是如何不被發現與保持體面。也就是說，他如同會問「不被抓到也算作弊嗎？」的學生。

小張曾因「濫砍山林地」入獄，當時他是為「度假村」高層利誘的人頭。出獄後他想蓋民宿，得到慷慨贈地——他的不同「原保地」體驗，細緻呈現從開發集團、買家到仲介的操作方式。

沉悶嗎？完全不。

《山鏡》最厲害之處，並不是法律或經濟法則的生活化，而是從頭到尾，它都帶給我們思之不盡的懸疑，有如最引人入勝的推理小說：因為它構築出了人物的性格謎團。

## 經濟型孽子或另一種背離親緣？

小張與一般想像的冷血大白鯊不同。究竟他對原住民族是不是真愛？他嫉妒「純淨的原住民血統」說得過去嗎？「做什麼倒什麼」的他，拖垮不只父親還有兄弟的經濟，對於他的客家原生家庭，他是「無顏見江東父老」了——他「愛交陪」的性格，似乎在山上這個「新家」中，才比較釋放與得到接納。他可以像聲稱「生錯身體」的跨性別者，宣稱「生錯族群」嗎？

事實上，原住民並不是純然血緣的問題，收養也是身分來源。小說裡，瓦旦的父親哈勇也「收養」了他，只不過應該不具法律上的效力。小張並非游手好閒，他的「有才無成就」可能還很具代表性：現代社會某種近似邪教的說法，謂「做喜歡的事就會成功」，但相信很多人可以舉出反證。

窮或不善經營理財，在道德研究裡，這都只是中性特質，並不足以推論品格優劣。小張執著「要留一點錢」給女兒，可以被視為他對家人的愛，但也並非沒有其他解讀空間。果戈理就曾嘲諷過，如果不是以子女為名，人們不會開始聚斂。小張比很多人胸襟開闊，妻女朋友對他在接納原住民族上的熱力，都深有所感。但另方面，許多其他細節，仍看得出他的男性沙文或征服心態。女兒比黛交男友，他就摔壞女兒手機。怎會如此暴躁？或許因為比黛逐漸要到慕伊的年紀。

## 誰之罪？——混雜、挪用與共生

《山鏡》是一部深具寬容精神的小說。其中一個敘事者為還是國中生的比黛，多少「柔化」了敘事——但她的行為毫不軟弱。伍拜對她說其父親時，自動將某些元素轉化成不那麼男性中心的說詞，比如「賣地可以去旅行」就不是小張的原話，伍拜洗掉了歧視女性的話語。尾聲中有段比黛想要「代父受過」的段落，寫得尤其好。這些自發的細節更動，都顯示了「記憶變形的智慧」。因為除了赤裸的真相，記憶也是為了幫助人成長與共同生活。——這並不同於隱瞞、篡改。

冒充身分很古老，冒充弱裔如白人冒充黑人，則是新現象，美國就曾爆發數起驚人事件。如果不是因為華山命案，陳柏謙冒充賽德克族人，恐會船過水無痕。小說沒有現實暴烈，冒充也不是故事悲劇的根源，但對上述社會事件有興趣的讀者，或能在《山鏡》中找到若干線索。關於身分政治中，狀況仍緊張的「混雜與挪用」，小說絕非一錘定音的回聲。相反地，《山鏡》如手卷展開般，耐性照見所有身分框架，還不足以框架的部分，描摹了各種自然生成的複雜性。

當瓦旦說「妳得理解過去」，伍拜稱她「我們的小比黛」——事實上都已非以血緣發聲——這種連帶更似《依海之人》中述及的斐索認同，取決於行為而非身分。這不是削弱身分，而是活化——家族敘事的驅力，最終仍達成了反家族的叛逆性：這也正是《山鏡》穿越「原生論」與「建構論」行過的另一條路，也是它最撼動人心的力量所在。

# 目次

## 第二面　成像



## 第三面　鏡像

# 第一面　虛像

他睜開眼，四周漆黑一片。他伸出雙手摸索，手臂被樹枝劃傷。刺痛感在手臂蔓延，他感到一絲絲欣喜，繼續撥開阻隔在眼前的枝枒。交錯的樹枝露出一些隙縫，外頭依舊是一片黑暗。黑暗中，少數能見的光源，是對面山上的路燈和星光。

他想起來了。他在一棵樹上。一棵懸崖邊的樹上。刺骨寒風吹來，他蜷曲起身體。他覺得好笑，這副姿勢，簡直就像蟲繭。作繭自縛。

脣齒顫抖，手指也僵硬得難以動彈。空氣稀薄令他窒息。用力呼吸。苟延殘喘。他知道，死神就在樹下等待。得待在樹上才行。

啊，如果可以，他想再看看山中的清晨。看日頭像顆蛋黃，在山間躍出，那樣充滿希望。有了陽光，就能看見回家的路。一條蜿蜒曲折的路。他走了無數次的路。

哪怕最後一眼也好。同時，他也想結束這一切。否則隨風而來的嗚咽聲，不會消失。路燈的光線逐漸發散，視線越來越模糊。飛鼠叫聲如規律的鐘擺，清楚迴盪在漆黑的夜裡，叫聲越來越急，為他倒數加油，終點就要到了。老人家說過，人將死時，最慢消失的是聽覺。

他想起許多事情，那些早已遺忘的過去，在黑暗中浮現。

# 第一章、買山

五月初，氣候已熱得不得了，小張將車內冷氣調到二十三度，還是明顯感受到窗外陽光的毒辣。小張望著車外擁擠的車流，心裡想著，如果可以趕快上山就好了。從竹東往新竹的方向開，離山越來越遠。今天他約了一個買家要上山看地，得先進市區載他，再一起上山。無奈光復路大塞車，走走停停，半個小時能抵達的路走了一個小時還沒到。小張不停看手錶，希望教授不會生氣才好。

買方是準備退休的國立大學教授，聽說當過系主任。想在山裡買一塊地，為退休生活做準備。他透過校長秘書陳小姐牽線，聯繫上小張。他們相約在校門口會合。陳小姐 Line 了一張教授的照片給小張，方頭大臉，寬鼻厚唇，方便小張指認。小張開著一輛香檳色轎車，來到新竹的大學。這間學校歷史悠久，大門口樹木蓊鬱，穿著短袖的年輕學子邁著大步穿梭校園。只見一個身穿長袖白色唐裝的老人，駝著背站在大樹下，蒼老瘦削，彷彿一陣大風吹來，就可以把他吹倒。

小張將車子向右停靠，並打開車窗向教授揮手，說：「你好！是朱教授吧？」見對方點點頭，小張接著說：「朱教授，真是抱歉，我提早出門，想不到碰上大塞車。哎！新竹的交通你也知道。」

「沒關係，沒關係。」教授搖搖手，舉起沉重的腳步緩緩走向小張。小張下車，替教授開門。近看才發現，教授身上一席白色唐裝好幾處已泛黃。等教授上了車，小張遞上印好不久的燙金名片，以端正標楷體寫著他的姓名和手機，下排還有一行小字：「民宿經營、露營地買賣、短期旅遊規劃。」教授把眼鏡往下拉，瞇眼看著名片，說：「你經營的項目很多啊！」

「加減做啦！不然現在土地仲介那麼多，當然要多角化經營。」

「聽陳小姐說，她是在度假村認識你。」教授邊說邊將名片塞進衣服右側的口袋裡。教授說話的速度很慢，小張得確定他沒有要再說下去，才開口：「您聽過『花園度假村』嗎？我以前在那裡當協理。」

「年輕有為啊！」教授伸出大拇指比「讚」。

「在教授面前，哪敢提什麼『有為』啊。那個度假村也早就沒啦。」小張笑了笑說：「現在女兒大了，我有時間做自己的事業，知道很多人都在找山地，做露營地，才開始做土地買賣。像教授這樣，退休後想在山裡找塊地的人越來越多，早幾年，地更便宜，現在越來越貴，要趁早下手。」小張拐了個彎，把話題轉到買地的事。

「是，是，我早就想買地，只是苦於沒有門路。」教授若有所思看了小張一眼，接著說：「我這人就是老實，什麼都慢人一步，才當不成校長，要不然憑資歷，會輸給別人嗎？」說完咳了幾聲。

「當然，當然，您當教育部長都沒問題！」小張比出大拇指說。教授聽了哈哈大笑，笑聲一次比一次響亮，壓過音響裡播放的水晶音樂。

小張沒有直接把車開去看地，而是載朱教授到張學良故居前，一家半露天熱炒店吃午餐。小張把看地買山的行程，當作一趟旅行。這是他從度假村養成的習慣，帶山下的人遊覽山地。只要遊客玩得開心，愛上這座山，就會跟他買下終身會員卡。賣地和賣會員卡，都是賣一種山中風情。

朱教授下了車，站在張學良故居前良久，一副若有所思的模樣。張學良故居是一座日式建築，但真正的故居早在多年前就因為颱風而被暴漲的溪流沖毀，眼前這座故居是後來為了建園區才重新建造的。儘管經過仿舊處理，但只要細看，就能發覺每一片木頭、磚瓦過於鮮豔的新。像一個人造模型般，佇立在清泉。

「朱教授！這裡。」小張揚起手，高聲招呼。

「來囉，來囉。」朱教授邁開沉重的步伐，往搭著大紅塑膠棚的熱炒店走去。

才一會功夫，櫻花蝦炒飯、山苦瓜鑲肉、清蒸鮮魚和龍鬚菜拌炒金針菇陸續上桌。山谷邊，兩個男人圍著一桌菜慢慢吃著。

「好吃啊！」朱教授吃完了一碗炒飯，打算再添一碗。小張快手接過粉紅色塑膠碗，替教授代勞。朱教授似乎很滿意小張的服務，望著遠山問：「小張，你怎麼知道這家店？」

小張雙手奉上滿滿一碗櫻花蝦炒飯，弧度宛如一座小山丘，說：「幾年前，我在這裡賣過手工皂。我小女兒最喜歡這裡的櫻花蝦炒飯。」

「看來您做過不少事業啊！」朱教授說。

「那時身邊帶著女兒，加減賺！只是手工皂賺不了什麼錢，才會改行賣地。」小張苦笑。面對滿桌愛吃的菜，小張卻沒什麼胃口，索性點起一根菸抽了起來。

「我看，我也改行賣地，反正寫的書也沒人看，講的話，連自己的孩子都不聽，是吧？來，乾。」朱教授舉起裝著冰啤酒的玻璃杯，對著小張舉杯，便咕嚕咕嚕喝下肚。

「教授，您謙虛了！手工皂哪能跟您的大作相提並論？」小張端起眼前的酒杯，回敬教授。「說實話，手工皂哪能餬口？我那時還兼做民宿。」

「民宿？」朱教授睜大了眼睛，顯得很有興趣的模樣。

「山上的亞爸給我一塊地，讓我經營民宿。地不大，二十多坪，離他家不遠。只是，那是原住民保留地，我是漢人，法律上不能繼承的。好在我老婆是阿美族人，那塊地就用我水某的名義繼承。」朱教授思量了一下，聽出關鍵，他也是個漢人，沒有原住民身分，怎麼買地？還不待朱教授發問，小張先開口：「教授，關於身分這點，您別擔心。我的例子特殊，這幾年，買山的平地人多的是，法律說不能『買賣』，沒說不能租嘛！只要合約上註記好租期，比如五十年，再特別加註，任何改動都要經過乙方，也就是您的同意，才能變更。如此一來，租跟買就沒什麼不同了。五十年，誰知道五十年後怎麼樣？像亞爸給我的地，我經營了一年多，現在轉租給別人二十年。只要大家談好條件，誰都不吃虧嘛！」小張說完，替朱教授和自己斟滿酒杯。朱教授舉杯敬小張，一口喝乾杯中酒水。

吃飽喝足，小張搶先一步付了帳。皮夾裡的兩張千元鈔，是這個月僅存的伙食費。水某每個月會匯生活費給他，讓他採買日用品，距離月底還有一個星期，怎麼錢就這樣沒了？小張不動聲色地將鈔票取出遞給老闆，心底忖度著：水某若知道他請教授吃飯，鐵定會罵他：「錢都還沒賺到，就請人家吃飯喝酒，嫌錢太多？」女人家懂什麼？他得先得到教授的信任，這筆生意才能繼續談下去。

婚後，家中開銷全仰賴水某的薪水，大家私下都笑他是個吃軟飯的傢伙。總有一些愛嚼舌根的人會故意當他的面說：「真好命，靠完老爸還有老婆可以靠。」「他們阿美族母系社會，女人當家，我只好顧家啦。」通常這樣一回，對方就會作罷。但沒有人知道，其實他心底比誰都在意。從小成長在重男輕女的客家庄，作為長孫長子的他享盡長輩寵愛，也背負眾人的期待。什麼吃軟飯?!他得做好這筆買賣，證明他才是當家的。

小張載朱教授到那塊族人有意販賣的山地前。地貌平整，唯獨上頭有間廢棄的工寮，但只要拆除重蓋，沒有太大問題。地點距離張學良故居不遠，搭公車也能到，無論是自用度假或經營露營地都是上上之選。朱教授看著這塊地，又望了望不遠處的張學良故居，幽幽的說：「這地方不錯，就是，太熱鬧了點。是吧？說出來請別笑話我，我是學文學的，自小背誦唐詩宋詞，就嚮往王維詩中說的：『千山鳥飛絕，萬徑人蹤滅。孤舟蓑笠翁，獨釣寒江雪。』在台灣，雪是難見，但就渴望臨老時能住在人少的山中，每日面山看看書、寫寫書法，此生足矣。」見朱教授不滿意遊客過多的地方，小張靈機一動，想起從前度假村老同事伍拜，獨居在十八兒部落。他有塊地，多年沒有耕作，早就荒廢了。那塊地旁種了一株相思樹，緊鄰山谷。除了遠處有幾戶人家，少有遊客知道這處祕境。或許朱教授會喜歡。

「朱教授既然不喜歡這塊地，反正山上有的是地，我再帶您看另一塊美地，環境清幽，包準您滿意！」小張拍胸脯保證。這時山裡吹來一陣寒涼的風，只穿一件短袖的小張，不自覺打了個寒顫。

小張驅車往深山裡去，路越行越小，左臨山谷，右靠青山，偶有瀑布如絲巾垂掛山間。朱教授癡癡望著窗外，情不自禁讚嘆道：「太美了！」「美吧！世外桃源。辛苦大半生，老了到山裡享清福，應該的！」小張附和道。

教授聽了小張的話，一時默不作聲，過了幾分鐘，竟哽咽地說：「小張，我們初次見面，我就覺得投緣。我兒子、女兒根本不知道我工作的辛苦，還以為教書單純呢！單純個屁！是吧？大家都在鬥，你不把敵人鬥倒，就等著自己倒。他們從小就去國外讀書，現在倒好，全都在國外。沒有一個願意回來，我老了，不想重新適應一個地方。他們年輕，哪能體會，是吧？」小張抽了一張面紙，遞給朱教授。那皺紋滿布的臉上此刻必定垂掛著兩行清淚。

此時，山裡忽然起霧，小張雙手握緊方向盤，聚精會神開車。儘管他熟悉這片山地，幾乎踏遍每一條小徑，但山中起霧並非小事，得小心對向是否有來車、人或動物。

轉個彎，柳暗花明般，大霧淡去，山坡上出現一塊平坦的地，背對著山，面向谷地，長滿雜草，幾隻蝴蝶在上面飛舞，還有一株開滿黃花的相思樹。小張下車，替朱教授開門，小心攙扶他下車，走到相思樹下。樹下恰好有兩塊大石頭，小張用手把石頭上的塵土拍乾淨，扶朱教授坐上石頭，說：「這地方幽靜，這塊地稍微整理整理，搭間小木屋，您平日可以來這小住，兒孫回來，在空地上露營、烤肉，多不錯。」

小張說得口沫橫飛，朱教授卻置若罔聞，只是怔怔望著荒地，許久才回：「這和我兒時山村裡的老家好像啊！老家那裡有好多相思樹，我十二歲離家，到城裡念書，哪知道，被抓到台灣來啦。回去時，爹娘都不在了。少小離家老大回，鄉音無改鬢毛催。沒經歷過的人，根本不會明白呀。」這首詩小張兒時也背誦過，想當年他智力測驗被鑑定為資優生，本就寵愛他的父親更加相信大兒子能有一番作為。誰知他做什麼倒什麼，把老父親的退休金敗光。老家給銀行抵押，最後是兩個弟弟承擔負債，房子由他們繼承。他這個老大也是回不了家。但，還不到認輸的時候，他相信這座山終會應許他一個願望。

小張望著上坡處一個鐵皮搭建的工寮，地主伍拜的家。「如果您對這塊地有興趣，我就盡快找這塊地的主人談一談。」朱教授從石頭上奮力起身，緊握住小張的手，說：「請你務必，務必幫我談成這塊地，錢，不是問題。就是，你知道，買賣山地，究竟不合台灣的法律。簽約前，我不想出面。就怕一世英名，一不小心毀於一旦，是吧？」小張點點頭，再看一眼山坡上老舊的工寮，屋頂貼皮處處，比狗窩好不了多少。賣掉這塊地，對伍拜也是好的吧。

載朱教授下山後，胃食道逆流的老毛病變得更加嚴重，幾乎食不下嚥，吞了幾顆胃藥都沒效。水某叫他去大醫院檢查，誰知道大醫院程序這麼多，做個檢查，來來回回，一星期就過了。這天是醫生公布檢查結果的日子，他人在醫院，等待護士叫號。手機響起，是朱教授。小張清了清喉嚨，按下接聽鍵，像個好學生般大聲喊：「教授好。」

「我說小張啊，談得如何？我等得心焦啊。」手機傳來朱教授滄桑沙啞的聲音。整個星期都耗在醫院的小張，故作鎮定答：「我小張辦事，教授您放心。一切順利進行中，我估計月底就可以簽約。」「等你好消息啊！」朱教授說完掛上電話。小張看著候診室的叫號機，恰好跳到他的號碼，LED紅色燈泡排列成數字「六十三」號。

走進診間，護士請他坐在一張圓凳上。一旁戴著口罩的醫生皺起眉頭，用原子筆尖處指著X光片裡一條不規則狀的長形東西，說：「這是您的食道，根據我們檢查結果，應該是食道癌。」癌？他看著X光片，腦袋一片空白。醫生見他不說話，接著說：「目前應該是第三期，要盡快安排時間動手術，再看情況做後續的化療和電療。」

「不可能，怎麼會是我？」

「原因很複雜，長期抽菸、喝酒和吃檳榔，都有可能導致食道癌。」醫生緩緩的說。

「這個病……會好嗎？」小張顫抖著問。

「張先生，沒有辦法保證能完全康復，但可以透過治療延長壽命。」醫生用冷靜的語氣答。

「我……還有多少時間？」

「這個我們也不能保證，以類似的病症來說，短則兩年，但也有超過五年的紀錄。過程可能會很辛苦，但只要配合治療，控制住病情，一切還是有可能的。」醫生轉頭看著電腦上的行程表說：「手術就安排在下週，沒問題吧？」小張的心糾結成一團，像個木偶般點頭。

難道他可以說不嗎？

他步出診間，往一樓停車場走去。他沒有立刻上車，反而蹲坐在醫院角落，背倚著牆，點起菸。他知道，他的病跟手上的這根菸或許有關。但，就當是最後一根吧。望著飄向空中的煙絲，茫茫渺渺，虛虛實實。他輕撫隱隱作痛的胸口。這個病究竟是什麼時候找上他的？手術的成功率是多少？虛虛實實，茫茫渺渺。菸已燃盡，他得回家，待會女兒就下課了。是的，小女兒才讀國中，他怎麼能倒下？為了水某和女兒，他要堅強起來。他得談成那塊地，手術前，留下一筆錢給她們。

這天晚上，小張特地熬了一鍋牛肉湯，女兒下課後，他燙碗麵給她當晚餐。這是他最自豪的料理，張爸牛肉麵。水某的同事來家裡，也指明要吃他做的牛肉麵。儘管好吃，他只喝得下一碗湯。有幾個腫瘤卡在他的食道裡，他不只感覺到了，也親眼看見了。

「我吃飽了。」小女兒把碗拿進廚房。

「妹啊。」小張喊。

走進房間，正要關上房門的小女兒不耐的問：「幹嘛？」

小張停頓幾秒，說：「沒事。爸爸明天有事要上山，會晚點回來。餓的話，冰箱有牛肉湯，自己熱來吃，知道嗎？」「喔。」碰，房門應聲關上。

水某上晚班，小張整夜輾轉難眠。

隔天一早，小張如常驅車到科學園區接水某回家。這是彼此多年的習慣，由他接送水某上下班。他的時間基本上依照水某的工作日運轉。在車上，疲憊的水某靠窗打盹。小張原想告訴水某昨天的壞消息，見水某疲累的樣子，想想還是讓她先睡吧。反正說不說結果都一樣。

車子駛進大樓臨時停車處，房子是租的，沒有停車位。他先停在這裡，方便水某進門。他叫醒水某：「到家了。」水某在迷濛中醒來，揉了揉眼睛。

「我待會去山上一趟，可能會晚點回家。」

「我今天還有班。」水某下車前特意提醒。

「放心，我會趕在五點前回來。冰箱有牛肉湯，餓的話就熱來吃。」

水某向小張揮揮手，轉身走進大門。小張向管理員打聲招呼，便到一旁的二十四小時超市，挑了包便宜的白米。結帳後，扛起白米，放進轎車後座。他坐上駕駛座，發動引擎前往十八兒部落。上次去拜訪伍拜，是去年冬天，他帶了棉被和毯子。伍拜獨居，很少下山。每次上山找他，小張都會帶些實用的伴手禮。

車子行入山腳，兩側是連棟兩層樓紅磚房。小張習慣性的把車停在一家檳榔攤前，一個沒見過的西施坐在裡頭，見小張的車停下，立刻走出來。她穿著細肩帶上衣、粉紅短裙，皮膚黝黑、眼睛深邃。山腳一帶大部分是客家人居住，經營麵店、雜貨店或檳榔攤這類小生意，常聘用山上的孩子幫忙顧店。「包葉的？」女孩問，寬闊嘴唇邊有一顆明顯的黑痣。小張正要點頭，胸口卻傳來一陣悶痛。他想起醫生的話，搖搖手，說：「給我礦泉水。」女孩回到檳榔攤，打開冰箱，拿出一瓶礦泉水，伸進車窗遞給小張。她剛發育的胸脯，像兩顆小籠包般垂掛在纖瘦身體上。小張帶著妒意望著那樣充滿希望的身軀。他趁女孩攤開手掌接錢時，用力抓住她的手腕，順勢往她的胸脯摸去。女孩微微一震，拍開他的手，轉身走回檳榔攤。那個看似屏障的包廂，其實是一座透明的牢籠，供人觀賞，用眼神撫玩。色字頭上一把刀，反正他都要去挨刀了，摸一把不為過吧。

見女孩低著頭，不再搭理他。他關上車窗，打開瓶蓋，連續喝下兩口。冰涼的水緩緩流入喉嚨，胸口的悶痛稍稍紓解。這才踩下油門，繼續往上行。

車子行經大彎，車速減緩。左邊出現一個三公尺高的拱門，拱門上爬滿藤蔓，和四周的樹纏繞在一起。如果仔細一些瞧，可以發現拱門上有幾個歪斜的字體，寫著「化袁度假寸」。小張把車停在路邊，看了那招牌幾眼。花園變成化袁，還真是諷刺。他的目光跟著藤蔓往上蔓延，蓊鬱樹叢裡，露出些許藍色塗漆，那是殘存的半截滑水道。他曾在這裡工作十幾年，貢獻了人生中最精華的時光。當年他開著一輛黑色吉普車，車門和車頂都拆了，身材精壯，穿著白 t-shirt、迷彩褲，一雙軍靴。頂著度假村業務部協理的頭銜，多少女人投懷送抱？他的目光回到後照鏡裡肥腫的臉，忍不住嘆口氣。他的青春正如眼前的廢墟，什麼都不剩。他踩緊油門，加速前行。他的時間不多了。

車子進入十八兒部落，經過一大片沿著山坡種植的日本甜柿園，就可以看到伍拜的地。這塊地是十八兒部落少數的平地，就算不租出去，拿來種水果或高山蔬菜，靠每年的收成，生活也算好過了。可惜啊！好好一塊地，就這麼任它荒廢在那裡。

拐個彎就到伍拜的工寮。一隻黑狗衝上來，對著車子狂吠。小張把車停在工寮前，打開車窗喊：「伍拜！」工寮是鐵皮搭建，因為成本低廉，部落裡處處都是這款鐵皮屋。工寮外的曬衣桿上，懸掛幾支空蕩蕩的衣架，衣架的塑膠膜脫落，露出鐵鏽。門邊堆放木材，一把鋤頭靠在牆角。

沒多久，工寮門口出現一個男人，個頭不高，身材偏瘦，對著黑狗喊：「小黑，不要叫！」小黑乖乖退到一邊。男人身上穿著白色吊嘎，領口磨破，下半身穿著沾染泥土的牛仔褲，腳踩一雙藍白拖。「伍拜，好久不見！」小張對著男人喊。他的語調和平時不同，在山裡工作久了，他跟部落朋友說話時，會自然轉換近似的腔調。「亞富，是你啊！」伍拜乾瘦黝黑的臉龐，露出一絲笑容。亞富是亞爸為小張取的泰雅族名字，部落裡的人習慣這樣叫他。

小張走下車，從後座搬起一包白米，問：「放哪裡？」「又帶東西來！不好意思啦。」伍拜接過白米，把米搬進工寮。小張也跟著走進工寮，工寮裡有一張摺疊桌和三張板凳。桌上擺著半碗小米酒，地上放著一罈小米酒，空氣裡瀰漫酒精的氣味。

「這麼早就開喝！」小張說。

「迎接你啊！」伍拜走進廚房，拿出一個空碗，打算倒一碗小米酒給小張。

小張望著那一碗看似清澈，實則濃郁稠膩的酒水，一臉惋惜的說：「我不能喝。」伍拜瞪大眼睛看著小張，露出一副不相信的樣子，說：「你不喝？這是Oya釀的，我平常捨不得喝。就剩半罐，以後想喝都沒有。」說完便自顧自倒了滿滿一碗，遞給小張。

小張接過小米酒，酒香撲鼻而來，灌入他的體內。他想起診間裡的X光片，他的食道裡長滿不該長的東西。戒酒、戒菸，醫生諄諄告誡過。他皺了皺眉，把酒碗放在桌上，說：「我想喝，只是，」小張指著自己的胸口：「這裡，長了不好的東西。醫生說我不能再喝。」

「哎呀！醫生說的話，哪裡可以聽？」渾身酒氣的伍拜灌下一大口。小張豔羨的望著伍拜，憑什麼整日爛醉的伍拜可以活得好好的，他卻要遭受這種身體的苦楚？就最後一杯吧。就當是他與酒神之間最後的告別。小張舉起碗，啜飲一小口。濃稠、甜蜜的酒液在舌尖化開，伴隨甘醇酒香，流入喉嚨。這美好的感受讓他貪婪地大口吞嚥，一陣胃酸襲來，如針刺般劇痛。小張捂著胸，咳到眼淚都流了出來。

伍拜擔憂地望著小張，輕拍他的背問：「還好嗎？醫生怎麼說？」

漲紅著臉的小張漸漸緩和下來，吞了吞口水，擺擺手說：「手術。」

「那麼嚴重！」

「你少喝一點，不要以後跟我一樣。」小張苦笑。

「我一個人，沒差。」伍拜一口喝光碗裡的酒。是的，伍拜一個人，走了就走了。但他可是還有老婆孩子，怎麼命運之神偏偏不看顧他呢？這麼一想，碗裡的酒竟變得苦澀起來。

「我今天來，是有事想跟你談。那塊地，你有沒有考慮賣掉？」小張指著下坡處的地問。

「那塊荒地，誰要？」伍拜拿起地上的酒罈又倒了一碗。

「就是有人想要。現在平地人流行露營，你那塊地做露營地多好？背山面谷，一早起床，景色多漂亮！」小張賣力說著：「反正，地放在那裡，也是放著。有個教授啊，到上山玩時，看中你這塊地。你相信嗎？他看著那地背了一串詩詞，還一直打電話來盧我，要我跟你談。最重要的是，人家是教授，錢不是問題！你想想，這不算『賣』，只是『租』嘛！平地人不能『買』我們的地，我們就用『租』的，像哈勇給我的那塊地，我也是租出去，換外面那台車。租五十年，拿兩百萬，你以後靠租金就夠了。兩百萬！兄弟！你賺一輩子也存不到這個錢。」小張在「兩百萬」三個字加重語氣，希望打動伍拜。但伍拜只是低頭喝酒，一句話也沒說。背對著窗，伍拜的剪影像一座山，遮蔽大半日光。無論伍拜是多難攻克的山，他絕不放棄。

「有兩百萬可以幹嘛，你知道嗎？」小張用一種魅惑的語氣問。伍拜搖搖頭。小張朗聲大笑，拍了一下伍拜的肩膀答：「娶、老、婆。Oya最大的心願，不就是想看你娶老婆？有那筆錢以後，討個水某，看你喜歡印尼，還是越南，菲律賓也可以，不用像現在孤孤單單一個人。二十萬一個。我兩個弟弟，一個娶印尼的，一個娶越南的，都比我們台灣的溫柔、會做事。不過，越南比較兇一點，看你古意，娶印尼的比較不會被欺負！」

伍拜看著滔滔不絕的小張，想起過去Oya還在的時候。小張是他的度假村同事，嚴格來說是主管，業務部協理。是那些主管裡，少數把部落的人當朋友的。慕伊出事後，也只有小張，有空就會上來看Oya，逗她笑。有時還會塞個一千塊給Oya。Oya神智不清楚，但煮東西還是很拿手，只要小張來，一定跑進廚房做幾道小張愛吃的菜。像是燒酒飛鼠肉，味道跟燒酒雞差不多，但皮更加Q彈。小張總是邊吃邊豎起大拇指稱讚。「好吃就多吃！」Oya寵溺的看著小張說。伍拜記得，每次小張來，Oya精神就特別好。只是，小張一走，Oya又失魂落魄了起來，有時還會問他：「你剛剛有沒有看到慕伊？」「Oya！妳在說什麼？慕伊跟Yaba一樣，回去祖靈那裡了！」伍拜有時控制不住自己，不耐煩大吼。「她剛剛就坐在，坐在小張旁邊。」Oya像犯錯的孩子，用恐懼的眼神看著伍拜。

「小張，」伍拜從回憶的泥沼爬出來，喃喃道：「以前你來看我們，Oya都很開心。可是你一走，Oya就會哭。」「是嗎？」小張抬頭，看了一眼牆上的遺照。一個與伍拜長相相似的瘦削中年男子，是伍拜的Yaba。小張沒見過他，只聽說他在伍拜和慕伊兄妹很小的時候，去山下工地工作，一次意外掉落鷹架過世。旁邊白髮蒼蒼的女人，就是Oya，她有一雙溫柔又朦朧的眼睛。牆角還有一張年輕女人的照片，頂著男生頭，耳朵上掛著蝴蝶耳環，笑得一臉燦爛。小張低下頭來，若有所思的喝了兩口酒。

伍拜看著牆上的照片，嘆口氣說：「她老是說，你在的時候，慕伊也會回來。」小張感到一陣寒意，不自覺顫抖。伍拜沒發現小張的反應，望著Oya的照片說：「我罵她，不要亂講話！現在想想，我那時幹嘛這樣？她都那麼老了，想說什麼就給她說。她跟我住一起，一定不快樂。你說，有什麼女人會想嫁給我？就算用錢買，遲早也會離開我。」說完苦笑一下，又低頭喝酒。

小張看著伍拜，想開口，卻發不出聲音。身體裡的那根刺，又開始四處找碴。他不停咳嗽，咳得比剛才更厲害。伍拜趕緊去倒碗水來，送到小張嘴邊。小張喝了一口水，好不容易緩過來，站起身走向門外，想呼吸一口新鮮空氣。伍拜端起凳子，放在門口說：「你坐著休息。都生病了，還開車上山給我送東西，危險啦！以後要上來，等大嫂放假開車載你，比較安全。」小張坐在凳子上，望著一臉真誠的伍拜，想說些什麼，卻又把話吞回去。現在說再多，也沒有意義了。

多年來，他以為自己忘記了、釋懷了。誰知道，當伍拜提起妹妹慕伊時，那天發生的事，依舊歷歷在目。

不是他臭屁，那時在山上只要提到「度假村小張」，多少女人露出愛慕的眼神。他曾跟水某告解：「最高紀錄，同時間，我有九個女朋友。」

「騙人毋知！」水某用剛學的客語回敬他。

「真的啦！有一次，兩個女朋友都來度假村找我，我沒辦法，只好讓她們住員工宿舍，一個住樓下，一個住樓上。」

「那你睡哪？」

「哎！只能上半夜睡一個，下半夜睡一個囉！」小張一臉無奈。

「欸，你很夭壽耶！那些女人一定很恨你。」水某撇過頭假裝生氣。小張摟了摟她說：「現在，有妳就夠了。」「你啊，就是一張嘴會講話。」水某臉上露出一絲笑意。

沒有人知道，慕伊也曾是他眾多女朋友之一。

那樣爽朗、男孩子氣的慕伊，從來不是他會喜歡的型。他喜歡皮膚白、長直髮，最好有張瓜子臉，會彈鋼琴更加分。慕伊卻是一身小麥膚色、頂著男生頭，一張孩子氣的圓臉，個頭不高，身材瘦而精壯。要她跑步射箭還可以，彈琴絕對不可能。在山上，除了牧師，很少家庭有能力給孩子買一架鋼琴。

那麼，慕伊究竟是哪一點吸引了他？

這個問題，小張問過自己千百回。每當想起慕伊，就會浮現她和一群孩子打成一片的畫面。度假村裡，遊客大多是攜家帶眷，甚至好幾個家庭一同上山。父母經常聚在一起把酒言歡，把小孩丟在一旁自己玩。慕伊一有空檔，就會幫忙照料那些孩子。混在孩子堆裡的慕伊，笑起來也像個孩子。

和孩子們有說有笑的慕伊，不知為何卻不怎麼搭理他？好像他身上有什麼可怕的細菌，一靠近就會被傳染。他可是萬人迷小張，怎麼可以輸在一個如孩子般的女人手上。慕伊越是不理他，小張越是想征服她。像獵人追緝最難到手的獵物，小張決定對慕伊展開攻勢。

剛買吉普車的小張，帶著一絲挑釁問慕伊：「敢不敢上來，征服麥巴來溪？」像慕伊這樣的女人，獻殷勤只會讓她逃得更遠，不如用激將法讓她主動上鉤。

慕伊瞪他一眼，猶豫幾秒便跳上車。小張得意微笑，駛向麥巴來溪。麥巴來是五峰最著名的溯溪景點，溪岸石頭高低落差大，車輪在大石頭上滾動，忽高忽低，比搭雲霄飛車還刺激。慕伊先是驚呼，再大笑，她圓而晶亮的眼睛如小動物般可愛，兩顆小小的虎牙則替她增添幾分俏麗。小張第一次發現，像慕伊這樣宛如雲豹的女人也挺迷人的。小張拿出一對在竹東市場買的粉紅色蝴蝶耳環，遞給慕伊說：「送妳。」慕伊望著他，雙眼如星星般閃爍，黝黑臉龐漾起紅暈。小張知道，獵物已上鉤。

他們的衣物被濺起的水花弄濕，小張拿出預備好的烈酒，自己喝一口，將酒瓶遞給身邊的慕伊。慕伊豐厚的雙唇靠上瓶口，啜飲幾下。薄小的舌頭舔了舔溢出的酒液，此時的她像隻害羞的山羌。小張情不自禁摸了摸慕伊濕漉漉的頭髮，問：「會冷嗎？」慕伊搖搖頭，不敢直視小張的臉。小張從後座拿出一件紅色夾克，罩在慕伊身上。像一張網，覆蓋屬於自己的獵物。此時的慕伊並不知道，這溫暖的夾克是危險的陷阱。

喝了半瓶酒，兩人都有些醉意。小張主動說要開車載她回家。正當車子距離慕伊家不到百來公尺時，小張熄火，把車停在一棵相思樹下。山裡沒有燈，只有月光。趁著酒意，小張伸出手，先是輕撫慕伊的手臂，再從肩膀滑進她的胸脯。老是穿著寬鬆 t-shirt 的慕伊，暗藏如此渾圓堅挺的乳房。小張輕輕按撚搓揉，慕伊的身體從僵硬到放鬆。即使看不清楚，小張也能從指尖感受到慕伊的輕顫，以及幾乎聽不見的喘息。小張一個轉身，整個人壓在慕伊身上，熱烈且瘋狂的親吻她。他不是獵人，而是另一匹獸，好不容易擒住善跑的小鹿，只想一口一口把她吃下肚。

慕伊很爽，他看得出來，但她只敢悶哼，不敢叫出聲。她越不敢，他越用力。做完愛，兩人渾身大汗躺在車裡。

「你會娶我嗎？」慕伊開口。

小張避重就輕說：「才做一次就要結婚，太快了，再做一次吧！」他伸出手，撥開她臉上髮絲，露出整張臉。月光下，慕伊黑白分明的大眼閃閃發光。「妳知道嗎？妳的眼睛比天上的星星更迷人。」小張由衷讚美，先親吻了她的左眼，接著親吻右眼。他對她說，如果想繼續在一起，就要保守祕密，不要把他們的事說出去。慕伊猶豫了幾秒才點頭。

如果只有那個晚上，他是真的願意娶她的。但日子那麼長，美麗的女人那麼多，他很快對慕伊感到厭煩。他發現，只要他在度假村，慕伊也總是恰好值班，這讓他覺得不自由。還有，慕伊的穿著打扮也改變了，從前脂粉未施的臉龐開始化起妝來，手腳全擦上粉紅指甲油。身上清淡的皂香也被劣質的香水味取代。以前老是穿 t-shirt、牛仔褲上班的她，竟穿蕾絲上衣和緊身馬褲來。若不是公司規定，清潔人員要穿褲子，她恐怕就穿洋裝了吧！而最叫小張不舒服的，是她的耳垂無時無刻都掛著那對蝴蝶耳環。好像刻意提醒他，她是他的，責任。

幾個月後的某天，小張終於按捺不住，決心跟慕伊說清楚。

小張挑了一個人少的平常日，他走到慕伊身邊，用眼神暗示慕伊跟他走。慕伊亦步亦趨跟在他身後，始終保持一小段距離。這也是他們的默契之一。即使隔著一段距離，小張仍舊能感受到慕伊灼人的愛意。他們走進辦公室與烤肉區中間的祕密小徑，一側有建物，另一側是連排大樹，形成兩道屏障。熱戀時，他們曾在這裡熱烈擁抱親吻。但此刻，他不帶一絲表情對眼前的女人說：「我不是一個好男人，我們還是分手吧。」

「是不是我哪裡不好？Oya 常說，沒人會喜歡男人婆，所以你看，我有改變……」

慕伊話還沒說完，便被小張打斷：「妳把我們的事告訴 Oya 了？」

「不！我什麼人也沒說。」慕伊緊抓著小張的雙臂，似在懇求最後一絲憐惜。小張卻不耐的揮去慕伊的手，粗魯的摘掉她的耳環，往草地擲去，用鄙夷的聲音說：「妳知道嗎？我發現，妳跟這種東西一點也不配。」說完掉頭離去。對慕伊這樣純潔的女人，要分就要分得乾淨俐落。慕伊果然沒有追來，他鬆了口氣，好奇的回頭望。只見慕伊跪在前方草地上，一臉慌張急切尋找被他扔掉的耳環。

他站在吉普車邊，抽了一根菸，狠狠把菸踩熄，跳上車離開度假村。

他開車在外遊蕩，吃過午飯才返回。待會還有個約會，對象是新進員工麗瑩。她進度假村工作前，當過百貨公司的櫃姊。有雙林憶蓮的丹鳳眼、一頭長髮，身上有股好聞的麝香味。整個人像剛成熟的水蜜桃，新鮮得令人垂涎。如果記得沒錯，麗瑩今天是晚班。差不多該來上班了吧。小張吹著口哨，往度假村前進。

這時，一根岔出的樹枝劃過小張的臉頰。火辣痛感襲來，他用手指輕摸痛處。流血了。屌你母，小張罵。

度假村大門就在眼前，像隻張嘴的野獸。他滑進怪獸的食道，抵達整座度假村的中心——辦公室。很快的，他發現度假村和往常不同，三輛警車停駐在辦公室前。新來的管理員巴燕急急往辦公室走來。小張跳下車，擋住巴燕的去路。

「巴燕，出什麼事了？」小張問。

「慕……慕伊……」巴燕結結巴巴，一句話都說不清楚。

「慕伊？慕伊怎麼了？」小張有些慌了。

「慕伊溺……溺水……」巴燕發抖著說。

「怎麼可能？我早上才見過她，那時她還好好的。」小張搖頭否認。心裡有個聲音喊：「是你害死她的。」「不是我！」小張脫口而出。

「小張哥，你說什麼？」巴燕問。

「沒有，沒什麼。」小張甩甩頭，要自己鎮靜下來。

「小張哥，你聽我說，」巴燕深呼吸一口氣說：「慕伊為了救遊客的小孩，小孩獲救了，自己卻……哎！」

「為了……小孩？」小張重複巴燕的話。幸好，不是因為他。巴燕一邊點頭一邊哭了起來。巴燕剛進度假村不久，待他最親切的就是如大姊姊般的慕伊。在巴燕的啜泣聲中，小張往溪邊走去，每一步都比往常沉重。在山裡，不時會發生溺水事件。尤其是什麼都不懂的遊客，老是誤入禁忌的水域，發生無可挽救的憾事。但這種事絕不會發生在慕伊的身上。一定是有哪裡弄錯了。

遠遠的，他聽見Oya聲嘶力竭的哭喊，看見慕伊的哥哥伍拜細瘦的背影，跪坐在覆蓋白布的慕伊身旁。小張用雙手搓了搓臉，要自己冷靜。身為主管，首先該做的是慰問家屬。然而，小張可以感受到身體不由自主地顫抖。也許不是她，只是錯認了。小張一度安慰自己。但他看見白布旁露出一隻纖細的手，手裡緊抓著一個東西。他蹲下來安慰Oya時，那隻手忽然鬆開，露出一只蝴蝶耳環。蝴蝶的翅膀斷了一截。小張跌坐在石頭上。他再次聽見那個聲音：「是你害的，是你。」

「不，不是我！」小張低吼。

「亞富，你沒事吧？」伍拜一臉擔憂的看著小張。

小張回過神來，這裡不是麥巴來溪，是伍拜的家。他注視著伍拜黑白分明的大眼，忽然發現他的眼睛和慕伊簡直是同個模子刻出來的。小張流下眼淚，喃喃的說：「對不起。對不起。」

「亞富，亞富，你看著我。」伍拜抓著小張的肩膀說：「我知道，你要我賣地，是為我好，我沒怪你，只是，你知道，我的Yaba在我很小的時候就過世了，Oya靠那塊地種高山蔬菜，養我和慕伊長大。還有，你看那棵相思樹，慕伊小時候最愛爬那棵樹了。我只是捨不得，絕對沒有怪你的意思。」小張不敢直視伍拜的眼睛，起身想要逃開，卻不小心跌坐在地。伍拜伸手想扶他，卻被小張一手揮開。小張口中喃喃念著「對不起」，跌跌撞撞往車子走去。伍拜一時不知如何是好，在小張背後大聲喊：「起霧了，等霧散掉，再下山吧。」小張似乎沒有聽見他的話，跳上車，直直往山下開去。雲霧繚繞間，山路越來越朦朧，相思樹在前方若隱若現。

# 第二章、租山

## 01 龍宮

天色漸暗，小張一路開車往山下行，簡直如逃難般急促。他的心中僅存的一絲溫暖，是水某還在山下等他。

忽然，手機聲大響，劃破山中的寂靜。他一手緊握方向盤，用另一隻手接起來電。手機那頭不是別人，正是水某。

「你在哪裡？」剛起床的水某聲音有些瘖啞，遙遠的像從另一個世界傳來。

「還在山上。」小張壓抑內心的慌亂回答。

「怎麼還在山上？」水某的聲音有些不悅。只是，隔著手機、電磁波與一座又一座的山巒，小張無法僅以聲音判斷她是擔憂抑或生氣。

「山上起大霧，妳叫計程車去上班，記得先吃飯……」小張話還沒說完，手機就被水某「啪」一聲掛斷。果然是生氣了。水某大概認為自己沒守信用，說好要回去接她上班。原來想回家的心情，也被那「啪」一聲給打斷。他不想下山了。

也許水某會覺得他太任性。他的確是。很多年前，還不認識水某時，他來到山上。美其名是工作，其實從來沒有賺到什麼錢。即便有，那些錢也全都花在女人身上。

他第一次如此懇切來到山裡，是第一任妻子離他而去的時候。這麼說對水某不公平，但前妻是他這輩子最愛的女人。她的離去叫他痛不欲生，整日關在房裡，那是他精心打造與前妻的愛巢。前妻瀟灑離開，留下唯一的女兒與他作伴。他把自己關進房間，像冬眠的獸。直到有一天，他在電視裡看見一座山。那是行腳類的旅遊節目，恰好這一集到山上。山的輪廓、山的顏色，闖進他幽暗的心房。前妻離開後的第五年，他的心終於有一絲光亮。他走出房門，告訴阿母想上山。阿母喜極而泣拿給他存了不知多久的私房錢，告訴他想去多久就去多久，只要走出去。

這一走，就是許多年。在山裡，他可以忘掉許多事情，悲傷的、快樂的。他在山上認識第二任妻子，然後又分開。或許是愛的不夠深，又或許是已經有一次經驗，他不再像當初那樣悲傷。

他望著眼前白霧中露出的曲折路徑，心想，該往哪裡去？迷茫間，他想起他和水某曾經的家。他彷彿聽見它的召喚。用力踩下油門，主幹道往右轉，經過陡坡，出現一座橋，橋的另一端出現一處聚落，人稱和平部落。這幾年，因為標榜泰雅文化，原來遠離塵囂的部落逐漸有越來越多的遊客來「體驗」。比如登山客最愛走的幾條步道，谷燕瀑布步道、麥巴來步道，以及熱門的鬼澤山登山步道，由此可以登上最高點，瞻望整個部落。如果帶著孩子，可以體驗採摘果子，最後再來一桌風味餐，竹筒飯、山豬肉，加上幾道山蔬，有吃又有拿，足夠讓遊客給上五顆星評價。

小張很滿意部落的發展，但他也懷念初來部落時的時光。那時，部落沒有什麼遊客，亞爸還未歸返祖靈的懷抱，伍拜、瓦旦和他常相約夜潛抓溪蝦。就連後來在苦牢蹲了一年，也是在這裡重新被接納。

那時剛回到度假村工作，老同事問他：「到底發生什麼事？怎麼忽然消失一年？」小張苦笑回：「有沒有聽過浦島太郎？我跟他一樣到龍宮去轉了一天。回到人間卻發現過了一年。」「神經病，吃錯藥了你。」所有人都不相信他的話。唯獨在瓦旦家時，亞爸聽了他的回答，只淡淡說一句：「回來就好。」那個晚上，小張獨自坐在瓦旦家篝火邊哭了整整一夜。

他幫度假村老闆買賣山地，開闢成馬場和度假村，並當老闆的人頭。工程進行到一半，他就因為濫砍山林地受到起訴，鋃鐺入獄。知道內幕的人說他可憐，被老闆陷害。事實上，他並非全然不知。

某日，老闆邀他去北投泡溫泉，當時他的頭銜是業務部協理，再往上爬，就是副總經理。老闆的邀約對他來說莫不是一種肯定。他坐上老闆的黑頭車，一路來到北投的高級招待所。跟著老闆許多年，這還是第一次跟他走進招待所。小張滿心歡喜，覺得接下來迎接他的必然是一路飛黃騰達的風景。

招待所是一棟混雜中國風與和式的建築物，入口矗立一對古裝劇裡可見的紅柱，柱上有雕龍畫鳳，兩扇紅木門上貼著春聯。穿著和服的女人出來接待，她的年齡約五十來歲，一見老闆便微微欠身說：「鄭董，好久沒來，包廂都給您備好了。」老闆只回了一句：「一切照舊。」「沒問題，早幫您處理好了。」和服女人向跟在後頭約三十來歲的女人吩咐：「春子，帶鄭董和貴賓到包廂去。」那名叫春子的女人，是他喜歡的那一型。瓜子臉、膚色白皙，一頭黑髮盤在腦後，只留下兩條長長的髮鬢，露出白玉般的頸子。若不是老闆在，他真想對春子出手。

春子似乎察覺到他的目光，竟朝他露出若有似無的淺笑。低著頭，微欠著單薄的身體，對老闆、秘書和他說：「這裡請。」她的聲音像跳動的音符，牽引著他的心。

他們經過小橋流水、假山涼亭，來到二樓的包廂。

小張想起兒時阿公講過浦島太郎的故事。浦島太郎生活在一座小漁村，有一天，他救起一隻被孩子玩弄的海龜。隔幾日，海龜再度出現，還說起人話，說要帶浦島太郎到龍宮去。浦島太郎閉上眼睛，跟著海龜來到富麗堂皇的龍宮。小時候住在租來的簡陋土角厝，小張老是幻想龍宮的模樣。這座高級招待所，溫泉白煙氤氳如海水，若有蝦兵蟹將，不就是傳說裡的龍宮？

老闆走進包廂，一屁股坐在榻榻米上，點起一根香菸。他面露笑意，斜眼瞧著小張問：

「你跟我多久了？」

「差不多，十年有了。」大女兒上國小那年開始，他就到度假村工作。

「那麼久啦！」老闆喝了一杯桌前的清酒。他一喝完，跪坐在一旁的春子立刻幫他倒滿一杯。好似那杯子有神奇的魔法，能永遠保持滿滿一杯的模樣。他咳了咳，眼睛望向窗外北投的夜景，說：「今晚找你來，是有件事要請你幫忙。」北投的夜晚有一種特殊的魔力，四處瀰漫硫磺氣味，穿著和服的美麗女人，混雜中式與日式風格的建築物，置身於此，讓人渾然忘卻外面的世界。

就在小張沉浸於春子以及這神秘誘人的氛圍中，木門被緩緩拉開。幾個穿著浴衣的年輕女侍，雙手捧上一盤盤新鮮的海味。先上桌的是一艘精緻的木船，船上滿載各式新鮮生魚片、海膽和干貝。再是涼拌龍蝦、清蒸紅蟳……，透過精緻的擺盤，讓那些死物重新活了過來，張牙舞爪朝著人們揮舞。小張望著桌上琳琅滿目的海味，忍不住在心底讚嘆：真不愧是龍宮！

老闆抽了一口菸，用不經意的口吻提起：「我在林口山上買了一塊地，想做個馬場。這塊地，很多人投資。包括『上面』的大老闆。」老闆伸出肥滿短小如甜不辣般的手指，指了指天花板。老闆背後的老闆。小張曾經聽說，縣府大老爺和老闆關係緊密。那個背後藏鏡人，莫不是他？只見老闆吐出煙圈，在煙霧之中，張開如八爪魚般的厚唇繼續說：「現在啊，政府對山林地的法規越來越嚴格。如果『上面』沒有打理好，難免有風險。大老闆什麼人物啊？一點輕忽都會讓政敵殺紅眼。說得簡單一點，我們不方便露臉。需要有人幫個小忙。」小張的目光被木船上油脂分布若雪花般的生魚片吸引。見老闆忽然打住，小張坐直了身體，轉向老闆。

「沒事，沒事，瞧我只顧自己說話，快吃吧。」老闆擺擺手，要小張動筷。小張點了點頭，舉起筷子將那塊黑鮪魚沾了沾春子默默調好的哇沙比，一口送進嘴裡。他感受到飽滿富有彈性的魚肉，豐富油脂在齒間化開。

「你知道，做生意就是這樣，處處有風險，但越有風險，利潤就越高。我就是靠這種賭性，一路賭上來。」老闆舉起清酒杯，小張趕緊兩手端酒杯，兩人相敬而飲。

「老闆，您就直說。」小張喝完酒說。

「爽快！你知道，當年多少業務，我獨獨升你當協理，就是因為你做人爽快。我吩咐的事，你從來不曾拒絕。」老闆再次伸出甜不辣手，往桌上一按，並說：「你幫忙蓋個章，我匯一百萬到你的戶頭。」

「一……一百萬！」小張宛如被賞賜龍珠般，瞪大了眼。他雖然頂著業務協理的頭銜，但如果沒有新的會員簽約，就沒有業績，領的錢比一般員工還少。一百萬，足夠讓雪鳳閉上嘴了吧。雪鳳是他的第二任妻子，因為他的收入不穩定，又不常回家，這兩年一直吵著要離婚。前幾日，提到想跟她的大哥在頭份買一間公寓，合夥做房地產買賣。小張知道，自己不是合格的丈夫，跟雪鳳結婚以後，依舊在外有女人。雪鳳說想跟大哥買房的那些話，不過是在威脅他，若拿不出錢，就馬上離婚。他不是害怕跟雪鳳分開，而是有點不甘願，總不能每次都是被分手的那一個吧。這一百萬，恰恰足以付房屋頭期款，還能買些傢俱。他已經可以想像雪鳳看到戶頭裡的錢，眉開眼笑的神情。

「能幫上您，小的當然義不容辭，只是不知道風險是？」小張問。

「哎呀，其實也沒什麼。況且，有大老闆在，哪會有什麼問題。但他的名字可不能白紙黑字讓那些人找到把柄。我這麼說，你明白吧？」老闆說完乾了一杯清酒，酒精讓他寬闊的大臉泛起紅暈，像桌上蒸熟的螃蟹。

小張有些害怕，隱約感覺到事情沒有那麼簡單。但他渴望得到龍珠。只要簽下自己的名字，就可以得到那些錢，得到雪鳳的尊敬。不，他不會這麼倒霉的。不過就是簽字蓋章罷了。小張掙扎著、猶豫著，春子此時挨了過來，為他斟上滿滿一杯酒。

「考慮得如何？」老闆用手指玩弄著桌上的清酒杯。小張知道，如果他搖頭，排在他後頭等著簽章的人多的是。他們也想要龍珠，更想要升遷的機會。終於，小張下定決心，深吸了一口氣說：「為了您，我小張赴湯蹈火在所不辭。」他比誰都清楚，老闆拔擢他當業務協理，不是因為什麼為人爽快，或業績特別好，而是他的嘴甜，老是把老闆哄上天。

秘書迅速拿出契約和預先刻好的印章，上面以隸書刻著小張的名字。小張忽然感到膽怯，他望了一眼春子，春子對他粲然一笑，似乎在回應老闆說的，哪有什麼要緊。小張拿起印章蓋下，紅豔豔的印泥烙下他的名字。

那一晚，老闆拿到契約後不久先行離開，留下春子陪他。他喝得太醉，醉到完全忘記和春子之間是否發生過什麼？等到清醒時，春子已不在身邊。昨日一切，宛如一場夢境。

但帳戶出現的一百萬數字，提醒他這一切都不是夢。

直到換上獄服、走進監牢的那一刻，小張才恍然大悟，他的龍宮，原來是一座監獄。

## 02 民宿

小張的車往上開，直達民宿門口。他把車停在民宿外，看著那棟蓋在山邊的雙層小屋。屋裡沒有亮光，看來王小姐不在。他下車，走近民宿，民宿外有一道木柵欄，因為時間已久，綠苔從底處向上蔓延開來。但這並不能掩蓋這棟小屋的美，帶著歲月感的柵欄，搭配整排他親手種植的薰衣草，讓人彷彿置身歐洲鄉村。門外有一架木製盪鞦韆，也是他做的，水某曾坐在上面，讓他拍照。這些照片還放上網站當作民宿宣傳照。這裡本來是亞爸的土地，一半種菜，一半任它荒蕪。眼前的一切全是他一磚一瓦搭建起來。

民宿剛開張的時候，他接受地方媒體採訪。記者問他蓋房子的過程，小張記得自己是這樣回答的：「非常奇妙。有點像回到小時候，小孩子辦家家酒。等到蓋完後，你看著原來什麼都沒有的土地，長出房子、鞦韆還有涼亭。這樣說可能有點不好意思，但卻是我的真心話。我可以體會神為什麼要創造世間萬物。那種感覺，真是爽啊。」當時，望著新建的山中小屋，他深深相信，這座遠離塵囂的天堂，能吸引無數對山下世界感到厭煩的遊客。他們也能跟他一樣，在山中找到樂趣與平靜。

一陣風襲來，小張把外套拉鍊拉上。還好有帶上這件外套。這是他的習慣。長年待在山中，知曉山裡氣溫變化大，總會在後車廂多準備一件外套，以防不時之需。

他奮力翻越木頭柵欄，來到一座木造亭子。亭子中央有幾根大木頭，這是當初設計用來烤火的地方。炭火底層還有些紅，並未完全熄滅。他撥開上頭積累的炭灰，掏出口袋中的打火機，點燃細枝。久未生火的他，手指變得笨拙，嘗試好幾次才成功。星星之火燃起，連著殘火，變成溫暖的火堆。接下來，只要保持火堆裡有柴薪就沒問題了。小張注意到涼亭邊放著幾顆地瓜，他忍不住笑了。看來民宿主人還留著他過去的習慣。以前他總愛在涼亭邊放著一袋地瓜，若有人來民宿住，晚上就帶他們到篝火邊烤地瓜。

小張撿了兩條形狀較細長的地瓜，放置在火堆邊。不知不覺，夜已深了，肚子傳來咕嚕咕嚕的叫聲。他才想起，這一整天除了早上吃了一顆水煮蛋，在伍拜那裡喝了點酒外，什麼東西也沒吃。他餓了，餓得可以吃下整條地瓜，不，兩三條也沒問題。他為這個念頭感到開心，食道裡出現那東西後，食慾越來越差。有時候整整一天，只吃得下幾顆水餃。可是現在，他巴不得立刻拿起整條地瓜啃。飢餓令他感到一陣狂喜。他渴望活下去。

坐在火堆邊，恰好可以看見木造民宿和一旁的工寮。這裡本來除了菜園之外，空無一物。出獄以後，他很少想起過去在監獄的日子。對他來說，未來才是重要的。只是，一個坐過牢的人，可以擁有什麼未來？

剛進牢房沒多久，雪鳳就寄來一封信。小張有點開心，這女人果然還會惦記他。拆開信封，裡頭卻是離婚協議書。小張偷偷哭過幾次，也在心底怒罵那個女人。說到底，雪鳳還是看不起他。他下定決心，坐完牢後，要回度假村，要東山再起。老闆答應過他，會讓他升職。到那時，雪鳳說不定會哭著跑到他面前，哀求他重新來過。他會狠下心腸，頭也不回的走。

這股念頭支撐著他蹲完苦牢。

出獄那天，他特地到鄰近家庭洗髮店洗頭。明明沒長多少頭髮，但這對他來說是必要的儀式。他要重新來過。洗頭時，濃密泡沫覆蓋住他頭皮的每個毛孔。這不是他喜歡的味道，但無所謂，重要的是乾淨。他需要新的氣味覆蓋牢裡的酸臭。

「要不要潤絲？」操著台語的大嬸問。

「妳看我需要嗎？」小張反問。

「潤絲加二十。」大嬸不理會他的問題，手指用力搓揉著他的頭皮。

「不用了。」小張摸摸口袋，剩下的錢還要搭車回家呢。

被人造香精味環繞的小張忽然想起她。她說過，她最大的夢想是開一間屬於自己的髮廊。

「夠了！」小張喊。

「什麼？」

「我說，洗得夠乾淨了，沖水吧。」

大嬸臭著臉迅速沖洗頭頂的泡沫，用一條舊毛巾幫他擦擦頭就算了事。小張付了錢，走出髮廊。心裡想著：回到家後，他要重新洗一遍。

好不容易回家。家裡已沒有他的位置。

原來全家最大的房間，他兩次婚姻的新房，已變成女兒們的房間。女兒們都大了，需要自己的空間。他帶著簡單的行李，搬到頂樓。那裡本來是堆放雜物和曬衣的空間，他硬是用舊長椅隔成簡單的居所。

牢都蹲過了，還有哪裡不能住？

女兒們怯生生看著他，除了叫爸爸，什麼也沒說。他的背包裡放著一疊女兒們寄到獄中的信。難道想說的話都在信裡說完了？真正見面，反而一句話也說不出。他告訴女兒們：「爸爸一定能賺很多錢。妳知道嗎？爸爸在牢裡遇見一個大尾的，人家混黑道，還是一間公司的大老闆呢。妳不知道，爸爸在牢裡面表現不賴呢，上面說我的字漂亮、讀過書，讓我負責審查信件。我幫那個大尾的傳過不少信。他有說過，等爸爸回度假村工作，一定找一幫小弟加入會員。到時候拿到錢，帶妳們三個去大陸玩，好不好啊？」兩個妹妹開心說好，唯獨向來貼心的大女兒只是看著他，一句話也沒說。

出獄後一星期，一年未開的吉普車總算修整好，他開車上山。多麼熟悉的風景。並排的磚瓦矮房子，雜貨店、小吃攤，房子與房子之間，間雜著小菜園。漸漸的，房子越來越少，被樹林與竹林取代。偶而能在山坡上，發現座落在坡道上的房子，一條窄窄的梯道蜿蜒在旁。小張大口呼吸冰涼的空氣，胸口鬱積的困頓彷彿也紓解開來。

他開到度假村門口，「花園度假村」五個大字有些斑駁，顯得過於老舊。他要告訴老闆，該換招牌啦。警衛室裡，戴鴨舌帽的大漢子正在打盹，完全沒發現有車輛靠近。

「巴燕！都幾點了？睡什麼覺！」小張故意大聲喊道。

巴燕睜眼一看跳起來，衝上前抱住小張喊：「小張哥，你回來啦！」出獄這些日子以來，巴燕是第一個對他說這句話的人。他回來了。聽到這句話，竟有種想哭的衝動。小張忍住眼淚，用力拍拍巴燕的肩膀。

「老闆今天有上來嗎？我打了好幾次電話，他都沒接。」

「小張哥不知道嗎？」

「知道什麼？」

「老闆跑路啦。好像是林口那塊地被罰錢，資金週轉不靈，上面的人不挺他，不得已，跑啦。」

「跑了？那度假村怎麼辦？」

「股東們賣掉度假村，新老闆是個小開。不過，只是偶而來這裡，不管事的。」

「巴燕，謝謝你告訴我。」小張拍拍巴燕的肩膀，快步走向辦公室。果然，坐辦公室的都換過一輪。倒是清潔員工和管理員沒有變。

小張重新投履歷，從小業務幹起。新老闆不懂經營，新員工不知如何招攬客人，度假村生意越來越差。

浦島太郎經歷三日龍宮，回到小漁村，卻已滄海桑田。

說好要帶一票兄弟買會員卡的大佬，出獄後連電話都不接。度假村的當務之急，是讓更多人走進來。小張向新老闆建議，主動去鄰近科學園區發售便宜入場券。

「既然是你提議的，不如就你去吧。」新老闆說。小張硬著頭皮，帶著更菜的同事小羅，走進科學園區，四處推銷度假村門票。來玩的人不少，但願意買會員卡的卻不多。小張的點子這次不管用。

但是，多虧這次發售便宜入場券，讓水某和同事走進度假村。

當時的水某很瘦。套句她同事的說法：「瘦得像鬼一樣。」很難想像，身材如竹竿的水某已是兩個小孩的媽。水某很少提起那段過去。她和前夫離婚後，小孩歸前夫，彼此再無往來。小張是從水某最要好的同事那裡，打探到水某的前塵往事。小張的內心百感交集，一方面感嘆，她竟是生過孩子的女人。另一方面慶幸，她也離過婚，兩人是平等的。小張放下心大膽追求，最後娶了她。他們的婚禮是在度假村餐廳辦的，宴請山上山下親朋好友。那是度假村餐廳最後一次坐滿人。沒過多久，度假村宣告倒閉，他正式失業。

失業後無處可去的他，第一個念頭就是去找瓦旦的亞爸聊一聊。

瓦旦本是度假村保全，漢名張承枝，跟小張同姓。兩人沒有血緣關係，長相卻有幾分相似，臉型細長，唇如柳葉。唯獨瓦旦是大而深邃的雙眼皮，小張則是細長的單眼皮。小張因為伍拜而跟瓦旦相熟，三人經常相約喝酒抓蝦。只是，發生那件事後，伍拜和瓦旦都離開度假村。

從獄中重返度假村的小張，常去探望兩位老友。

瓦旦的亞爸哈勇，身材矮小，曾是部落最強的獵人，很受大家敬重。小張知道他愛吃白饅頭，會先去竹東鎮買外省人做的白饅頭當伴手禮。饅頭不貴，卻能讓老人家開心一整天。哈勇一開心，話就多起來。

「小張，你知道，獵人是怎麼看山的嗎？」

「怎麼看山？」小張連哈勇的問題都不太懂，只好重複他的話。

「獵人是這樣看的。」原本蹲在門邊的哈勇站了起來，俯瞰從山下延伸上來的道路。「獵人的眼睛像老鷹。能知道山的坡度，路的方向。」

「像老鷹一樣看。」小張試著學哈勇的動作，卻不知道該怎麼做才能像老鷹一樣。

兩人的感情在一個饅頭、一碗小米酒上，慢慢堆疊起來。小張開始盼望自己能成為真正的獵人。哈勇給小張起了泰雅族名字「亞富」。小張叫「亞富．哈勇」，瓦旦是「瓦旦．哈勇」。此後，小張不僅和瓦旦有共同的漢人姓氏，還有源自於亞爸的泰雅名字。小張跟著瓦旦喊哈勇「亞爸」。從別人眼中看來，兩人之間比親兄弟還親。但小張總覺得，瓦旦表面上跟從前一樣，卻似乎在吃自己的醋。兩人常待在同一棟家屋，說的話卻不若從前那樣多。

蹲坐在火堆邊的小張，搓著手，眺望上坡處的工寮。那原是亞爸的房子，如今只剩瓦旦一人獨居。那裡一片漆黑，早睡的瓦旦大概早已進入夢鄉了吧。

小張撥弄火苗，再次憶起疼愛他的亞爸。

那日，他照例帶著一大包白饅頭探望亞爸。亞爸赤著寬闊大腳，蹲坐在工寮旁擦獵槍。

「亞富，你以後打算幹什麼？」不等亞富開口，亞爸劈頭就問。看來度假村倒閉的消息已在山裡傳開。

「娜高跟我想開一間民宿。」小張一屁股挨到亞爸身邊，望著被亞爸擦得發亮的老獵槍。

「開在哪裡？」亞爸問。

「不知道。」亞富苦笑：「我們有很多想法，只是沒有地，沒辦法蓋。」

「這有什麼問題？下面那塊地，隨便你蓋！」亞爸爽快指著工寮下坡右側的土地說。

「真的嗎？」小張聽了，心中有說不出的開心。像玩抽抽樂，本來有個小獎就足夠，卻發現自己獲得最大獎。但他旋即皺了皺眉頭問：「這樣做的話，瓦旦會不會不高興？」

「那是我的地。我說給你就給你。」亞爸說。一股熱淚奪眶而出，入獄後，自覺在家或在職場都抬不起頭的小張，獨獨受到亞爸的寵愛。他顧不得眼淚鼻涕，擁著亞爸道謝。亞爸拍拍他的肩說：「有空帶娜高上來，好久沒看到她了。」「我明天就帶她上來。」小張抹了抹眼淚。他想趕快下山，把這好消息告訴水某。他望向那塊土地，沉入谷底的人生終於有了新的轉機。

亞富．哈勇即將繼承亞爸的土地。他雖然開心，但內心深處，卻感到一股悲哀。他終究不是原住民。即使亞爸賜給他泰雅名字，他仍不是真正的泰雅人。無法在法律上、在名義上真正繼承亞爸的土地。他能想到的唯一辦法，就是讓有半個原住民身分的水某，改從母姓，繼承原住民身分，才能合法取得亞爸的地。亞富在內心嫉妒瓦旦，瓦旦的泰雅身分多麼純淨，軍人退伍後在度假村短暫工作一陣子，接著去張學良故居擔任管理員，在山上得到一份安穩的工作。憑什麼呢？憑的就是瓦旦純淨的泰雅血統。

「水某，改姓的事，妳考慮的怎麼樣？」亞富問窩在沙發裡的長髮女人。

水某屈著瘦削的身體，蓋著一張毯子，露出半張臉，彷彿剛學語的幼兒，支支吾吾說：「我怕……老爹會受不了。」水某的父親是外省人，當年跟著國民黨來台，被派到花蓮開墾，認識阿美族妻子，他的岳母。老丈人耗費多年好不容易在東部建立屬於自己的家，卻在退休後選擇跟隨妻子搬遷到西部。八十歲老人一輩子認定的家有兩個，一個在山東，一個在花蓮。反而後來居住最久的桃園，像個暫時落腳的地方。他無時無刻不想著，穿越海峽，回到山東；亦或是越過山頭，返回東部。

既然如此，當年為何要千里迢迢遷居西部呢？小張曾好奇的問。水某避重就輕回：「這是**Ina**的意思。」眼神有些閃爍。水某不是善於說謊的人，只要說謊，眼神就會顯得飄忽不定。因此，小張認定其中一定有什麼不好對人說，或不想提起的理由，埋藏在答案深處。

小張見水某對改姓一事意興闌珊，一股無名火油然而生。那股憤怒，追根究柢不是針對水某，而是瓦旦。更準確的說，是為自己的血統不如瓦旦純正的怒意。水某的血統雖然也不純正，但有一半阿美族血統的她，至少有選擇的權利。

「我只是要妳改個姓，又不是從我的姓，還是改妳媽的姓。」小張在「你媽的」三個字上加重語氣。

「換作我，早就去改了。偏偏我沒辦法。妳可以繼承原住民身分，以後，我們的孩子也可以跟著妳繼承。如果要她跟妳姓，我沒關係。為了她的福利，我沒關係。」小張慷慨激昂地說著，即使當他說到讓孩子跟著水某姓時，心裡有些疙瘩。要是水某懷的是男孩怎麼辦？他和兩任前妻生下三個女兒，全跟他姓。若這胎是個兒子，難道不跟他姓嗎？難道不入他張家的祠堂嗎？算了！到時再說吧。小張不願為還沒發生的事煩惱，沒有什麼比眼前的事更重要。他一定要說服水某去戶政事務所改姓，繼承 **Ina** 的原住民身分，合法取得亞爸預備給他的那塊地。

水某猶豫幾天，最終依了小張，改了姓。她這個擁有半個阿美族血統的女兒，阿美族語說得還沒有丈夫的泰雅語好。然而，身分這件事和能力無關，和天生的血統有關。總之，最後是她代替丈夫繼承亞爸的土地。

有了土地還不夠，蓋民宿還得有資金。小張先是遊說自己的父親，由於前幾次投資失利，這次小張卯足了勁才讓父親點頭把錢借給他。

有了這筆錢，小張終於能實踐自己的夢想。

小張有過無數的夢想。

在度假村工作之前，他為了第一任妻子開過一間牛排館，就位在湖口老家的一樓。牛排館的裝潢全由他一手包辦，他熱愛這種從無到有的感覺。當他開始籌劃、搭建民宿的骨架時，實踐夢想的衝勁再次讓他感到無限歡喜。正如同多年前親手籌備牛排館時的興奮。

搭建民宿耗費一年多的時間。他先在那塊地最靠邊坡處，搭建簡易鐵皮屋，他們離開山下租賃的房子，將鐵皮屋布置成他們的家。半年後，水某懷孕了。自從水某懷孕後，小張開始接送水某上下班，傍晚載她到科學園區上班，隔天早上開車接她下班。他利用空餘時間，靠雙手將民宿拉拔長大。

為了省錢，他四處撿拾廢棄的材料，比如用木頭電線桿當作前庭的支柱，在兩個油桶上放長木頭當作吧檯桌，民宿外庭園休閒桌則是用工廠廢棄木料搭建的。即使左省右省，還是花掉三百多萬才達成他理想中的樣子。

記得民宿接近完工那天，他坐在火堆邊，看著這個新生兒從亞爸給他的土地上長出來。他既感動又失落。接下來，他必須真正開始承擔民宿的盈虧。關於夢想這件事，他喜歡的是創造夢想，而非實踐夢想。這兩個詞語有明顯的差異。他熱愛用語言畫出夢想的藍圖，再靠雙手一磚一瓦實現夢想的輪廓。然而，對後續營運，比如宣傳民宿、整理房間、接訂單，這些瑣屑的事叫人厭煩。

即使如此，無論是對水某或自己，他都小心翼翼掩藏這股倦意。他先是偷偷在木板上刻下民宿的名字——老婆的店。這是他要送給水某的禮物，一個驚喜。他知道，他會在水某的臉上看見歡欣的淚水。水某將明白，這一年多來，他沒有一刻在偷懶。為了他們的家，她挺著孕肚在科學園區裡工作，一切都是值得的。

## 03 租客

和平部落並非在主要幹道旁，小張又不諳年輕人擅長的部落格，民宿生意不盡理想。有人客時，他不自覺回到還是業務協理的狀態，招待人客喝名酒、吃山產，花在人客身上的錢比賺得還多。這種經營方式注定民宿的結局。

他不僅還不出向父親借來的貸款，還得四處舉債才能讓民宿營運下去。最後，他不得不承認，經營民宿的美夢再次墜入深谷，粉身碎骨。

唯一解套的方法，是把民宿賣掉或租出去。

小張把出租民宿的消息放上網路，也跟朋友放出消息。來看的人不是沒有，但不是嫌民宿太小，就是嫌地理位置太偏。三個多月過去，民宿仍未出租。就在小張著急不已時，接到一通電話。

電話那頭是女人的聲音。小張有種預感，她將會是民宿的新主人。她客氣的說自己姓王，由於丈夫在科學園區工作，想在鄰近山區找個度假別墅。她瀏覽過民宿的照片，以及民宿剛開張時的媒體報導，她認為「老婆的店」很接近他們的期待。

「請問王小姐是在哪裡知道這個消息的？」小張問。

「網路上。」女人的聲音很乾淨，像低音的鋼琴。「上面沒有提到價錢。我想知道如果要買下，你的開價是多少？」

買下？小張頓了頓問：「請問您或先生有原住民身分嗎？」王小姐的笑聲從話筒另一頭傳來，彷彿小張說了一個好笑的笑話。「如果沒有原住民身分，恐怕就不能用買賣的方式，這裡是原住民保留地。但可以用長期租約，比如租個二十年，甚至五十年。如果王小姐有興趣，就找個時間到山上來，我們可以聊一聊。」小張盡量簡短的向她解釋。

「原住民保留地？處理起來會不會很麻煩？」王小姐的聲音有些猶豫。

「不麻煩！這個我有經驗。況且如果您想要在這附近山區找土地，大多都是原住民保留地。」

「這樣啊。」王小姐道聲謝謝後，互相留下聯絡方式。三天後，小張終於再次接到王小姐的電話。他們相約一個平日下午。水某本來也在，卻因同事臨時有事代班。為了迎接王小姐，小張特意把民宿裡外打掃一遍。

寧靜山區傳來車子爬坡的低沉引擎聲。叭、叭、叭，車子不耐地叫喊。身穿短袖t-shirt、牛仔褲和一雙軍靴的小張從民宿小跑步出來，一輛米白色mini停在門口。車門打開，身穿合身黑洋裝的女人走下車來，洋裝緊貼著她的身體，她的胸彷彿兩座緊連的山峰。她摘下名牌墨鏡，露出一雙刷過淺藍色眼影的丹鳳眼。

「你是小張？」

「是。上坡會不會太吃力？」小張輕輕敲著 mini 問。

「還可以。」

「這路不算太難開吧？」

「還好。本來還想會不會是走錯了。但只能相信自己的直覺。」

「前面那條路確實有點偏，一般人很容易錯過。我手機不離身，想著您可能隨時會打來問路，沒想到居然自己上來了。不簡單啊！」小張由衷稱讚道。加油站後的小路一路向下，又窄又陡，一旁長滿雜草，一個不注意就會錯過。

王小姐聽見小張的讚美，微微一笑。小張發現，她的笑容顯得有些僵硬，也許臉上動過刀，可惜仍遮不住眼角的魚尾紋。也許自己也上了年紀，倒覺得這樣的女人別有一番成熟的韻味。

王小姐發現躲在小張背後的小女孩，招招手說：「這是你的女兒？眼睛好漂亮！今年幾歲了？上幼稚園了沒？」

小張拍拍小女兒的頭說：「阿姨問妳話，怎麼不回答？」小女兒用一雙黑白分明的眼睛打量眼前的陌生女人，雙唇始終緊閉。小張連忙說：「不好意思，這孩子平常很少接觸陌生人。她快六歲了，這裡上學不方便，所以沒上幼稚園。這也是我們考慮要把民宿出租，搬到山下的原因。」

「我才不要搬！我要住在這裡！」小女兒大聲抗議。「大人講話，小孩插什麼嘴？去找哈勇，他不是說要帶妳去找兔子！」小張輕輕推著女兒的肩膀，語氣半威脅半誘惑。穿著雨鞋的小女兒似乎被「兔子」兩個字吸引，但表情還是明顯不甘願，背起一個有兔子玩偶的背包，往民宿不遠處的工寮走去。

「她那麼小，一個人去沒問題嗎？」王小姐問。

「沒問題的。這座山，她可能比我還熟。」小張笑答。他領著王小姐沿鋪設石子的小徑，走到民宿外側的咖啡桌。「您稍坐一下，要喝紅茶還是咖啡？」「紅茶吧。早上喝過咖啡了。」王小姐坐在木頭椅上，翹起腳眺望遠方的山巒。穿著黑絲襪的雙腿相當纖細，散發出誘人的氣息。小張忍不住多看了一眼，才轉入民宿的吧台。泡了一壺紅茶，用托盤端了出來。小張悉心倒了一杯茶遞給王小姐。王小姐接過茶，輕輕啜飲。

「你肯定很愛老婆吧？」王小姐盯著小張，手指著托盤上寫的「老婆的店」四個字，半開玩笑似的說：「我是為這四個字來的。」小張搔搔頭，笑了笑。儘管美色當前，小張仍不忘今天的任務。他簡明扼要說明民宿的產權，接著帶王小姐參觀一樓的吧台和二樓的房間。上樓時，小張走在王小姐身後，她的纖細雙腿交錯拾級而上。在山上，很難看到穿絲襪的女人。小張忍不住多瞄幾眼。

「這枕頭和棉被很乾淨。你平時花不少時間整理吧？」王小姐一邊說，一邊用右手勾起落在耳邊的髮絲，露出小巧的右耳，耳垂上墜著長條形水晶耳環，像顆水滴自耳畔滑落。

「不是我自誇，客人退房後，我馬上拿去洗得乾乾淨淨。」小張自豪的說，眼睛卻盯著藏在髮絲間若隱若現的耳朵。

下樓時，王小姐站在樓梯舉步不前，怯怯的抱怨：「這樓梯，有點陡。」走在前面的小張回過頭來，牽起王小姐的手往下走。那是一雙塗著鮮豔豆蔻的修長玉手，由於太過細瘦，顯得指節突出。一雙好冰涼的手。走到一樓，小張把手鬆開。他們回到戶外咖啡桌邊，相對而坐。眼前的女人比初見時更美一些。小張拿起桌上的茶壺，走進吧台回沖，也緩一緩不該跳動的心。

「小心燙。」小張拿起茶壺往王小姐的茶杯裡倒，杯緣的紅唇印沉浸在褐色茶湯裡。

「張先生，你在電話裡提到長期出租，長期是多久呢？」王小姐雙手捧著茶杯暖暖手。

小張本來想說「我太太的意思是」，但話到嘴邊又咽下去，改口說：「我想租二十年，租金兩百萬，一次付清。」

王小姐喝下一口茶，抿了抿鮮紅的嘴唇，說：「我回去想一想，應該沒有問題。」她本來想說：「我回去跟我丈夫商量，應該沒有問題。」但她也把「我丈夫」三字隨紅茶吞了下去。

茶喝完了後，小張拿出亞爸自釀的小米酒，說：「喝喝看，山上老人家自己釀的，很濃喔，不要一下喝太多。」王小姐點頭，喝了一口再一口。喝了半碗左右，開口說：「你這裡看出去的景色不錯。」民宿座落在山谷畔，往下看恰好可以看到河谷和對岸的山。「樓上的風景更好。」小張說。

「是嗎？我剛剛沒有注意，你願意再帶我上去看一次嗎？」王小姐用禮貌的語氣問。「你願意」這三個字，如一顆小石頭，讓小張的心再起漣漪。

上樓時，小張輕輕牽著王小姐的手。這女人說到底是他的租客。她拿出兩百萬租金，解決他的困境。想到這裡，王小姐又不僅僅是租客，而是恩人了。

二樓的景觀果然比一樓更好。藍天白雲在上，青山在前，綠水在下，遠方山頂有隻老鷹盤旋。王小姐望著望著，竟落下淚來。她望著天空喃喃的說：「我說了也不怕你笑，我想租民宿，找事情做，主要是那個人其實不是我的丈夫。我跟了他十多年，他說要為我離婚，但過了那麼多年，他始終沒有做到。那麼，花他的錢總行吧。幾百萬，對他來說算不了什麼。」

小張看著王小姐，不禁升起憐惜之感。他伸手擦掉她臉上的淚水，王小姐把頭埋進小張的胸膛裡。兩人交纏的身體，從二樓露台移到房間內，他們脫掉衣服，滾躺在潔白被單上，撫摸彼此裸露的身體。當他進入王小姐的身體深處時，看見她的臉龐滑過一滴淚水，落入潔白的枕頭上。

王小姐走後，他立刻拿床單去洗，為了怕水某起疑，連另一間房間的棉被一起洗。小女兒回來，看見小張懷裡的棉被，問：「剛剛那個阿姨呢？」
「談完事情，走了啊。」
「你拿棉被幹嘛？」
「當然是要拿去洗啊。妳這小孩今天問題怎麼這麼多？」小張的語氣顯得不耐煩。
「為什麼要洗棉被？不是才剛洗過。」小女兒繼續追問。
「窗戶沒關好，風沙吹到棉被上。」小張隨意編織謊言搪塞。他發現，女兒長大了，比她的媽媽還要麻煩。「今天有看到兔子嗎？」小張試圖轉移話題。小女兒搖搖頭。一整天，女兒不再跟他說話。

王小姐和他約好一星期後，正式簽長期租約。由於土地所有權人是水某，所以選了水某不用上班的日子。王小姐依舊單獨出席，這天她穿著一襲粉紅色紗質洋裝，風吹來時，她用手壓著裙襬。腳上穿著綁帶黑色高跟鞋，鞋帶在小腿處綁了一個蝴蝶結，那是王小姐全身最美的地方。小張盡量表現鎮定，卻禁不住想起他們在床上纏綿的模樣。

他走進吧台泡茶，端茶出來時，聽見王小姐和水某的笑聲。她們不知道正在談什麼，但王小姐沒有流露任何異樣。或許她早就習慣這樣尷尬的場面。小張放下心來，安慰自己，不會露出馬腳的。

「講什麼？笑得那麼開心！」小張各倒一杯茶放在王小姐和水某面前。

「當然是講你啦。」王小姐微微一笑，喝了一口茶。小張愣了一下，看水某一眼。「怕什麼？都說你的好話，說你是個好爸爸。」王小姐直視小張。

小張笑了幾聲，拿起契約書說：「契約書的內容我已經擬好了，請王小姐看看有沒有什麼問題？」小張表面無事，手心卻不停冒汗。王小姐接過契約書，她塗了鮮紅指甲油的手，輕輕碰觸小張的食指。小張看了王小姐一眼，只見她不慌不忙翻開契約書，靜靜翻閱，表情有一股近乎虔誠的專注。

簽完約後，他們一起去張學良故居附近的熱炒攤吃飯，吃過飯，王小姐才下山。

水某看著民宿門口「老婆的店」四個大字說：「二十年後，我們會是什麼樣子？」

「什麼樣子？變成老公公、老婆婆，以後店名就要多加一個『婆』，叫『老婆婆的店』。」水某聽了噗哧一笑。小張看了一眼女兒：「不過我們比黛，到時可能變成別人的老婆了。」小張故意重重嘆口氣。

「我才不要！我不要搬，也不要結婚。」小女兒嘟著嘴抗議。

可能還沒正式搬離這裡，小張並未感到不捨或悲傷，心裡全是王小姐。在王小姐上山之前，他一度擔心她會露出馬腳。但她似乎很能應付這樣的場面，用若無其事的態度，面對和她有過關係的男人。

蹲坐在火堆邊的小張，用一根長木頭撥了撥灰燼，讓空氣得以進入，火立時燒得更旺。倘若王小姐恰好在山上，他們是否會像那一次，在二樓的客房纏綿？不，不會的。不是他不想，而是他不能。水某十年前問過「二十年後會如何」的話，小張沒有料到，不過十年，他就罹癌。二十年後，他說不定如眼前炭火，變成一團灰燼。到時，來和王小姐接收這間民宿的是水某和小女兒，她們來的時候，會想起他嗎？水某是否會有其他的男人？小張的內心升起一把無名火，他恨，恨自己的身體，恨當初來承租民宿的王小姐，恨未來有一天會躺在別人懷抱的水某。

他看著火堆裡的熊熊烈火，想舉起火把，親手毀掉一切。

「燒掉吧。」他的心裡又出現那個聲音。「就讓我們，一同化為灰燼。」

這時，遠方黑暗中，有盞燈亮起。白色日光燈，在漆黑的夜裡分外明亮。小張站了起來，往亮光走去。

# 第二面　成像

# 第三章、下山

## 01下樹

葬禮結束，回到竹東家時已經很晚了。媽媽下車後，沒有馬上回家的意思，要我在一旁等她。她掏出口袋裡的香菸和打火機，我看見星火般的光源在媽媽手中點燃。她靠在爸爸留下的咖啡色尼桑掀背車門上抽著菸，我則在一旁藉微弱的路燈滑手機。

我的臉書有兩個帳號，一個加朋友與陌生臉友，另一個加家人。前一個是用我身分證上的名字，後一個則是我的原住民名字，也是爸媽習慣叫我的小名「比黛」。我很少更新以比黛為名的帳號，基本上，這個帳號就是讓爸媽可以 tag 我。而最後一則貼文，仍停留在一個月前，我跟爸媽去竹北一間餐廳用餐的合照。在那則貼文上，除了有媽媽、我，還有爸爸。

爸爸走了，但他的臉書並沒有關，彷彿他還活著一樣。我們都不知道該怎麼登入爸爸的帳號，索性就這樣留了下來。爸爸的臉書帳號是「張亞富」，張是他的本姓，亞富是山上阿公給他取的名字。爸爸的朋友不是叫他小張，就是叫他亞富，很少喊他的本名，說不定大家都以為亞富就是爸爸的本名。總之，爸爸喜歡這個名字，並用這個名字在臉書上結交兩千多個臉友。那些所謂的「朋友」，多數在現實世界中都不認識。他們甚至不知道爸爸已經離開這個世界。

是的，爸爸死了。說實話，我沒辦法接受這件事。如果認識爸爸的人，應該都會這樣覺得，爸爸可是個像蟑螂一樣的人。我對蟑螂沒有不敬的意思，相反的，蟑螂有一種到哪裡都能生存、打不死的韌性。像他那樣的人，怎麼可能會死？

依據警方的說法，爸爸的死因是失溫。從他們曖昧的語氣與說法中，不難發現，整起案件導向爸爸是「自願」失溫。簡單來說，他是自殺的。雖然，我不相信一心盼我畢業、考上理想高中的爸爸，會什麼都沒交代就離開我們。但是，媽媽沒有反駁警方的說法，只是溫馴接受那樣的「事實」。如果，它是一個事實的話。這個世界上有很多事看起來是真的，其實並非如此。我常這麼覺得。包括這次他們說，爸爸走了。

爸爸離家前一天，還做了他拿手的牛肉麵。他說，隔天他要上山，肚子餓的話冰箱有牛肉湯。他似乎還想跟我說一點什麼，但他知道，我不想聽。

在我們家，做菜的是爸爸，在外面工作的是媽媽。這跟我大部分的同學不太一樣，在他們家，通常工作的是爸爸，媽媽大多是家庭主婦。雙親都上班的也有。但由爸爸當家管的還是少數。從我很小的時候開始，我跟在爸爸身邊的時間遠比媽媽多。爸爸煮飯給我吃、幫我洗澡、哄我睡覺。爸爸說，我是他最小的女兒，也是他唯一親自帶過的孩子。

在媽媽之前，爸爸有過兩段婚姻，生下三個女兒。我的三個同父異母的姊姊跟我差很多歲，尤其大姊比我長二十歲，如果早點結婚生小孩，當我媽媽也沒問題。即使是跟年紀最小的三姊，也相差十二歲。加上沒有一起住過（我的姊姊們小時候都住在湖口阿公家，後來嫁去不同的地方），我們之間有點陌生。

不過，我們家的牆上掛滿爸爸和姊姊們的照片，大部分是她們小時候的合影。我知道，爸爸的心裡還是很掛念姊姊們。

那天早上，我還在睡夢中，爸爸就出門了。等我醒來，桌上放著一杯豆漿、一個夾了蛋的白饅頭和零用錢，另外還有一張字條，爸爸用工整的字跡在上面寫著：「記得吃完早餐再出門，新手機好用嗎？爸爸。」在「爸爸」兩個字旁邊還畫了一顆愛心。

我好幾天沒跟爸爸說話了。因為我交了男朋友，爸爸不高興。也氣我整天手機不離手，忙著跟男友傳訊息。他一怒之下，竟然將我的手機摔壞。我很生氣，跑回房間把門關上，決定再也不跟他說話。

倘若我知道，那是我們最後一次見面，我會跟他多說幾句話。即使我不知道可以說些什麼。

再見到爸爸時，他死了。

爸爸上山後，曾跟媽媽通過電話，說會晚點到家。隔天卻還是沒有回來，手機也打不通。下了班的媽媽打電話聯絡幾個山上的朋友，但仍然沒有爸爸的消息，這才著急的去警局報案。

沒過多久，他們在山上露營地找到爸爸的車。

那塊露營地名義上是登記媽媽的名字。因為媽媽有原住民身分，可以繼承原住民保留地。但實際上，真正的所有權人是爸爸的幾個老同學。他們把這裡當作假日休憩的地方，誰要上山就事先知會一下對方，為此，他們在 Line 組了一個叫「白蘭山莊」的群組。雖然爸爸沒有實際出錢，但如果其他人沒有上山，爸爸也會帶我們上去住一晚。

白蘭山莊雖然稱作山莊，其實只是一個鐵皮工寮。右邊是廚房和浴室，左邊是可以用來睡覺的大通鋪。工寮延伸出的騎樓放了一張藤編的舊長椅和泡茶用的大桌子。工寮前有一條石子路，再過去就是一塊平坦的綠色草皮，可以搭露營帳篷。草皮地勢較低，爸爸喜歡坐在工寮的躺椅上，眺望遠方的山。

草皮上原來長著幾棵大樹，為了變成露營地，大部分的樹都砍了，獨獨留下一棵特別高大的樹。那棵樹恰好長在草皮與山谷的邊緣。爸爸勸幾個共同擁有這塊地的友人說，不如把這棵樹留下吧。大家沒有表示意見，默許了這件事。我想，這些合夥人願意留下這棵樹，大概是因為大樹長在懸崖邊，就算砍掉，也沒辦法多塞一個帳篷。

我知道，爸爸很喜歡那棵樹。有幾次，他甚至想爬上去，也許是想知道從樹上能看到怎樣的風景？但是，每當他嘗試爬上去時，就會被媽媽制止。媽媽覺得那棵樹就在懸崖邊，實在太危險。

有一次，爸媽並肩站在樹下，山谷裡湧起雲霧，站在工寮騎樓下的我，舉起手機拍下他們的背影。那張照片還存在手機裡。

找到車的警方和山區救難隊，以露營地為中心，地毯式搜索爸爸的蹤跡。

其中一個救難隊員我認識，是爸爸的朋友伍拜。他們先是搜索露營地附近的山道，也利用無人機搜尋懸崖這一側，他們懷疑爸爸有可能不小心失足墜崖，然而全都一無所獲。

就在警方和救難隊一籌莫展時，站在騎樓下的我，遠遠的看見那棵高大的巨樹。它彷彿在召喚我，要我走近它的身邊。我順應召喚，走到樹下，再一次體會這棵樹真的非常高大，至少要五、六個我才能環抱它的樹幹。我抬頭仰望交纏的樹枝，忽然，有個東西反射陽光，刺入我的眼睛。我揉了揉眼睛，雖然沒有任何把握，但我還是走到伍拜瑪瑪身邊，問：「伍拜瑪瑪，你會不會爬樹？」

「當然會。怎麼突然問這個問題？」

「你可不可以爬上那棵樹看看？我覺得，」我沉默了幾秒才開口：「爸爸可能在樹上。」

「在樹上？」伍拜瑪瑪用一種不可置信的眼神看著我。他是一個好人，真正的好人。不會因為我只是一個孩子而看輕我。他走到大樹下，望著那高大的樹幹。接著用手抹了抹地上的泥土，脫掉了鞋子、襪子，就這樣往樹上爬。就在他要攀上樹冠時，他停頓下來。他一定是看見什麼了。如果我猜的沒錯的話。

他以右手抓住一根粗大的樹枝，從他的姿勢可以看出來，他費了不少力氣。終於，躍上樹枝交錯的中心，站穩後，大聲叫我的名字，喊：「快去叫人來。」

我跑向停在工寮前的警察車，大聲呼叫。

接下來的印象，像加速的電影。好幾個人用吊掛工具，把爸爸從上頭放下來。我跟媽媽就站在離大樹不遠的地方，目睹整件事的經過。媽媽沒有說話，我想她還反應不過來。

一個不認識的年輕警員用嚴肅但帶著一絲歉意的表情，請我們去認屍。他說，死亡時間初步判斷應該超過二十四小時。

媽媽的身體忽然軟了一下，站在一旁的我攙住她。我們一起往爸爸躺著的地方走去。

走到「爸爸」身邊，她蹲了下來，顫抖的手掀開白色塑膠布。這一切就像一場電影。是爸爸。他的姿勢有點奇怪，不是平躺，而是蜷曲如蝦米。

「我看見亞富的時候，他背靠著樹幹，躺在樹枝上，像睡著一樣。但是，身體已經僵硬了。」伍拜瑪瑪向我們解釋。

「像睡著一樣。」我重複伍拜瑪瑪的話。心底想的是，這場惡夢做到這裡也差不多該醒了吧。

躺在地上的爸爸穿著軍綠色外套，那件外套本來是山下阿公的。據說是美軍的二手軍外套，阿公以前在越南工作時，在黑市買的，非常耐穿。阿公走了以後，爸爸帶走那件外套當作紀念。由於父子身材差不多，爸爸也常拿來穿。雖然現在是夏天，但山裡入夜後還是很冷，上山時都會多帶一件外套。軍外套有很多口袋，爸爸在裡頭放菸盒、打火機和一些雜物。

我把手伸到爸爸外套的口袋裡，果然撈出一包香菸和一支打火機。外套內側的口袋裡，還發現一本黑色皮套的筆記本。爸爸很愛寫東寫西，家裡的裝飾品上都有爸爸用毛筆字留下的字句，比如「家，是最溫暖的地方」或是「平安喜樂」這類的話。媽媽生氣時，爸爸也會寫卡片給她。以這一點來說，大姊和我都遺傳了爸爸這方面的嗜好。那本黑色筆記本是媽媽送他的。媽媽說，我去上學，她去上班時，單獨在家的爸爸可以在筆記本上記錄心情。媽媽知道，爸爸是怕孤單的人。

我把爸爸的筆記本收進我的背包裡。警察正在向媽媽詢問一些問題，並請媽媽簽字，沒有人注意到我。我隱約聽見他們說，爸爸身上有瘀青的痕跡，會進一步調查爸爸生前去過的地方、遇到的人。

其中一個最強壯的警察說：「雖然死者身上有一些瘀青，但沒有發現其他人為致死的痕跡，我們研判，他是自己爬上這棵樹，失溫而死。至於他為什麼要爬上這棵樹？還有，如果冷的話，車子或工寮也不過一百公尺的距離。張先生的舉動，以我們的經驗來說比較接近『自願死亡』。」媽媽聽了只是沉默，我想她可能也一片混亂，不清楚爸爸為什麼會這樣。

警察說他們會先將爸爸的遺體送往殯儀館請法醫勘驗，並做後續的調查，要我們在家等候消息。他們帶走了爸爸、爸爸的手機和車上的行車紀錄器。他們走後，白蘭山莊又回復原來的平靜。

我和媽媽坐在工寮的椅子上，媽媽一臉茫然望著前方的大樹。她也許在想，當初如果堅持把那棵樹砍掉，爸爸就不會走了。

而我則是想起，三年前，某一次和爸爸上山的情景。

那天是假日，媽媽需要上班。爸爸開車載我去高鐵站接大姊和她的兒子。大姊是公務員，在一間公立圖書館工作。她也是一個作家，出版過幾本書。有一次，大姊在台南圖書館演講，爸爸帶著我開了三、四小時的車，專程從新竹下去捧場。聽完後，我們在附近一間港式餐廳吃飯。爸爸載大姊到台南火車站，接著匆匆趕回新竹載媽媽上班。那時的我還是小學生，望著台上的大姊，只覺得她很厲害，敢在那麼多人面前說話。如果換作是我，大概一個字也說不出來。而我對大姊最深刻的印象，始終停留在她在台上說話的樣子。

我們把車停在新竹高鐵站外的路邊。只見大姊牽著三歲兒子小安向我們走來。小安的手上抓著一輛綠色小汽車。爸爸走向小安，小安害羞的躲在大姊身後。

「叫阿公啊。」大姊把小安拉向前。小安一臉害羞，怯生生喊：「阿公。」

「小安好棒，阿公下次帶你去買玩具。」小安聽見「玩具」兩個字，眼睛都亮了。

大姊住在高雄，因為住得遠，是幾個姊姊裡唯一還沒去過白蘭山莊的。爸爸一直想帶她上去看看，便趁著這次姊姊返鄉特地載她去山上。

雖然開著車，爸爸仍然透過後視鏡，不時看向後座的大姊和小安。小安正在玩手上的小汽車，爸爸故意問：「你的車車給阿公好不好？」小安很喜歡手上的小汽車，猶豫了一下，張開小手，小汽車佔據他整個手掌。

「阿公，給你。」小安用稚嫩的嗓音說。

爸爸要我幫他拿走那輛小汽車，還對小安說：「讚！很大方，這點有像阿公！」

「哪有像！」大姊不服氣的回。爸爸只是笑笑沒有再多說。

車子從高鐵站轉往竹東，準備進入五峰。他在五峰山腳下的便利商店停車，讓小安上廁所，告訴他可以隨意挑選一樣喜歡的玩具。小安拿起一台藍色收銀機，上面印著哆啦A夢的圖案。姊姊看了一眼標價，說：「太貴了，不可以買！」爸爸卻接了過去，說：「沒關係，阿公有錢，阿公買。」大姊瞪爸爸一眼，小安則是笑得眼睛都看不見了。

開了半個多小時，已到中午。爸爸帶我們到張學良故居前的快炒店吃午餐。

快炒店是棚子搭的，爸爸認識老闆，有時也會帶朋友來這裡吃飯、喝酒。吃過午餐，繼續開往白蘭山莊。

我來過很多次，但大姊是第一次。爸爸向大姊介紹這裡，廁所、廚房和房間，就像介紹自己的家。其實，這裡不算我們的家。不完全屬於我們，雖然土地登記媽媽的名字，但實質上卻是好幾個人共同租用。

小安對這一切感到好奇，在工寮前跑來跑去。爸爸走到工寮外的一根柱子旁，打開安裝在柱子上的水龍頭，拿起水管噴向小安。小安看見水，一點也不害怕，索性脫掉腳上的鞋子踩踏小水灘。爸爸見狀笑得更開心。

「下次跟妹妹們約一下，找天一起上來玩。」爸爸說。現在想起來，那或許是爸爸最大的願望，帶著幾個女兒們，全家一起在山上住幾天。

但，卻等不到那一天了。

小時候，爸爸常對別人說，我長得像大姊。雖然是同父異母，還是有相似的地方，偏長的臉形、薄薄的嘴唇和淺褐色的皮膚。但是，爸爸為什麼不說我像二姊、三姊，偏偏說我像大姊呢？追根究柢，其實是爸爸的私心。他希望我像大姊一樣，國中讀升學班、考上竹女，國立大學畢業。最好最好，也當公務員。可惜，我的成績不怎麼樣，數學尤其慘烈，只有國文還能看。喜歡看書、寫東西的我，也唯有這一點像大姊一些。

我不只有三個姊姊，事實上，還有兩個哥哥。但媽媽早已和過去的家庭斷了聯絡，而且斷得相當徹底，我從來沒有見過兩個哥哥。至於姊姊們，也是久久見一次面，加上年齡差距大，就算見了面也不知該說什麼。我跟媽媽姓林，姊姊們跟爸爸姓張，從姓氏上很難看出我們的關係。我曾想過，如果爸爸死了，我和姊姊們是不是就不會再聯絡了？就像我和哥哥們一樣。只是沒想到，這一天這麼快就來了。

不知待了多久，遠方開始起霧，天空降下細細的雨絲。太陽隱沒，氣溫陡降。我抱緊雙臂，試圖讓自己感到溫暖一點。本來看著遠方抽菸的媽媽，彷彿被我的動作驚醒，捻熄香菸，站起身對我說：「該走了。」

媽媽用備用鑰匙解鎖，我打開車門坐上副駕駛座。我對副駕駛座還算熟悉，媽媽上班時，我都坐副駕駛座，任爸爸開車載我到處跑。一向坐在副駕駛座的媽媽，對駕駛座顯得有些陌生。她打開車門，坐上駕駛座，調整高度，試圖發動車子。還好，車子還可以發動。我們就這樣在雨霧中緩緩開下山去。

雨跟著我們一路下山，並且回家。

接下來的日子，媽媽動不動就掉淚，整個家像經歷一場梅雨季。不，有時是颳颱風。牆上爸爸的東西被颱風颳落，又慢慢拼湊回去。

那幾天，除了警察，小姑姑也來過電話。小姑姑是爸爸最小的妹妹，也是幾個兄弟姊妹裡和爸爸最親的人。爸爸工作沒有著落的期間，小姑姑曾幾次借錢給我們。手機那頭的小姑姑說，張家在湖口有長期合作的葬儀社，那間葬儀社服務過我們家好幾代人。她給了媽媽一組電話號碼，要媽媽在警方完成手續後打去。

過了兩天，警方來電。媽媽拿起手機，好像只是接起一通催繳通知那般，回：「好，我知道了。」媽媽掛斷電話後，打給葬儀社，請他們到警方指定的地點載爸爸到湖口殯儀館。

這段期間，媽媽忙著處理後事。雖然我有滿腹疑問，也不敢多說什麼。直到開往殯儀館的路上，我才開口：「媽，他們確定爸爸的死因是什麼了嗎？」

「爸爸是自願死亡。」媽媽引用了警方的說法。

「那爸爸身上的傷呢？」我追問。

「那些不是致死的原因。他們循著行車記錄器，爸爸去過我們山上的民宿。妳還記得吧，妳小時候的家。」我說記得，媽媽接著又說：「後來，妳爸去找了瓦旦瑪瑪，兩人喝了一點酒，一言不合打起架來。那些瘀青應該就是那時候留下的。」說到這裡，媽媽不再繼續往下說。接下來的事情就如警方告訴我們的：爸爸坐在工寮抽了幾根香菸，接著不知道為什麼爬上那棵樹，再也沒有下來。

## 02 搬家

我望著路燈下的行道樹發呆，順著人行道往前走、再右轉，就是我的國中。以前在操場上體育課時，我都會忍不住朝家的方向望去。這棟大樓有十二樓高，是這附近最高的一棟樓。我家在十一樓。站在操場，可以輕易找到我們家。爸爸在陽台上種了一棵百香果樹，百香果樹長得很高，爸爸架起竹子，好讓百香果樹攀爬。只要找到最高的那棟樓，窗台上一片綠意的就是我家。由於有百香果樹的遮掩，我不能分辨爸爸是否站在那裡。即使沒有清楚看見，但我知道，爸爸一定經常望向學校，尋找我的身影。

有一次，我站在陽台上爸爸常佇立的位置，果然可以將學校一覽無遺。嫉妒心強又愛猜疑的爸爸，當初在找山下租屋時，早料到這一天。當他的女兒，也就是我，步入青春期，不願再跟著他東奔西跑，不肯將心事與他分享。這時，他需要一個可以完整掌握女兒行蹤的地點。這個地點沒有比在學校旁邊更好的了。因此，有很長一段時間，我把這個家當作爸爸監視我的塔樓。

「回去吧。」媽媽用她從淘寶買的一雙鑲著水鑽的厚底運動鞋，把吸到一半的菸踩熄，再踢進一旁的水溝裡。我走在媽媽身後，步入這棟住了十年的大樓。大樓外觀已有些陳舊，外牆磁磚蒙上一層洗不去的灰。房東比媽媽的年紀長一些，房子是房東阿姨的媽媽買給她的嫁妝。不過，據我所知，房東阿姨始終單身，至今都和老母親住在一起。剛搬來時，爸爸一度擔心如果房東阿姨嫁出去，我們就得搬家。一年又一年，房東阿姨沒有嫁出去，我們也越來越把這裡當自己家。可以住一輩子的那種家。

媽媽向入口處旁邊的管理員打招呼，管理員抬頭見到我們，點點頭示意，直接幫我們打開玻璃大門。大門進去右手邊有兩支電梯。我們走進電梯，媽媽用磁扣感應，按了十一樓。電梯緩慢上升。走出電梯，廊道沒有對外窗，大家都習慣把鞋子放在外面，空氣裡瀰漫潮濕的霉味。

電梯右側那一戶就是我們家。媽媽掏出整串鑰匙，翻找到家裡的那把，鑽進鑰匙孔，喀噠一聲，門開了。迎面而來，是掛在玄關盡頭的牆壁上，一幅我們三人在山上的家前拍的合照。媽媽刻意低著頭，不去看那張照片。爸爸走了以後，媽媽盡可能不去看與爸爸有關的東西，但這實在是太難了。有天晚上，我起來上廁所，聽見客廳傳來窸窸窣窣的聲音。走近一看，發現媽媽坐在沙發上，對著爸爸的躺椅，一個人喃喃自語。

我脫了鞋，走進盡頭的房間。我的房間只有兩坪多，一張雙人床就佔據大半。床鋪緊靠一扇外突的窗，窗戶從來沒有打開過，窗台上堆滿我從夾娃娃機抓到的玩偶。床腳連著左右推門的衣櫃，床頭邊的小桌子是我的書桌。我呈大字型躺在床上，感受床墊熟悉的彈性，床罩和棉被因為反覆搓揉形成毛球，給我一種莫名的安全感。

爸媽房間就在我的上方。這是一間樓中樓的房子，木頭夾層，我可以聽見上面發出的聲響。媽媽走動的腳步聲此刻就無比清晰，我甚至可以透過聲音判斷，她正走到床邊，坐在上頭抽菸，菸灰缸就擺在地板上。不知道是否是心理作用，我聞到媽媽的菸味。不同於爸爸的菸味濃重，媽媽的菸帶著幾分清涼。

「妳還不能抽菸知道嗎？」爸爸曾用警告語氣對我說。那是他得知我偷偷交了男朋友的隔天。

「我又沒抽。」我冷冷地回他，故意用力放下手中馬克杯，在還沒發生更大的衝突之前，快步回房間。我刻意避開爸爸眼底的一抹悲涼。爸爸老了，我卻還小。爸爸以為我不懂他的傷心。於是，我假裝我不懂。

上面傳來低低的啜泣聲，媽媽可能怕我聽見，所以不敢哭得太大聲。但我還是聽見了。媽媽的哭泣像滴答的雨絲，穿過木板的間隙，來到我的耳裡。

我想再過不久，我們就會離開這個家。媽媽對我說過很多次了。這幾天，媽媽常說想搬家，反正是租來的房子。沒有爸爸，這三房兩廳的樓中樓顯得太空曠。

找到爸爸的那一晚，我夢見他。爸爸坐在我的床邊，突然大聲罵我：「為什麼睡我的床？」我嚇醒，哭了起來。

我聽見媽媽從二樓飛奔下來的腳步聲，咚咚咚，她推開本來就只有半掩的門，大聲問我：「小寶貝，沒事吧？」這時我完全醒了。媽媽的樣子太嚇人，一雙剛哭過的紅腫眼睛，瘦到顴骨突出的雙頰，還有沒有梳整而雜亂的頭髮。眼前的這個人真的是我媽嗎？有一瞬間，我懷疑著。

她見我不發一語，趕緊坐到我身邊，追問：「怎麼了？」我把剛剛的夢告訴她。「好羨慕妳啊！都可以夢見爸爸。」她眼中的血絲更紅了。她突然伸手抱著我喊我「寶貝」，我肩上的衣服被她的淚水浸濕。她喊我「寶貝」，前面沒有加上「小」這個字。不久前，這裡住著兩個她的寶貝，她喊爸爸「老寶貝」，喊我「小寶貝」。現在已經沒有區別的必要。

爸爸死了，這房子也死了。

即使是租來的，有爸爸的時候，這裡是我們的家。

除了房子老舊一點，還有離我的國中太近，這裡沒有其他太大的缺點。因此，當媽媽第一次向我提出要搬家的念頭時，我並不贊成。媽媽沒有生氣，從前只要我一不順從她的想法，她常會抓狂。但那天，她很有耐心的告訴我要搬家的理由，彷彿已預先在心底排練過無數次。

「爸爸走了，我們兩個人不需要住那麼大的房子。搬去桃園，阿姨們都在那裡，比較好有照應。」媽媽解釋完她的理由後，喝了一口浸泡一整晚的隔夜茶。她的口味重，嗜辛辣、飲濃茶。爸爸常勸她不要喝隔夜的茶。不喝濃茶醒不來，媽媽辯解。

我愛睡覺，最久曾連續睡上二十個小時，這本事就是遺傳自媽媽。好幾次還因為睡過頭上學遲到。（這很丟臉，畢竟大家都知道我家就在學校旁邊。）不過，媽媽更強大，她可以連續睡上整整兩天。如果我們不叫她，她說不定還可以繼續睡下去。媽媽這麼能睡和她的工作有關。她上夜班，做二休二的線上作業員，連續兩天在黑夜中工作，需要一場大睡來調整時差。

媽媽工作，打掃家裡的向來是爸爸。這房子裡究竟有多少東西，恐怕也只有爸爸才知道。樓上還有一個雜物間，堆滿各種東西。不再亮的夜燈、爸爸賣不掉的手工皂，還有我小時候的衣服等等。

雜物間隔壁是淋浴間，再來就是爸媽的主臥室。窗戶不大，厚重窗簾足以遮避所有的光線。媽媽睡覺時，二樓就成了禁地。還小的我常想上樓找剛下班的媽媽，但都被爸爸制止，他說：「讓媽媽睡飽一點，不要吵她。」我不是要吵媽媽，只是想看看媽媽睡著的臉。

除了這兩個房間，樓下還有一間做成通鋪的和式房間。除了床墊、棉被和一台很久沒有開機的電腦，沒有多餘的東西。雖然沒有人住，但爸爸常常打掃那個房間，他想，如果姊姊們來可以住那一間。但姊姊們從來不曾住過，她們一年難得來一、兩次，每次都是匆匆吃過飯就離開。

三個姊姊是爸爸前兩段婚姻生的孩子，我還小的時候，她們已經長大。比起姊姊，我更羨慕有哥哥的同學。只是，媽媽完全沒有跟哥哥們聯繫，也沒有留下任何照片，我連他們長什麼樣子都不知道。就算在街上遇見，也無法相認。

離婚後，媽媽就決定斷得一乾二淨，不再聯繫。媽媽是處女座，對感情有潔癖。不只是愛情，對孩子也一樣。如果我欺騙她或做了什麼踩到她底線的事，她也有可能拋下我。六歲時，媽媽曾離開我們，去桃園阿姨家住了整整兩個月。

那時，我還住在山上的家。在工寮睡覺的我，被爸媽的爭吵聲吵醒。我斷斷續續聽見媽媽怒吼著：欠錢、沒有責任感、偷吃，還有我的名字。我下床，赤腳走去一旁的民宿前。剛好看見媽媽正大聲說話，抓起吧檯上的玻璃杯往地上摔。跟爸爸比較親的我跑到媽媽面前，把我大聲說：「妳有這種老公已經很好了！什麼都不用做，只要上班就好。」媽媽瞪著我，把我嚇到了，趕緊躲去爸爸身後。那天下午，媽媽帶了幾件衣服就開車下山。

我們起初以為，媽媽只是賭氣，過兩天就會回來。但過了一個星期，媽媽還是沒有回來。兩個星期、三個星期，我坐在爸爸釘的搖椅上，成天盯著山路，但媽媽的綠色小汽車始終沒有出現。

以前，我覺得沒有媽媽不要緊，爸爸在就好。但等到媽媽不在了，我卻瘋狂想念她。爸爸不停打電話，媽媽一通也沒接。

再過幾個月，我就要上小學。我沒有讀過幼稚園，注音符號、ABCD我都不會。我不想上學，學校很遠。爸爸說，上學容易生病，乾脆不要上。還有，上學要花錢。雖然，家裡每個月有媽媽的薪水進帳，但沒有多餘的錢可以讓我念幼稚園。我一點也不難過，反倒很開心不用上學，可以整天跟著爸爸。那時的我簡直就是爸爸的跟屁蟲，一步也離不開他。

我們的部落很少小孩，雖然山上也有小學，但小學在山的另一邊，必須越過橋，走半小時才能到。所以，部落裡的年輕家庭都搬去山下，山下有工作機會，念書也方便。部落裡大部分是老人，和更老的人。我最好的朋友也是一個老人，爸爸要我叫他「阿公」，但我喜歡叫他的名字「哈勇」。哈勇個子不高，人很瘦，聽說以前是很厲害的獵人。他很喜歡我，還幫我取了泰雅族名字：比黛。我聽人說，這是他第一任妻子的名字。哈勇和爸爸一樣結了三次婚，也和爸爸一樣，對第一任妻子始終念念不忘。不知道是不是這個原因，爸爸說，他和哈勇很投緣，所以哈勇也是我的「阿公」，要像對山下阿公一樣尊敬他。

山下阿公很嚴肅，比起來，我更喜歡哈勇。哈勇看見我都是一副笑瞇瞇的樣子，不像山下阿公，一看到我就板著臉問：「讀書了沒？會認字了沒？」什麼都不會的我不知道該怎麼回答？只好躲到爸爸身後。還好，我們不常回爸爸山下的家。

哈勇家在我們家隔壁。說是隔壁，其實隔著一條小路，我們在山坡下面，哈勇家在上面。爸爸說，我們住的地方也是哈勇「給」的。爸爸在哈勇給的土地上，先搭了一個鐵皮屋。跟哈勇家的一模一樣。再慢慢在一旁的荒地上蓋房子。爸爸先在一張月曆背面，用原子筆畫上房子的輪廓，爸爸說要把它打造成民宿，名字就叫「老婆的店」。

爸爸蓋房子的錢，大部分是跟山下阿公拿的。阿公退休後，在家族祠堂當管理員，每個月有兩萬塊薪水。家族祠堂是新建的三合院，爸爸就是去那裡找阿公。爸爸開口說要借錢時，阿公很激動，手指著爸爸罵：「恁多年，你想看你拿了幾多錢？俚我自家剩這兜錢，你拿去，俚下攞仰結煞？」

「爸，你講要撥屋家做分兩个弟弟，俚無反對。山頂老人家要分俚該地，堵好這下大家愛住民宿，俚做得佇該地撥民宿做起來，該邊風景當好，這擺一定做得起來。」爸爸信誓旦旦的說。阿公坐在辦公桌的另一端，沉默很久，說了一句：「帶俚去山頂看看。」媽媽把事情轉述給我聽時，我以為阿公說不過爸爸，所以屈服了。現在回想才發現，阿公不是屈服，而是不忍心拒絕自己的孩子。就像爸爸，知道我交男朋友時，一怒之下把我的手機摔壞。卻偷偷打電話給媽媽，要媽媽帶我去買一支新手機，多貴都沒關係。可惜的是，我是在爸爸走後才知道這件事。

「他以為我的錢很多嗎？說摔就摔，我要搬多少箱子，才能買一支手機？」在殯儀館裡，媽媽摺著蓮花對我說。那支手機掛在我胸口，沉甸甸的，讓我一度無法喘氣。即使知道爸爸不會接電話，但我好想用那支手機打給他。

民宿有兩層樓，樓下放了一台活動式卡拉OK機，樓上是住宿的房間。爸爸不懂宣傳，民宿客人不多，反倒常用來招待親朋好友。我們很少睡客房，大多還是睡在木屋旁的工寮裡。工寮外有一個用木頭搭的涼亭。中間挖坑烤火，堆疊幾個燒得焦黑的大木頭，天冷的時候，我們常一起坐在篝火邊取暖。

山上的日子，現在回想起來挺無聊的。

無聊時，我就去找哈勇。沒有孫兒的他總是很歡迎我的到訪。有時會講故事給我聽，有時會帶我去山裡。哈勇要爸爸為我準備一雙「登山鞋」。說穿了，只是一般塑膠雨鞋。哈勇常常告訴別人，我很會爬山，一點都不輸給他。可能那時太常爬山，我的小腿又粗又壯，到現在還瘦不下來。

爸爸沒有正式的工作，但總是很忙。他常買一些零食、泡麵放在家裡，讓我肚子餓時可以拿出來吃。我最愛吃科學麵，把麵壓碎，加入調味料，抓住開口搖一搖，就可以飽餐一頓。有時，爸爸會蒸白饅頭。竹東市場有一間山東饅頭，爸爸很愛吃，經常買一大袋回來慢慢吃。我不愛吃那種東西，裡面什麼都沒有，吃起來有夠無聊。跟山上的日子一樣。

現在的我很懷念爸爸蒸的白饅頭，懷念山上的日子。懷念哈勇，懷念兒時的好友舞蓋。就在我搬下山那年，我和舞蓋鬧了一點彆扭，再也沒有聯絡過。那年，我六歲，舞蓋七歲。

舞蓋住在十八兒部落。

她長得比我還瘦，臉尖尖的像陀螺。爸爸有時候會送一些棉被、白米給山上的老人家，其中一位就是舞蓋的阿婆。尤其快到選舉時，爸爸跑得更勤快。那些候選人會特別來拜託爸爸，由他們出資，請爸爸買米、棉被送到山上去。只要有物資，爸爸一定會上十八兒部落探望舞蓋的阿婆。舞蓋的媽媽很早就死了，她的爸爸本來在山下工地打零工，出意外走了，由阿婆獨力撫養她。爸爸說，舞蓋的阿婆很辛苦，年紀那麼大還要照顧孫女，我們可以幫忙就幫忙。

爸爸似乎很喜歡做這件事，我是從他臉上洋溢的笑容判定的。老師曾教過一句話「施比受更有福」，我想，這句話是沒錯的。能夠給予的人，通常都是擁有比較多的人。

舞蓋是賽夏族人，但不會說賽夏語，反而會說泰雅語和一點點客家話。這點，我和她一樣，我有阿美族血統，但根本不會說阿美族語，反而會說一些泰雅語。這不奇怪，在這座山上，泰雅族才是多數。不過，這點相似性，讓我們很快變成好朋友。

舞蓋很會游泳，在溪水裡的舞蓋化做苦花魚，細長身體游得特別快，瞬間不見人影。我也喜歡玩水，但說到游泳，可就一點也不行。爸爸說他年輕時很喜歡夜潛，和伍拜瑪瑪、瓦旦瑪瑪半夜脫光衣服下水抓溪蝦。不過，這些都是他們還年輕時的事。中年後的爸爸越來越怕水，頂多坐在淺淺的溪水中，讓小瀑布打在肩膀上。爸爸說是「天然 spa」，對身體很好。除此之外，不要說夜潛了，白天也很少見他游泳。他從不教我游泳，更不准我在他視線看不到的地方下水。

有一次，爸爸帶舞蓋來我們山上的家玩。那是天氣炎熱的夏天，舞蓋說想要玩水。爸爸就帶著我們到距離民宿不遠的鏡潭玩水。鏡潭是爸爸做天然 spa 的地方，山下阿公會答應幫爸爸出資蓋民宿，鏡潭幫了很大的忙。每次山下阿公腰痠背痛的時候，就打給爸爸。爸爸會下山載阿公到山上做 spa，阿公說做完 spa，就像打通任督二脈，什麼痠痛都不見了。

鏡潭由兩個圓形小湖相連，一個地勢較高，一個地勢較低。高的那個比較接近圓形，低的那個則是像橢圓形。兩個小湖倒映四周樹木，由高處往湖水望去，就像兩面鏡子。高處的湖水透過幾處缺口往低處流，形成小型瀑布。爸爸就是坐在缺口下，讓上方溪水打在肩膀上。可以做天然 spa 的鏡潭一度是民宿的招牌。

爸爸做 spa 時，我就在一旁玩水。湖水不深，枯水期時，最深的地方才到爸爸的膝蓋。

舞蓋第一次到鏡潭時，還不知道水深，就逕自跳了下去。她在水底閉氣，游來游去。我羨慕看著自由自在游泳的舞蓋，想起不久前看的卡通《美人魚》。

「下來啊。」舞蓋躍出水面對我喊。我慢慢走進水中，舞蓋卻等不及，一把拉我跟她一起潛入水底。她在水中睜眼看我，要我也把眼睛打開望著她。在半睜半閉之間，前方是和我一樣留著齊肩長髮、黑皮膚、大眼睛的舞蓋。有一瞬間，我覺得好像在水底照鏡子。舞蓋是我的倒影。

舞蓋比我大一歲，也比我大膽。爸爸很疼她，說她很像從前的一個朋友。我問是哪個朋友，爸爸卻只是淡淡的回：「妳不認識。」當時天天黏在爸爸身邊的我，不相信有我不認識的「朋友」，繼續追問是誰？爸爸不知是不耐煩還是怎樣，忽然發起脾氣，說了一句：「她死了。」那時，「死」在我人生字典裡還是一個新詞。我被爸爸說話的表情震懾，不敢吭聲。

我只知道，舞蓋長得像爸爸從前的朋友，爸爸特別疼她。想必那個「朋友」在爸爸的心底有一定的分量。

準備搬到山下前，爸爸決定去拜訪舞蓋的阿婆，告訴她這件事。

出發前，爸爸先帶我去挑玩具。玩具店在北埔老街上，這裡賣的玩具都是中國製，種類多、價格又便宜，爸爸會慷慨的讓我隨便挑一樣喜歡的玩具。這次，爸爸要我挑兩個，一個給我，一個給舞蓋。我選了很久，才決定要買金頭髮的芭比。她穿著亮晶晶的禮服，頭戴塑膠皇冠。她是一個盜版的芭比，身體是廉價的空心塑膠，用力一捏，手腳就會凹陷。我挑了兩個一模一樣的芭比，只有禮服的顏色不同。我的是粉紅色，舞蓋的是藍色。

我叫她愛麗兒，《美人魚》主角的名字。除了要送給舞蓋的芭比，爸爸還帶了一包白米和一袋從北埔老街買的艾粄。艾粄是用艾草和米做成的客家甜點，裡頭包蘿蔔絲，味道甜鹹甜鹹，舞蓋的阿婆很喜歡吃。東西準備好後，我們便往十八兒部落出發。

舞蓋的家被一大片竹林包圍，那些竹子生得特別密，風吹過時，會發出沙沙沙的聲響。舞蓋曾跟我說過關於這片竹林和她母親的故事。在她很小的時候，Oya 就死了。

「她是生病嗎？」我問。

「不是。是自殺。就在下面的竹林裡上吊。」她說得很清淡，好像說的是別人的事。我卻被嚇著了，一時不知該怎麼反應。「他們好像是為了錢的事吵架，Yaba 打了她，Oya 哭著跑出去，再也沒有回來了。我都是聽阿婆講的，自己沒有什麼印象了。」

我還記得，那天舞蓋跟我說完後，回家時天已暗。我害怕地看向窗外，濃密的竹林傳來嗚咽聲，就像舞蓋的母親還在竹林裡徘徊哭泣。

車子爬上斜坡，竹林出現了。沙沙沙，我聽見竹林說話的聲音，舞蓋家到了。

舞蓋的阿婆長得矮矮胖胖，跟我阿婆差不多。不同的是，我的阿婆燙著一頭捲髮，就像《我們這一家》的花媽。舞蓋的阿婆則是把一頭銀白色頭髮，用橡皮筋綁成一個髻。

舞蓋的阿婆半駝著背，站在家門口，問：「亞富啊，吃過飯沒有？我剛煮一鍋燒酒飛鼠。」

「那麼好，哪來的飛鼠？」

「伍拜給的。他昨天獵到的喔。」

「那麼厲害。」

「比黛又長高了。怎麼跟我們舞蓋一樣瘦？沒吃東西喔？」舞蓋的阿婆皺著眉頭看我。

「哪裡沒吃？吃很多！給她吃都是浪費啦。」爸爸回。我瞪他一眼，不想承認自己是大胃王。

這時，舞蓋從樓上跑下來，身上穿著一件洗得泛白的無袖花洋裝。她的嘴唇寬，笑起來可以看見整排晶晶亮亮的白牙。

「乾爹。」舞蓋甜喊。

「來，這個給妳。」爸爸把裝了禮物的紙袋交給舞蓋。舞蓋接過紙袋，拿出紙盒，見到穿著藍色禮服的芭比娃娃，笑得更加燦爛。

「喜歡嗎？」爸爸問。

「喜歡。」舞蓋點點頭。接著向我使眼色，要我跟她一起上樓。

二樓沒有隔間，舞蓋的房間是用好幾塊簾子圍起來的小空間。即使如此，我還是很羨慕舞蓋擁有自己的房間。跟爸媽住在工寮的我，沒有屬於自己的空間。工寮很小，光是放雙人床和一張小沙發就滿了。

其實，舞蓋就算沒用簾子圍起來也沒關係，整個二樓都是她的。舞蓋的阿婆膝蓋退化，很少上樓。不過，舞蓋還是喜歡用簾子把屬於自己的區域圍起來。

我從背包裡拿出愛麗兒。舞蓋也迫不及待把娃娃從盒子裡取出。我們很快變身手中的芭比，一起逛紙箱做的百貨公司，一起去放著一面大圓鏡的美髮店做頭髮，還一起喝了下午茶。

不知道玩了多久，我們躺在一條褪色舊棉被鋪成的床上。

「好想趕快長大，到時候我們就可以一起下山。」舞蓋說。舞蓋房間的牆上貼滿了她從報紙、雜誌剪下來的照片。有明星的照片，也有漂亮的城市風景。

「我們要搬家了。」我對舞蓋說。

「搬去哪裡？民宿怎麼辦？」

「可能是竹東吧。爸爸說，山下念書比較方便。民宿不賺錢，爸爸要把它租出去。」我望著天花板角落的蜘蛛絲悶悶地說。雖然，我跟舞蓋一樣想去山下，但總覺得這個決定有點太快。我不確定，我能不能適應山下的生活？

舞蓋聽了，沉默許久，才吐出一句：「很好啊。」雖然她嘴上說好，但語氣卻十分冰冷。好像我背叛了她。她心裡一定在想：妳怎麼可以先跑去山下呢？不是說好要一起下山嗎？

這又不是我可以決定的。我想辯解，卻只是沉默。

我們兩個躺在那裡，各自望著貼滿外面世界的牆發呆，直到爸爸在樓下喊：「比黛，回家了。」我跟舞蓋說再見，但舞蓋背對著我，一句話也沒有說。

自從那天起，我和舞蓋再也沒有聯絡。

而我發現，此時此刻，在這世界上，我最想說話的對象，竟然是她。我想告訴她，爸爸死了。我上網搜尋舞蓋的名字，卻沒有發現相似的臉孔。

後來的日子每天都差不多。媽媽向公司請了一個月的長假。距離開學的日子還有一個多月。我們睡到自然醒，各自去便利商店買東西吃，吃完回房間裡。好像我們只是普通的室友。男友傳訊息給我，我懶得回，更沒心情講電話，漸漸的他也不再打來。我滑著手機，爸爸的臉書還在。裡面的世界彷彿還停留在過去。

叮咚，Line 跳出一則訊息，是樓上的媽媽傳來的。「寶貝，早點睡，明天還有很長的路要走。」明天，媽媽說要帶爸爸回東部老家，媽媽兒時的部落，走一趟每年他們必走的路，媽媽說，這叫「追思之旅」，是阿美族的傳統。

我不知道這個傳統的意義是什麼，但也許暫時離開這裡，對媽媽和我而言都是一件好事吧。

# 第四章、Ina

## 01 追思之旅

娜高的 Ina 是花蓮鶴岡屋拉力部落的阿美族人，嫁給了派駐到花蓮鑿山洞的老爹。他們結婚後，老爹沒多久就退役，在一間國小當工友。她出生時，老爹已年近半百。

老爹的老家在山東，半生跋涉，在島嶼東部扎下淺淺的根。他像好不容易落地的雜草，牢牢抓住土壤，想盡辦法開枝散葉。老爹和二十來歲年輕力壯的 Ina，一共生下五個孩子。娜高上有哥哥，下有弟弟和妹妹。令人難過的是，弟弟在四歲時夭折了。娜高永遠記得那一天，Ina 擁著死去的弟弟，坐在家中一樓地板上。Ina 大而明亮的雙眼布滿血絲，像乾枯的水井，再擠不出一滴淚。粗壯的雙手因為用力而青筋畢露，嘴巴微張，卻發不出任何聲音。娜高發現，原來最悲傷的哭泣是無聲的。

弟弟埋葬後，Ina 領著老爹和幾個孩子，去了弟弟生前最愛去的地方。Ina 說，追思之旅的阿美族語是 Micohongy，在阿美族傳統裡親人過世之後，要重新走一遍他在世時曾去過的地方，拜訪亡者生前常往來的親友。

Ina 把弟弟的照片剪下來，放進一條銀製的愛心項鍊裡。那條項鍊是老爹與 Ina 的定情之物，原來放的是兩人合照。弟弟的照片就這樣疊在合照上。他們先去了老爹擔任工友的國小操場，弟弟最愛在那片黃沙地上奔跑，用沙地堆出一座小山，再用樹枝鑿開一個洞。有人問弟弟在做什麼？他說：「學爹爹，開山洞。」

他們還去了舅舅家，就在隔壁部落。他們遇見表哥表姊，娜高只有表親，沒有堂兄弟。老爹來台灣後，與彼岸斷了聯繫。一群孩子玩起來，玩得很盡興，幾乎忘記弟弟死掉的事。娜高一轉頭卻看見 Ina 正望著他們，一雙黑眸像深不見底的井，空洞而悲傷。

追思之旅結束後的某個夜晚，他們全家睡在同一張木板床上。Ina 以為孩子們都睡了，壓低聲音對老爹說：「搬去西部吧。」聲音沙啞但有不容反駁的堅定。老爹沒回答，Ina 又再說了一次，老爹發出「嗯」一聲，結束這場談話。

娜高明白那聲「嗯」帶著一絲不願。Ina 不像大阿姨，是一家之主，也是整個家族的頭頭。Ina 向來是小女人，以老爹的意見為意見。這次，卻鐵了心要搬去西部。她認定若他們是住在西部，弟弟來得及送去大醫院，就不會死了。

那年夏天，Ina 帶著幾個孩子和簡單行李搭火車到西部。老爹站在月台，目送他們離去。老爹說，他快退休了，得領完退休金再去和他們團聚。他們的目的地是桃園大溪，要去投靠搬去好幾年的大阿姨。大阿姨領著十幾位同鄉族人，為西部人蓋房子。

此後，每年寒暑假，他們會搭火車回花蓮，車速緩慢的普通車。雖然車程很長，但票價便宜。那時他們都還是孩子，對時間不在意。比較在意吃。娜高記得，每次火車開到宜蘭，外頭就有小販站在月台兜售便當。Ina 會掏出口袋裡的錢，買一個便當給幾個孩子分食。「換我吃了！」「換我才對！」哥哥、妹妹和娜高老是為了一口便當爭搶。尤其一小塊醃漬過的鹹魚，鹹膩滋味在口中化開，味道就像東部的海。

Ina 離開故鄉花蓮的時候，一滴眼淚也沒掉。孩子們則是顯得興奮異常，心裡想的全是戲院、百貨公司和高樓大廈，電視上看過的城市風景。唯一流淚的反倒是退休後到大溪和他們團聚的老爹。老爹一上火車，眼淚就嘩啦啦流不停。都那麼大的人了，怎麼還像個小孩一樣。娜高當時這麼想。

多年來，娜高以為老爹早習慣西部的生活。直到老爹臨死前交代，要把遺骨葬在花蓮。見 Ina 拚命點頭，才嚥下最後一口氣。

老爹這輩子一直接受不得已的事。當年被國民黨抓來台灣是一件，依了 Ina 的心願，從東部搬到西部是一件。還有一件，是她做的。那是在老爹離開前一年發生的事。

老寶貝的乾爹給他一塊地，一塊需要有原住民身分才能繼承的土地。老寶貝要求她改從母姓，恢復原住民身分、繼承土地。她從李雲英變成林雲英，先斬後奏。當她戰戰兢兢把改姓一事稟報老爹時，老爹沉默許久，只回一聲「嗯」。為什麼不責備她？為什麼要忍住傷心？娜高看著白髮蒼蒼的老父親，眼淚一時湧上，背過身不看老爹。她背叛了老爹，狠狠傷了他的心。

老爹的追思之旅出發那天，天空下著雨。滿天都是老爹的淚水，他生前一直想回來。現在他死了，終於可以回來，永遠的留在這裡。

她和妹妹一共開了兩台車，車子從桃園往北行，經過宜蘭，沿著濱海公路不斷東移。一面是海，一面是山。

老寶貝開車，身為長女的她捧著老爹的照片坐在副駕駛座。哥哥則坐在後座。娜高望著窗外的海洋，想起小時候，每年豐年祭，搭慢火車回東部的回憶。每當火車左側出現碧藍海面，整顆心頓時寬闊起來。她喜歡趴在車窗邊，看著遠方的海浪一陣一陣朝她奔來。不管發生什麼事，娜高想，只要來看看這片海洋就過去了。

「老爹，我們回來了。」娜高輕聲對老爹的照片說話。這是老爹死後第一次，她感覺到老爹的某個部分還在。

娜高認識老寶貝時已三十五歲，離過一次婚，兩個兒子跟前夫。老寶貝離過兩次婚，和兩位前妻分別有三個女兒。本來兩人說好不結婚，在一起就好。後來禁不住老寶貝一再要求，便在老寶貝工作的度假村辦了婚禮。說好結婚不生孩子的，他們各自都有過孩子，帶孩子可不是好玩的。

然而，就在老爹追思之旅結束後不久，娜高發現自己懷孕了。

其實，回花蓮時，娜高就感覺到有些不對勁。她的月事兩個月沒來。但因為工作做二休二，日夜顛倒，月事遲來並不是沒發生過。她記得幾年前，剛經歷婚姻的挫敗，整個人瘦一大圈，一百六十公分的她僅四十三公斤。整整半年沒有月事。有過那次經驗的娜高安慰自己，不是不來，只是延遲而已。

老爹的遺照靠在她的肚腹上。讓娜高想起兒時搭火車回花蓮的情景。吃完便當，興奮的情緒漸漸被睡意取代。**Ina** 抱著年幼的妹妹，老爹抱著她，哥哥坐在前座下方的踏墊上。五人回去，兩張票就夠。即使擁擠，娜高仍覺得幸福。前一天還去工地的老爹，一大早帶著全家趕往火車站，早已疲憊不堪。最早睡著的總是老爹。娜高把頭埋進老爹的胸膛，耳邊傳來老爹的鼾聲，隨著遠方的浪潮，把整節車廂推進夢中的世界。

那時的她沒有想過，有一天，會是老爹倚靠著她。

老爹很高，小時候站在老爹身邊，總覺得老爹像大樹一般。偏偏他們幾個孩子的身材全像 Ina，不特別矮，但也不算高。

老爹是山東人，說話帶著腔。Ina 是阿美族人，說話也帶著腔。娜高很自豪自己什麼腔都沒有。如果她不說，沒人知道她的出身。

老爹不愛說話。當初來台灣，孤身一人，兩手空空，內心藏著望不見底的孤單。她常常看見老爹一個人喝酒。Ina 絕不會一個人喝酒，一個人喝多孤單？當然要一群人一起喝。Ina 和阿姨們總是圍在一起唱歌、喝酒。

娜高長大後，工廠同事也有很多不同族的原住民，有的跟她一樣是阿美族，也有鄰近的泰雅族，還有遠從蘭嶼來到本島打拚的達悟族。他們一到假日就聚在一起喝酒。不管跟同事喝酒聊天多愉快，娜高心裡始終有塊地方，沒人進得去。原來，孤單是會遺傳的。老爹獨自飲酒的背影，長在心底一塊陰暗的角落。

她望著老爹的遺照。照片是老爹多年前回山東時拍的證件照，照片上的老爹將近七十歲，人看起來十分有精神。一雙不特別大也不算小的眼睛，長長的臉，微凸的牙齒，娜高承襲老爹五官的特徵。大家總說，幾個孩子裡，娜高最像爹。只有一點不像，老爹的皮膚黝黑。娜高幸運的遺傳 Ina 的白皮膚。

妹妹則遺傳 Ina 的大眼睛、小巧精緻的鼻子，從小到大，在花蓮，大家都稱讚妹妹長得漂亮。站在妹妹身邊，娜高並不出色。但是，娜高不在意，她樂於接受這種平凡，不喜歡受人注目。

搬來西部後，妹妹被人稱讚的美麗，卻放大成她的出身。國中時，妹妹放學回來，娜高發現她臉上有哭過的痕跡。

「怎麼了？」娜高問。

「有人罵我。」妹妹紅了眼。

「為什麼罵妳？罵妳什麼？」娜高追問。

「我不認識他。在學校的走廊上，我不小心撞上他，他突然對著我罵：『番仔，離我遠一點！』」娜高清楚記得，妹妹說這段經過時，**Ina** 正在廚房切菜。妹妹說完，切菜的聲音停止了。整個房子，沒有任何聲響，只剩妹妹的啜泣聲。

他們誰也沒有把這件事告訴老爹。老爹待人溫吞，但遇上家人的事卻會突然變身成一隻猛獸。若老爹知道，鐵定會去學校揪出那個人，到時事情只會越弄越大條。娜高不希望鬧到眾人皆知。

她認識老寶貝時，身邊有伴。老寶貝的身邊也有伴。

他們第一次見面，老寶貝就對她說，她長得很像他們家的人。娜高不當一回事，以為那不過是花言巧語。第二次見面，老寶貝帶來一張姑姑們的合照，指著照片對她說：「是不是很像？」娜高看了一下照片上的女人，長臉、微凸的牙，果然有幾分相似。

第三次見面，娜高告訴老寶貝，她的母親是阿美族人。娜高原以為老寶貝會露出輕蔑的眼神。娜高從前交往過幾個對象，有的人得知她是原住民，會不經意露出那種眼神。不管他們多麼努力掩飾。

但是，老寶貝跟他們不同。他開心的問：「能不能帶我去豐年祭看看？」

娜高對老寶貝的反應印象深刻。他不是說說而已，交往期間，每年老寶貝都會排除任何事陪她回東部。從新竹到花蓮，較快的路線是往北開，經過宜蘭到花蓮。但他們卻習慣走南迴，從新竹一路往南，在高雄停留一晚，經過台東抵達花蓮。

之所以會選擇較遠的路，主要是因為老寶貝的大女兒在高雄讀大學，他想藉機去探望女兒。老寶貝的大女兒是他與第一任前妻生的。老寶貝後來又與第二任前妻生下二女兒與三女兒。老寶貝曾告訴她，第二任妻子懷孕時，一個瞎眼算命師經過他們家，當時的妻興起算命的念頭。老寶貝出聲阻止她：「算什麼命？都是騙人的。」算命師經過聽見，回頭對他說：「我不用算都知道你是四個女兒的命！」已有大女兒的老寶貝，在重男輕女的客家庄長大，自然想生兒子。一聽算命師鐵口直斷，生起氣來，罵了一聲屌你母。

此後，「四個女兒的命」如咒語跟隨他。即使老寶貝嘴上說「生男生女都一樣」，加上自己比老寶貝小一輪，老寶貝暱稱她是大女兒，他是四個女兒的命沒有錯。不管老寶貝怎麼宣稱，大家卻心知肚明，身為長子的他比誰都希望能生下兒子，一個能繼承家產的長孫。

幾個女兒裡，老寶貝最疼愛大女兒。娜高猜測，可能是老寶貝對大女兒的母親用情最深，因此有了移情作用。還有，大女兒會念書，也是孩子中唯一考上大學的。不過，娜高卻對她心存芥蒂。因為，大女兒曾極力反對老寶貝和她交往。娜高有些在意，儘管老寶貝解釋這是他的問題，但娜高總覺得是不是大女兒認為她配不上老寶貝？

他們決定結婚時，大女兒甚至揚言不參加他們的婚禮。娜高聽見老寶貝對著手機說：

「這是爸爸的婚禮，你怎麼能不來呢？」

「那天是我們大學的畢業旅行，這對我來說比較重要。誰知道你還想結幾次婚？」大女兒冷言冷語的回。

「這真的是最後一次了。妳一定要來，爸爸有留妳的位置。」老寶貝掛上手機，有點不好意思看向娜高。他不該用擴音的。

娜高說要去外頭抽根菸。再婚的事，她沒有告訴兩個兒子。離婚後，兒子相信前夫的說法，認為一切都是媽媽的錯。從此，她不再跟他們聯絡。既然決定分開，就要斷得乾乾淨淨。

婚禮在老寶貝從前工作的度假村餐廳舉行。老寶貝說，這樣山上的老人家和朋友比較方便參加。老寶貝在山上總是比在山下吃得開。還有，這間度假村是他們定情的所在。度假村雖然大門仍敞開，但看得出業績不怎麼樣。遊樂設施壞掉不再整修，游泳池被落葉覆蓋，噴泉水池被青苔佔據。

即使有許多阻礙，老寶貝仍然用心看待。遵循山上的禮儀，為了婚禮弄來一頭乳豬。乳豬吊掛在鐵製爐子上，據說這是從前度假村提供給遊客的額外驚喜。在餐廳用餐時，推出正在烘烤的小乳豬給大家分食。小乳豬是預先從山下訂的，不是獵來的。但遊客並不在意，他們想要的只是一種氣氛和體驗。

老寶貝的大女兒最後還是出席了他們的婚禮。事實上，結婚前夕，她接到大女兒的電話。

「阿姨，我希望妳不要跟我爸爸結婚。」大女兒直接了當的說。雖然這建議冷酷無情，聲音卻比想像中溫柔許多。

「為什麼？妳不喜歡阿姨嗎？」娜高沒說出口的是，妳不喜歡我，是因為我跟你們不一樣？

「當然不是。」大女兒否認：「從小到大，爸爸交過很多女朋友，我怕，妳有一天也會受傷。」娜高聽到這裡才恍然大悟，原來大女兒不是討厭她或嫌棄她，而是害怕她有一天會被自己的父親背叛。

「爸爸已經不是以前的爸爸了，阿姨相信他。希望妳可以祝福我們。」也許是這通電話，大女兒最後放棄畢業旅行，選擇出席他們的婚禮。

他們的證婚人是哈勇。老寶貝在山上認的乾爹。一個泰雅族獵人。那時，他們剛約會過一、兩次，老寶貝就說要帶她去見「山上的爸爸」。娜高第一眼看見哈勇，就覺得十分投緣。他矮小精壯，木雕般嚴肅的五官，卻為她展露燦爛的笑容。哈勇端出自釀小米酒，和娜高一人一碗開心對飲。他甚至拿出前妻留下的綁腿，指著上面綴著的貝珠說：「這些貝珠是從你們花蓮那裡買來的喔。」

「難怪你跟亞富這麼好，原來你們都對前妻念念不忘。」娜高一說，哈勇和老寶貝都不好意思的哈哈大笑。

總之，娜高在哈勇這裡覺得很自在，沒有太多拘束。與山上的爸爸相較，娜高比較害怕「山下的爸爸」。他是傳統的客家男人，起初一直誤會娜高是歡場女子。這不能怪他，聽說老寶貝確實曾跟歡場女子同居，「山下的爸爸」把兩人誤以為是同一人，反對老寶貝跟她在一起。不管老寶貝怎麼解釋，山下的爸爸都聽不進去。最後，還是出動「山上的爸爸」帶著娜高到他們家親自為娜高解釋，山下的爸爸才終於相信，娜高不是隨便的女人。但因為這些前因，導致娜高不太喜歡回老寶貝山下的家，比起真正的公公，她更喜歡哈勇亞爸。

婚後，他們住在哈勇給的土地上。那裡離哈勇家不遠，原來是塊耕地，自從第二任妻子拉娃過世後，那塊地就一直閒置，雜草叢生。哈勇乾脆把地送給老寶貝，但老寶貝沒有原住民身分，實際上等於是給了她。

山上的爸爸給他們土地，山下的爸爸給他們錢，讓他們在一片荒地上起建兩層樓高的民宿。民宿旁搭了一間鐵皮屋，平時他們住在鐵皮屋裡。只是，遊客很少，大多是親朋好友造訪。親友有的會意思意思給些住宿費，但好客又愛面子的老寶貝總是花更多酒菜錢招待他們。民宿不但沒賺錢，反而花光娜高的積蓄。

比起擁有民宿後的生活，娜高更懷念的是民宿起建前的日子。那時，他們還沒有孩子。為了蓋一間心目中最棒的民宿，每到休假，老寶貝就開著她的小車，兩人在台灣各地尋覓喜歡的民宿。最遠曾到過蘭嶼，蘭嶼是娜高同事的家鄉，經由同事介紹，他們在蘭嶼住了兩晚。那是一間極簡單的民宿，甚至連牙刷牙膏都得自己準備，但美麗的海灣和橫行在路上的矯健黑豬，都讓人覺得彷彿置身在另一個國度。那趟旅程結束後，他們帶回飛魚乾給亞爸和公公當做伴手禮。

他們也去了熱鬧的觀光景點九份，那裡的民宿長滿整座山頭。據說以前是挖礦的地方，礦產沒有後，九份便沒落了。還好，電影導演侯孝賢拍了一部《戀戀風塵》，讓九份重新引起注目。九份靠懷舊風情、名產芋圓，吸引一批又一批遊客。

他們就是其中一批。老寶貝選了一間仿古民宿。床是傳統木頭床，床頭和床腳都做了雕花，一對紅色鴛鴦枕，床畔還有一個梳洗用的古董洗臉盆（當然只能當擺飾用）。娜高最喜歡這間民宿的地方是浴室，雖然房間刻意裝潢成古色古香，但浴室除了地板用紅色地磚呼應整體民宿的氛圍外，大理石檯面、歐式獨立浴缸、免治馬桶和暖風機卻十足現代感。最棒的是浴室開了一扇大窗，可以俯瞰九份風景。民宿地勢高，不怕被窺探。入夜後，地上燈火如繁星，讓夜晚變得更加浪漫。他們開著暖風機，一起泡在浴缸裡，欣賞遠方的山景與燈火。他們擁抱、親吻、做愛，這是娜高最懷念的一趟旅行。

蓋了民宿後，他們反而很少有機會再像從前四處跑。一方面要顧民宿，另一方面則是因為他們有了孩子。

公公一直希望身為長子的老寶貝，可以為家族生下長孫。娜高自己不在意是男是女，老爹不管男女，每個孩子都疼。而 Ina 那邊，阿美族本就是母系社會，長女更加受到重視。生下女兒的娜高，決定在山上坐月子。她不想承受公公失望的眼神。

月子是老寶貝親自為她做的，一來，他們沒有多餘的錢去月子中心；二來，以前開過餐廳的老寶貝本來就很會煮食，家裡三餐向來是由老寶貝張羅。整整四十天，娜高在民宿二樓坐月子。木作牆面有一扇玻璃窗，讓躺在床上的她隨時可以看見對面的山。對於暫時不能四處走動的她來說，這扇窗帶來外面世界的氣息。

這天，懷裡的寶寶用小嘴努力吸吮她的乳房。娜高問坐在窗邊看報的老寶貝：「想好名字了嗎？」老寶貝放下報紙，想了一下，又把報紙攤開，指著上面長腿名模林志玲說：「叫智伶怎麼樣？智慧的智，最後一個字旁邊是人字部，跟她的姊姊們一樣。」

「那她姓什麼？」

姓氏與身分的難題，已深植她的心。雖然她改從母姓，但她始終不知道這是否是對的決定？她覺得，老爹表面不說，但到死都對這件事耿耿於懷。老寶貝雖然要她改從母姓，但換成自己的女兒要跟媽媽姓時，老寶貝還能這樣灑脫嗎？

老寶貝果然猶豫了。

坐月子期間，老寶貝始終沒有告訴她答案。直到月子就要結束的前一天，老寶貝端來雞酒放在她面前。娜高喝了一口雞酒，香醇的酒氣令她十分滿意。這鍋雞酒融合客家與原住民口味，老寶貝承襲婆婆的做法，在雞酒裡放了紅麴，增添食材的顏色與香氣。客家人用純米酒，老寶貝則換成哈勇釀的小米酒，味道更加醇厚。不勝酒力的人大概一碗就醉，但以娜高的本事，半鍋都沒問題。

「好喝。」娜高從不吝嗇稱讚丈夫的好手藝。這或許是他們可以在一起多年的原因。

「我想好了。」

「想好什麼？」娜高被濃醇的雞酒擄獲，腦子根本無暇做其他思考。

「女兒的名字啊。我想好了，就叫林張智伶。」

「林張智伶？」娜高重複一遍。

「是的。跟妳姓，才有原住民身分。後面加上我的姓，她和姊姊之間才有連結。」老寶貝解釋。

娜高再次複述這個名字，想起老寶貝曾告訴她：由於名字筆劃多，當學生時，最討厭寫考卷，每次寫考卷，好不容易寫完名字，同學們都做到第三題了。雖然，「林張智伶」每個字都不算難寫，但畢竟得多寫一個字。老寶貝難道沒想過這一點？讓她直接叫「林智玲」不好嗎？娜高心裡有許多疑問，卻只是淡淡回：「就這樣吧。」

「妳不喜歡嗎？」老寶貝察覺娜高似乎並不滿意，刻意用誇張的語氣說：「我們的女兒長大後一定跟林志玲一樣漂亮，不，是比她漂亮好幾倍！人家都說混血兒比較漂亮嘛！」

「混血兒？」

「對啊！妳不就混山東跟阿美族，我們張家渡台祖來台灣時孤身一人，娶了當地平埔族，我現在又認了哈勇當乾爹，我算算，我們的小寶貝，至少混了五個種族。」見老寶貝努力耍嘴皮想逗樂她，娜高勉強一笑。

被關在山上四十天後，娜高發現，比起成天住在山上，她更想念以前在山下的日子。俗話說「嫁雞隨雞，嫁狗隨狗」，Ina 好不容易把「家」從東部移到西部，她偏偏嫁了愛在部落生活的客家人。娜高懷念婚前有兩天休假，一天睡到飽，一天跟同事夜唱、逛街的生活。相較之下，眼前一成不變的山景實在無聊。她在心底埋怨把她帶來這片山林的亞富。當女兒張開嘴巴，含住她飽滿的乳房用力吸吮時，她知道一切都回不去了。

有了女兒後，他們最遠的旅行，就是每年豐年祭，像洄游的鮭魚，放下西部的一切，游回花蓮部落。

第一站還是高雄。老寶貝要探望難得見面的大女兒。大女兒畢業後，留在當地工作結婚生子。雖然老寶貝努力修復父女關係，但大女兒在內心深處築了一道牆。

每次來高雄，老寶貝都要大女兒幫忙訂離她家不遠的商務旅館。喜歡住民宿的老寶貝，唯有到高雄時會妥協住旅館。這間連鎖旅館不但便宜，離大女兒家又近，最重要的是旅館旁有一間平價快炒店。老寶貝最喜歡這種半開放式的快炒店，食物鹹酸嗆辣，最適合配酒。店內通常會有兩三個年輕的酒促小姐，穿著清涼推銷台啤、海尼根。老寶貝要大女兒一家來吃飯，還call了一群山上好友下山相聚。娜高不知道老寶貝是怎麼結交這麼多原住民朋友？總之，不管到哪裡，老寶貝都有認識的人。其中，跟老寶貝最好的，就是「殺手」。

殺手是布農族人，家住寶來，在一家主打原住民風味餐的餐廳擔任駐唱歌手。殺手不只會唱歌，還會吹薩克斯風。老寶貝曾說，他們以前在救國團當教官時，每個人都有代號。由於名字有「麟」字，老寶貝的代號是飛羚。娜高聽了忍不住笑出聲，也許從前的老寶貝瘦削精壯，才能擔當這個外號。如今，勉強算是飛豬吧。

他們通常會喝到半夜。大女兒一家先行離去，最後走的是殺手。殺手很少說話，都聽飛羚說。飛羚說，自己的民宿要租出去，可以租一筆不小的數目，再用這筆錢來做另一筆生意。不管飛羚說什麼，殺手總是默默地聽。一副已經聽過好幾百遍的漠然，而這種漠然，又帶著只有真正兄弟才有的明白。

不管怎麼喝，殺手都不會醉。最後醉得東倒西歪的都是飛羚，殺手扛著飛羚如扛著一頭獵物，回到旅館。離開前，殺手都不忘對娜高說：「嫂子，辛苦啦！」若殺手沒時間下山一聚，老寶貝會特別繞道去寶來找他。總之，高雄就等於大女兒和殺手。找過他們，才能繼續往下一站。

下一站是台東。

他們會相偕去鐵花村，聽歌喝酒，隔天再繼續北行。

媽媽和大阿姨舉家移往西部，家鄉還有二阿姨和三阿姨。阿姨們特別喜歡老寶貝，用阿美語暱稱他「Wawa」，小孩的意思。娜高很小就遷到西部，雖然偶而會聽見媽媽和大阿姨用母語聊天，但主要還是說國語。

娜高曾對自己沒有口音感到自豪。跟老寶貝在一起後，她才發現真正厲害的是能自動轉換腔調的本事。跟山上老人家說話用原住民腔調說，跟平地人說話就轉成原來的語氣。他的轉換自然到讓人分不清哪個才是真正的他。

老寶貝每次看見幾個阿姨，總是一邊叫：「Fai！」一邊上前緊緊擁抱幾位老人家。「妳們到底吃什麼？怎麼越來越漂亮？」阿姨們聽老寶貝這麼一說更加開心。

「你嘴巴那麼甜！」二阿姨最吃這一套。知道他們要回來，一早就準備幾道好料備著。

「到底誰才是妳們的Wawa？」娜高嘟起嘴假裝吃醋。

「都是啦！」三阿姨端出一盤剛炒好還熱呼呼的野菜。老寶貝立刻撿起一口，臉上露出滿足的表情，說：「這比米其林還好吃！」不得不說，女人就是喜歡聽好聽話。

吃過飯後就唱歌。老寶貝特別會唱歌，聽說以前曾在木船民歌西餐廳駐唱。這讓幾位號稱花蓮崔苔菁的阿姨們更加喜歡他。老寶貝什麼都會唱，阿姨們最愛跟他男女對唱。不管什麼歌，舊的新的西方的東方的，老寶貝都接得住。通常要唱到午夜，阿姨們才願意放人。

娜高不確定是自己有意或是無意，交往過的歷任男友，包括前夫，都是漢人。大部分是閩南人。有的是讀書時的學長、同學，有的是職場同事。娜高可以從外貌、口音判別他們的背景。

比如前夫。前夫是工廠同事，別人口中的科技新貴。娜高和他生下兩個男孩。他們離婚時，小兒子剛上國中。印象中，前夫陪她回花蓮的次數不到五根手指頭。前夫不喜歡花蓮，更準確的說，他不喜歡部落。但他總是聲稱自己只是不習慣。

他愛喝酒，但不習慣部落的喝法。他愛去昂貴酒吧，點高級紅酒或不加冰塊的威士忌。前夫心底有一把尺，將所有東西一分為二，一邊是部落的世界，另一邊是他的世界。前夫愛她的，是她屬於他的世界的那部分。前夫喜歡她穿高跟鞋、迷你裙，露出遺傳自父親的長腿。也喜歡她揹著他送的名牌包，每個包都有紀念意義，有的是結婚週年，有的是生兒子的獎勵。他喜歡她揹名牌包參加他的場合，同事婚禮、好友聚餐或公司尾牙。他喜歡聽人稱讚，他是疼老婆的好丈夫。

娜高當然也喜歡名牌包、迷你裙和高跟鞋，但她也喜歡其他東西。比起參加前夫朋友的聚餐，娜高更喜歡跟「自己」的同事唱歌、喝酒。雖然同屬一家公司，但前夫來往的全是大學或研究所畢業的工程師，而和她要好的多是來自不同部落的原住民。他們和她一樣專科畢業，有的甚至只有國中畢業。反正做線上靠的是勞力，學歷如何不重要。前夫從不曾參加過她的聚會。就像他從不曾真心融入她的家、她的部落。從前，娜高不覺得這有什麼不對，她以為大部分漢人都是這樣想的。但老寶貝完全顛覆她的想像。有時她甚至覺得，老寶貝比她更加熱愛部落的一切，熱愛山上的生活。

只是娜高沒有想到，老寶貝會熱愛山上，熱愛到選擇死在山上。以她從沒想過的方式離開了她。

即使老寶貝化做煙灰，住進張家祠堂中，娜高仍難以接受他已遠去的事實。如果不是妹妹提醒，娜高甚至忘記該帶老寶貝走一趟屬於他們的追思之旅。

葬禮結束後半個月，娜高駕著老寶貝留下的車，和女兒一起帶祂上路。她的計畫是這樣的，依照老寶貝習慣的路線，先往南開，停留高雄。再繼續東行，經過台東，抵達花蓮。最後再從宜蘭回到新竹。他們熟悉的環島路線。只是這一次，她將從副駕駛座坐到駕駛座上。娜高坐上駕駛座，把椅子調高，雖然只是往左挪動一點距離，卻發現視野截然不同。長久以來，大多是老寶貝接送她上下班。這種長途旅行，也理所當然由他掌舵。從經濟上來說，她做了二十餘年勞力工作，支撐家中開銷。但老寶貝才是真正的掌舵者，決定這個家的走向。他決定要開民宿，於是娜高陪他在山上待了整整七年，直到比黛讀小學才出租民宿，搬到竹東鎮上。

這次，老寶貝選擇離開，永遠的離開，也改變他們的計畫。說好要努力賺錢，讓比黛有機會接受更好的教育；說好要一起等到民宿租約到期，在山中過退休的生活……。那些說過的話、一起做的夢，老寶貝是如何說不要就不要的呢？雖然，就算他不用那種方式，死神也會化作癌細胞將他啃食得一乾二淨。但，這是完全不同的兩種決定。

娜高回望一眼他們共同生活十年的大樓，租來的，但早已住出感情。樓下那間超市是老寶貝除了竹東市場外，最常採買的地方。出發前，她登入臉書。老寶貝近期照片臉頰消瘦不少，她之前怎麼沒注意到？娜高和女兒自拍，上傳臉書打卡：「老寶貝，我們出發吧！」坐在身邊的比黛很快按讚。

比黛按下車內音響的播放鍵。音樂緩緩流出，包圍整座車。這首歌是王傑的〈最後的溫柔〉，滄桑嗓音很容易辨識，老寶貝很會模仿王傑的聲音。這張CD是老寶貝很久以前從夜市買來的盜版合輯，不知道要聽什麼歌時，老寶貝就會播放這張CD。這是老寶貝聽的最後一首歌嗎？他在聽這首歌時，懷著什麼樣的心情？

「不要再編織藉口，就讓我瀟灑的走，雖然你的眼神，說明了你依然愛我，這是最後的溫柔。」瀟灑的走？娜高忽然有些生氣。不，她一直生氣，老寶貝怎麼可以說走就走？讓她措手不及。回想老寶貝走後，警察來訪，她不但要做筆錄、招魂，還要把這一切經過告訴家人朋友。她獨自承受這一切，因為她是老寶貝最親近的人。所有人都向她詢問為什麼？即使不是有意，但娜高覺得那些人的關心中都隱藏責備。

是她，她才是應該瀟灑走一回的人。只要她下定決心，就不會回頭。就像她從不和前夫、兒子聯絡。就像她曾一度決定要與老寶貝分手，拋下他和年幼的比黛。她確實做了，搬去桃園妹妹家，開車通勤。甚至在這段期間和另一個男人發生關係。在那男人身上，她找到久違的自由。她受夠老寶貝老是緊迫盯人、打手機查勤。接送她往返住家與公司，美其名是擔心她工作十二小時開車勞累，實質上是不讓她有機會和其他男人接觸。

畢竟是科學園區，雄性社會。只要她釋出善意，就會得到回應。那個男人就是在園區星巴克偶遇的。當時，她已決定要離開老寶貝，想發展一段新關係，只屬於肉體的關係。那個男人正是幫助她脫離這一切的快刀。

下班後，男人來載她。他們驅車前往新竹市郊的摩鐵。炫光彩球、附設卡拉OK，男人特意為她準備的陳年高粱。他們飲酒、做愛、唱歌、睡覺，醒來後反覆同樣行為，直到下次上班。燈光昏暗，酒意甚濃，隔天起床她望著床畔的男人，不禁懷疑下次在園區遇見他，是否能認得出他來？

她和男人在那一晚唱了很多歌。男人點播王傑的〈一場遊戲一場夢〉。只能說他太倒霉，偏偏點了王傑，又唱得不好。他的聲音唱王傑太油條。忽然之間，娜高對那男人失去興趣。不論後來男人傳來多少封訊息，娜高全都已讀不回。

那是娜高離開老寶貝和女兒一個月後發生的事。沒過幾天，老寶貝騎著老摩托車，一老一少，從竹東山上風塵僕僕來到桃園。那輛騎了至少十年以上的摩托車，像條老狗邊喘氣邊拖著步伐來到她面前。站在前座的女兒趴在車頭上睡著。老寶貝說知道錯了，希望娜高原諒他。看到這對父女的臉被烈日曬到脫皮，娜高當下決定把摩托車留在妹妹家，他們一起開車回山上。

人回來了，某個部分卻遺留在外頭。共同生活沒問題，甚至，她比從前更依賴老寶貝，但卻對他徹底失去「性趣」。每次，老寶貝的手在夜裡伸向她，就會被她推開。老寶貝按捺不住，問她是不是不愛他了？「我愛啊。在心底愛就好了，幹嘛一定要做？」娜高一臉正氣凜然地說。老寶貝仍不放棄，一逮到機會就試探。直到最近，可能身體虛弱，這點「性趣」也被疾病消磨殆盡，不再對她軟硬兼施要求履行夫妻義務。娜高鬆了一口氣。

該不會他是為此生悶氣，才用這種方式離開吧？老寶貝走後，娜高不只一次這樣猜想。

出發時天氣晴朗，天空高遠，白雲像撕碎的棉花糖灑落藍空。女兒在一旁打盹，娜高調成廣播，想瞭解交通狀況。廣播傳來天氣預報，主持人以甜美嗓音迅速播報，颱風即將襲擊南台灣的消息。果不其然，車子一進台中，天空變得灰暗，分不出是氣候因素，還是近來吵得很兇的火力發電廠問題？

娜高決定不理會颱風，繼續往南開。

還住在山上時，每次颱風來，他們總是特別擔憂。

颱風往往會帶來豪雨，造成許多災害。老寶貝從前工作的度假村，就是因為颱風變成荒土。一夜之間，一切都被摧毀殆盡。讓娜高不禁懷疑，這是造物主設計的一場戲。祂的終極目標，是摧毀這些被人類創造的東西。

娜高最後一次聽見花園度假村的消息，是警察告知她，依照手機訊號，老寶貝的車曾在度假村旁停留。警察還說，他們搜遍度假村，沒有發現任何蹤跡。在話筒另一端的娜高不太相信這番話，度假村早被土石覆沒，長滿雜草與藤蔓，一般人是走不進去的。但老寶貝不是一般人，他對那座度假村太過熟悉。他是否想在離世前再看它一眼？娜高的腦海浮現一幅畫面，老寶貝的身影隱沒在度假村的入口處。而這輛尼桑停在路旁，像隻忠心耿耿的狗，等待主人歸來。

從前，他們曾在山上養過一條黑色土狗，老寶貝喚牠「黑皮」。黑皮有尖銳無比的牙齒和瘦而精壯的身體，平日在部落自由行走。牠認得部落裡所有的人，遇上部落的人會搖尾巴打招呼。有陌生遊客靠近，黑皮立即汪汪大叫。

因此，民宿有客人時，老寶貝會先把牠拴在篝火亭的柱子上。比黛出生後，跟黑皮特別要好。山中能有一隻狗幫忙看家，確實安全許多。人與狗彼此信任，或許狗信任人多一些，互相協助，一起生活。只是，比起狗，娜高更喜歡貓。上夜班的她，如貓兒在夜晚覓食。還有，她和貓一樣從不討好任何人。每段戀情都是對方先靠近。老寶貝屬狗，性格也像狗多一些，愛撒嬌，愛討抱，對任何人都這樣熱情。

比黛七歲時，他們搬離山上的家。由於竹東租屋不能養寵物，他們只得把黑皮留在山上。當時哈勇還在，能替他們照顧黑皮。離開時，老寶貝幾次回頭看黑皮，黑皮在路上搖尾巴目送他們離開。忠心耿耿的黑皮並不知道，從此以後，與主人隔著一座山的距離。

不管距離多遠，總會再見。他們離開時是這樣想的，誰知再次回到山上，卻聽見哈勇說，黑皮不見了。黑皮不見前，食不下嚥，瘦成皮包骨，連站起來的力氣都沒有。哈勇燉豬肝讓黑皮補身體，起初有點效用，虛弱的黑皮再次站了起來。哈勇原以為黑皮沒問題了，誰知隔天就不見蹤影。住在山上，沒有人會將生病的狗特地送往山下寵物醫院。不要說狗了，就連人生病了也大多自己醫治，除非病重，否則很少進醫院。

「黑皮可能不想再麻煩我們了。」老寶貝對娜高說。娜高以前也聽說過這種事，狗知道自己不久於人世，會獨自離開，不讓主人看見。

墜入回憶中的娜高，被手機鈴聲帶回現實中，是老寶貝的大女兒。

「阿姨，妳出發了嗎？」大女兒問。

「在路上。」娜高將手機開成擴音回答。

「要小心喔，聽說南部有颱風。」兩年前，大女兒離婚，請調到桃園工作。否則，這趟追思之旅應該會在高雄市區停留。

「別擔心，爸爸會保佑我們的。」娜高回。她可以想像性格謹慎的大女兒此刻皺著眉頭。

「預計會去多久？」大女兒又問。

「四天。回來後，會再找時間去五峰，差不多是這樣。」這是追思之旅的所有行程。

「去五峰的時候，可以帶上我嗎？」

「如果妳想去，當然沒有問題。」

「謝謝阿姨，我們保持聯絡。」

「放心，我會一路打卡。」娜高說完笑了。好久沒笑，都快忘記自己會笑。掛掉電話，比黛揉眼醒來，問：「到哪裡了？」

「剛過台中。餓了嗎？」

「還好。」

「等一下找個休息站，吃點東西再上路。」

她們在西螺休息站下車。娜高沒胃口，只吃了一顆茶葉蛋配一杯黑咖啡。老寶貝走後至今，她瘦了整整十公斤。從前用盡各種方法減肥，斷食、吃藥、不吃澱粉，都沒有這種成果。好在女兒胃口不錯，吃下一個便當。上完廁所，兩人再次上路。

風漸漸大了。車身在高速時有些搖晃。

「我們接下來去哪？」女兒問。

「殺手叔叔那裡。」娜高回。

女兒和她一路上沒有太多交談。她的工時長，比黛可以說是老寶貝一手帶大。她和老寶貝吵架時，女兒也都站在爸爸那一邊。這也是當時她毅然決然離開他們的理由之一。既然女兒要跟爸爸，她也不想再多解釋什麼。老寶貝死了，她得獨自擔負照顧女兒的任務。娜高對此有些害怕。就連跟女兒向來親密的老寶貝，也和女兒有許多衝突。比黛從前對爸爸的話多是順從，現在正值青春期，處處挑戰大人的底線。

老寶貝老是把大女兒當作比黛的榜樣，希望比黛和姊姊一樣會念書。然而，比黛和她一樣不是讀書的料。比黛愛看小說、追劇，國文好一點，英文數學經常領鴨蛋。老寶貝因此聘請清大學生來當比黛家教，希望比黛至少學好英文。比黛則是想盡各種方法逃課。有時說手機忘了開，讓家教老師在樓下乾等。有時老師都來了，卻說身體不舒服不想上，讓老師白跑一趟。幾次後，老師就主動請辭。

但真正觸怒老寶貝的是比黛交了男友。老寶貝騎著電動車，偷偷跟蹤女兒。被女兒發現後，兩人大吵一架。女兒不跟老寶貝說話。不知如何是好的老寶貝打手機給她，在手機那頭不停啜泣。那是娜高第一次感覺到，老寶貝真的老了。

「殺手叔叔結婚了嗎？」女兒問。

「結過又離了。怎麼突然問？」

「就忽然想到啊，每次看他都是一個人。」

「殺手的事，我也都是聽妳爸說的。妳知道的，他們是最好的朋友。」

## 02 殺手

「殺手跟我有點像，我們的爸爸都是外省人，媽媽是原住民。」媽媽開口談殺手叔叔的事。我看著窗外，卻很認真聽著，深怕遺漏什麼跟爸爸有關的訊息。

●

殺手的父親是甘肅人，跟著國民黨到台灣。政府推行九年國教，許多軍人轉成教育職，殺手的父親就是其中一位。年近半百的他來到陌生的山村，南橫興中國小教書。經由介紹，父親和當地的布農族姑娘結婚，兩人相差三十歲。婚後很快有了殺手。當然，那時殺手還不是殺手，而是一個叫張興國的男孩。

興國在興中村成長，五、六歲時，父親轉調到建山國小當教務主任，全家也跟著搬了過去。在那裡，他們有了第二個兒子，建國。除了兩個兒子，陸續又生下兩個女兒。

殺手的父親老來得子，對孩子們十分疼愛，但是管教也相當嚴格，尤其是對身為長子的興國。興國提起他的童年，早上必須比父母早起，拿著雞毛撢子將客廳仔仔細細打掃一遍。放學後，也不能像其他孩子四處玩，得先完成學校的功課，再完成父親交代的功課：書法。部落的孩子常跑到他們家的圍籬外，往院子丟東西，喊他的布農族名字：「尼安恩！出來玩！」他是長子，繼承外公的名字。弟弟則是承襲舅舅的名字，叫比勇。

殺手是尼安恩，也是張興國。是父親寄望的長子。因此，不管同伴們叫得再大聲，興國都不敢跑出圍籬，怕被父親狠狠修理。他非常羨慕部落的同伴，可以自由地在山林間穿梭跑跳。他恨不得趕快長大，離開這裡，到沒有父親的地方。

在山村小學裡，他的成績名列前茅。望子成龍的父親安排他到鳳山讀國中。父親認為，在山下能獲得更好的教育資源，拜託從前軍中同僚代為照顧興國。到了山下，雖然偶而會想家，但自由的滋味卻更吸引人。也就是在這時候，他初嚐愛情的滋味，喜歡上鄰居女兒小靜。兩人天天一起上學、放學，青梅竹馬。小靜的父母是本省公務員家庭，對女兒的管教非常嚴格，兩人小心翼翼，不敢讓小靜的父母發現。

國中三年很快過去。在山裡成績好的興國，到山下功課勉強算中等。父親要他考鳳山的中正預校，興國卻想要走得更遠，偷偷報考北部軍校並順利錄取。他負笈北上，跟小靜道別。

大多時候，是他南下回來看小靜。某一次，小靜跟朋友串通，跟父母說要北上玩幾天，其實是專門來找興國。她住在萬華一間破舊旅館，等待興國休假。她告訴興國，她想在這裡租房子、找工作，陪伴他。興國覺得她一個女孩子，從南部純樸鄉下來到這花花世界太過危險。小靜仍堅持要留下來。

興國對小靜撒了一個謊。他向隊上告假，告訴小靜，一起回鳳山。他先回山上看父母，下山後再接她北上。興國沒有實現他的承諾，看完父母後，他直接北上。等不到興國的小靜，打電話到宿舍把他痛罵一頓。無論興國如何道歉，小靜都聽不下去。

她說，她的父母發現他們的事，這樣如了你的意了吧。小靜把電話掛上，從此不接他的電話。興國不停寫信，一封又一封從軍中宿舍來到鳳山小城，仍然一點回音也沒有。興國想，讓小靜冷靜一段時間也好。

沒想到，再聽說小靜的消息，已是幾個月後。小靜的好友捎來信，說小靜出車禍，情形不樂觀，家人連遺照都準備好了。好友還說，小靜嘴硬，其實心底還是掛念他。信中附上一張小靜的獨照，面容清麗的小靜，穿著白衣站在花叢前巧笑倩兮。那張照片，也是小靜的遺照。

興國看完信，簡直晴天霹靂，不相信這是事實。他立刻排假，飛奔回鳳山。小靜的家卻早已人去樓空。世間再無小靜。興國的心從此空了一塊。

他唯一能做的，是讓自己耗盡體力，無力想起小靜。他主動申調到憲兵特勤隊，從早到晚接受嚴格的軍事訓練。在接受狙擊手訓練時，教官說他的槍法出奇的好，從此他被同袍們冠上「殺手」名號。他的確是殺手，是他殺了小靜。小靜一定是太過憂傷，才會發生車禍。

殺手精準的槍法與身手，讓他被拔擢到總統護衛隊。蔣經國總統最後的時光，他曾相伴左右。他也擔任外交官護衛，出差到美國六年。能走多遠走多遠，他把生死置之度外。用身體抵擋傷害長官的任何武器。期間，他在 Cina 安排下相親結婚。Cina 從沒強迫過他任何事，唯獨對結婚一事，不肯讓步。殺手覺得自己老在他鄉，無法奉養兩老，於是答應 Cina，跟部落女子結婚。婚後，妻子的存在卻讓他更常想起小靜。他再次遠走，兩人聚少離多，性格不合，生了兩個女兒後離婚。

同時間，政治情勢急轉，改朝換代，老長官被拉下政壇。既然跟隨多年的長官走了，他也決定離開待了十幾年的單位。

帶著一身武藝，他成為建設公司董事長的保鑣。薪水高，工時長。他必須無時無刻守在董事長身邊。這樣的日子過了幾年，他厭倦當別人影子的生活，主動請辭。那時，山野挑戰營的風氣正盛。他曾有軍人身分，又出身山中，熟悉山野。所以進入救國團當教官、帶營隊。

「爸爸就是在救國團認識殺手叔叔的嗎？」我記得，爸爸曾提到從前在救國團當教官。山上除了花園度假村，還有大聖遊樂園，爸爸在大聖遊樂園帶過幾次高中營隊。

「是的。好像是有一次北部的營隊，人手不夠，從南部調一些人上來幫忙，殺手就是其中一個。一開始，殺手叔叔不太喜歡妳爸，妳爸愛出鋒頭，有點油條。又愛當大哥，雖然以年紀來說，確實也是老大哥。他比殺手大了八歲。教官的工資一天一千，光是準備營隊期間，妳爸就請大家去吃好料、唱歌，全部自己買單。有一天，殺手私下找妳爸，勸他不要這樣花錢。大家都是來工作的，不用花大錢交朋友。本以為妳爸會不高興，沒想到兩人反而因此聊開了。營隊結束後，他們一直保持聯絡。」媽媽講到這裡時，車子經過一條大橋，招牌指向兩個不同的方向，一條通往旗山，一條通往美濃。媽媽把車子轉向左邊，往旗山開去。

媽媽看了一眼手機導航，確認方向後，繼續說道：「我認識妳爸的時候，殺手已經回到南部了。妳爸說，他本來想找殺手在五峰弄一個專門的山野訓練營場地，兩人錢都投資下去，妳爸卻入獄了。那時候的事，我知道的不多。後來聽說，殺手在六龜頂下十八羅漢山露營區，聽說那個地方之前已經轉了好幾手，都沒人經營得起來。因為租金不貴，殺手想在那裡東山再起，承租下來，改名叫『芭貝里』露營區。」

「為什麼叫芭貝里？」

「就是『寶貝你』的諧音啊！」媽媽說完噗哧一笑。遠方的彩霞照耀媽媽的臉，讓我想起很久以前跟爸媽一起在電影台看過的電影。男主角是周星馳飾演的孫悟空，女主角是朱茵演的紫霞仙子。媽媽的笑容有點像紫霞仙子，燦爛中帶著一抹悲傷。

「殺手叔叔是一個專情的人嗎？」我剛結束一段感情，也許像爸爸說的，我還搞不懂什麼是愛。但是，像爸爸這樣經歷過無數戀愛的人，就能懂得真正的愛情嗎？殺手和小靜的愛情，令人感到遺憾。

「這可能要看妳怎麼定義『專情』囉。妳不要看殺手那張撲克牌臉，他以前當教官的時候跟妳爸一樣，很受女學生歡迎。他跟我說過，很多學生跑到他家想找他，他的小妹還曾賣他的照片來換零用錢呢！像他這樣受女人歡迎的人，當然也談過不少戀愛。不過，他說，不管認識多少人，他心裡有一個位置始終是留給小靜的。也許是因為來不及道別就失去了吧。」媽媽說到這裡就不再繼續說下去。我猜，她可能又想到爸爸。以我的標準，絕不會把殺手叔叔歸到「帥」的那一邊。他的個頭不高，塊頭倒是蠻大的，皮膚黑到發亮。可能以前受過特勤訓練，他很少在我們面前顯露太多表情。就像媽媽說的撲克臉。那張不苟言笑的臉，只有和爸爸喝過酒後才有了其他表情。每次他到竹東找爸爸，兩人幾乎形影不離，連媽媽都忍不住吃醋。說實話，要跟殺手叔叔見面，我有點不安。因為在某些部分，殺手叔叔和爸爸太過相似。雖然長相不同，但我總能在殺手叔叔身上，看見爸爸的影子。

媽媽將背挺直，一副要專注開車的模樣。眼前的路可能比之前經歷的都要難走。爸爸還在的時候，我們只管看風景、睡覺，那些路都深深印在爸爸腦海裡。現在沒有爸爸，我只能相信媽媽。

●

天空有些灰暗，風速越來越強勁，車身不時搖晃。看來不是普通颱風。娜高憑導航和記憶，開往寶來山區。先是經過一大片田園，田的盡頭是山，田間偶有群生的檳榔樹。**Ina**和阿姨們都愛吃檳榔，娜高從前不吃，她不喜歡嘴巴染上鮮血似的紅，更討厭牙齒沾黏洗不淨的黑垢。她喜歡隨著季節在唇上塗抹不同品牌的口紅。玫瑰紅、中國紅、櫻桃紅，不同顏色的唇彩多麼誘人。這是認識老寶貝之前的事。

娜高第一次吃檳榔是老寶貝教的。老寶貝只要開車，一定會先買兩盒檳榔備著。依他的習慣，那天上山時可能也是如此吧。她翻找車內抽屜和飲料架，果然找到一個空空的檳榔盒。果然猜對了，娜高又想哭又想笑。最後離開前，老寶貝倒是記得把檳榔吃光。也許是請山上哪個朋友吃了吧？老寶貝向來大方，只要手頭有錢，常請朋友吃飯喝酒。娜高老念他都交些「酒肉朋友」，老寶貝也無法反駁。酒肉朋友中難得也有真心人。殺手就是其一。

恰好馬路邊出現檳榔攤，像個玻璃盒子擺在路邊。故事說多了，娜高有些累也感到渴，索性在檳榔攤旁停車。賣檳榔的是個穿細肩帶、短裙的俏麗女孩，看起來跟比黛差不多大。皮膚黝黑，過度漂染的金髮長過肩膀，頭頂有一截新生黑髮。

「兩瓶結冰水，一包檳榔。」娜高說。她本該坐在比黛的位置，替老寶貝說出這句話。現在，她為自己說。女孩很快將東西準備好，捧在胸口。比黛接過付了錢。娜高立刻打開礦泉水，舔舐初融的冰水。她覺得自己像隻離水太久的烏龜，在乾涸的泥地上覓得一處清泉。稍解了渴，就在口腔裡放進一顆檳榔。像 **Ina** 和阿姨們那樣大口咀嚼。草葉與泥灰的味道在口中混合，讓她有些委靡的精神隨之一振。繼續上路。

道路兩旁多是兩層樓高的樓房，山就在路的盡頭。只要筆直向前，就能抵達。若不是颱風攪局，天空應該更藍，山色會更加翠綠。娜高望著遠方的山，問：「妳知道『寶來』為什麼叫『寶來』嗎？」比黛搖頭。「妳爸說，從前的獵人會把獵物追趕到這個地方。因為地形，獵物跑不掉，獵人每次來都可以滿載而歸，所以才叫寶來。」娜高盡可能把記憶中老寶貝告訴過她的話，用自己的方式說給比黛聽。只是在她的記憶中，老寶貝用的形容詞更加豐富，語調也更吸引人。

「那些動物太可憐了吧。爸說的時候，說不定幻想自己就是那個獵人。」比黛看向窗外，像在尋找獵人的身影。

沿山慢行，路連著谷地，谷地下是荖濃溪。荖濃溪地形蜿蜒，溪內多奇石，是著名的泛舟勝地。在比黛出生前，老寶貝曾帶她來這裡泛舟。泛舟時，恰好是枯水期，溪水溫婉如女人長長的秀髮，安靜伴隨著山巒經歷無數清晨與黃昏。

誰也沒想到這條清麗的溪流會忽然漲起，吞沒沿岸村落。

那是二〇〇九年父親節前夕，他們提前一天下山與公公聚餐。在北部小鎮的電視機裡，播放莫拉克颱風來襲的消息。台灣夏季不乏颱風，他們不以為意。

隔天，莫拉克離開台灣，強烈西南氣流帶來豪大雨。電視新聞不停播報六龜的災情。主播說，荖濃溪水位創下有史以來最高紀錄，沿岸災情慘重。尤其是上游地區，沒有一個山區聚落倖免於難。他們吃驚的望著新聞畫面中的六龜。那些曾一同遊玩的翠綠山巒，在大霧迷茫中，已不再秀麗如畫，而是被土石流覆滅的人間煉獄。老寶貝不停撥電話給殺手，卻沒有人接。

約莫一個月後，老寶貝終於聯繫上殺手。很少表露情緒的殺手，在電話那頭哭了起來。看著電視機裡荖濃溪湮滅一切的畫面，娜高實在很難想像殺手究竟經歷了什麼。過了一段時間，他們南下探訪殺手，殺手訴說事情經過，幾度哽咽無法說下去。

八月七日下午，颱風走了，烏雲仍然籠罩上空，不停下雨。

八月八日，雨依舊下著。父親節，露營區沒有客人，只有大妹一家四口、小妹和殺手的兩個女兒。孩子們吵著想吃麥當勞，殺手、大妹和妹夫開著貨車去旗山麥當勞，順便採買日用品。剛買完麥當勞，走出門口，就看見溪水漲起來，瞬間淹沒貨車輪胎。手提兩袋麥當勞的大妹一時傻住，水已及腰。坐在駕駛座的殺手大喊：「妹，上車！」大妹這才回過神，跳上車。三人急急想走原路回山上，小妹和孩子們還在露營區等著。但是山路全被土石流沖毀，不得已只得往里港方向走，在里港大橋旁的鐵皮屋停車，站在屋簷下期盼雨停。他們打手機回山上，卻毫無訊號。鐵皮屋又濕又冷，不得已把孩子們的麥當勞吃了。大妹邊吃邊哭。

隔天早上，他們嘗試各種可以回六龜的路線，道路卻全都中斷，山裡的世界和山外的世界被洪水分隔成兩半。沒有任何訊息，唯一能與外界聯繫的只有車內的廣播，但是廣播傳來的消息卻令人越聽越心驚。

大妹說，無論如何她要回去露營區找孩子們。三人將車子留在山下，決定沿著山稜走回去。走不到幾公里，就來到盡頭，眼前的道路被滔滔江水阻斷。殺手站在江水彼岸，感到人的渺小與脆弱。想起年輕時，曾想陪父親回甘肅老家，看看歷史課本提到的黃河，但礙於特勤單位的身分，沒辦法去對岸。如今見這滾滾河水，他竟想起父親常唸的李白詩句：「黃河之水天上來，奔流到海不復回。」河水連結烏雲密布的上空，從天空一路奔赴大海。河水裡，有原來駐紮在沿岸的村子，有過橋時落入河水的車輛，一條條人命沉浮水中。

殺手不是虔誠基督徒，但他在心中一遍遍為還在露營區的家人們禱告。

他們攀上山坡，打算繞道而行。樹枝交纏難行，泥地又濕滑，一不小心就可能滑落山谷，掉進不復回的江海。得格外小心腳步。殺手領頭，大妹居中，妹夫殿後。殺手帶著貨車裡備用的開山刀，那是帶學員露營需要找山野植物時才會用到的，如今卻是用來回家。雜生樹叢劃破他的手，但他不覺得痛。沒有路，就披荊斬棘，闖出一條路，爬也要爬回去。

殺手以為這已經是最困難的一段，沒想到有更困難的還在後面。他們遇上斷崖。僅能一人通行的地面，從這座山連結那座山，雖然長度不長，但天候不佳，一不小心就萬劫不復。殺手回頭看了大妹一眼，心中忖度，是否要返回原點等候？但大妹的眼神堅定無比，那是身為母親才有的光彩。大妹朝殺手點點頭，意味著要繼續往前走。殺手如壁虎般攀附在岩壁上，先用左腳試探，再慢慢跨出每一步。短短不到五十公尺的崖壁，走了超過一小時。

好不容易通過崖壁，天又暗了。山裡很快就會漆黑一片。在叢山峻嶺中，找到樹枝交錯如洞穴般的凹洞。外層覆蓋大垃圾袋，躲在裡頭吃些餅乾和水，三人緊靠在一起過了一夜。

那一夜，殺手幾度因為太累而打盹，旋即又驚醒。在山裡，面對隨時可能出現的毒蛇猛獸，他們手上除了一把開山刀外，沒有其他可以抵禦的武器。短暫片刻中，殺手做了夢，回到兒時某一天。父親到山下開會離家兩天，比勇舅舅揹起獵槍帶他們兄弟上山打獵。山中一切都比書本更叫人著迷。舅舅帶他們認識野菜，教他們如何在夜裡獵飛鼠。回程時，忽然下雨。舅舅用樹葉樹枝搭了臨時帳篷，抱著他們兄弟倆，燃燒尚未濕透的柴薪，說著遠古時代的傳說，度過令人難忘的一夜。這件事，父親始終都不知曉。

天剛亮，三人再次動身，時而攀岩，時而爬行。總會到的，殺手在心中砥勵自己。但他不多想，不敢想，露營區如今的模樣，更不敢想，孩子們是否安然無恙。他只是一路往那裡去，他相信祖靈會庇佑孩子們。

又在山裡過了一夜。隔天傍晚，終於抵達露營區。通往露營區的道路全被沖毀，此時的露營區如海中孤懸的小島。他們手握手電筒，一步步靠近。這時，他聽見叫喊聲。

「有人來了！」

「有救援隊上山了！」

幾個孩子站在露營區大門口，他們一見到孩子們，興奮的衝過去。幾天沒見，孩子們都瘦了。他們又哭又笑，緊緊抱在一起。小妹說，還好露營區因為準備營隊，倉庫有備用食物。山裡和外界斷聯，連直升機也到不了。他們每天都在期待救援隊的到來。

殺手在心裡盤算，旗山的情況都如此艱難，等救援隊入山恐怕還要一段時間。他們走的那段路，孩子們恐怕經受不住。這段時間，得在這裡等候。女人們負責照顧孩子、用所剩不多的乾糧料理三餐，他和妹夫去山裡打獵，以獲取更多食物。

營區裡有兩把殺手以原住民身分申請的獵槍。孩子們要上學的那一年，他決定改從母姓、繼承原住民身分，這樣一來孩子也能獲得更多補助。他原以為父親會因此暴怒，他是張家長子，是父親一直以來的期盼。但父親沒有多說一句話。殺手猜想，這與父親回老家一趟或許有關。那裡什麼都沒有了。父母親友全都歸於塵土。姓氏比起孩子們能得到的實質幫助，顯得沒那麼重要。不只殺手，弟弟和妹妹也一起改姓。他才得以憑藉這個身分合法申請獵槍。

儘管他的獵槍算是不錯的，他又受過狙擊手嚴格訓練，打獵應該不是難事。但很少使用獵槍的他很快發現，獵槍畢竟是獵槍，不同於講究精準的步槍。只要校正歸零，判斷射程，很快能命中目標。但獵槍不同，它的構造簡單，幾乎沒有辦法掌握確切的射程。獵槍就像一匹難馴服的野獸，他在牠身上摸索、試探。有時候感覺已調整好，卻錯失最好時機，讓獵物趁隙溜走。幾次空手而返。孩子們很久沒吃到肉了。

隔天入林，他聽見緊湊尖銳的飛鼠叫聲，像在叫喚他的名字。他停下腳步，往樹冠方向望去。果真見到其中一棵樹上掛著一隻飛鼠。他屏氣凝神，以獵槍瞄準飛鼠。他知道，扳機聲會驚動飛鼠，得趁牠從這棵樹跳往另一棵樹的瞬間發射子彈。幽暗叢林裡，殺手第一次感覺到筆直獵槍像堅硬的百步蛇，他得像尊敬百步蛇那樣尊敬手中的獵槍，像對待朋友那樣與獵槍並肩。當他意識到這件事，飛鼠騰躍空中，殺手按下扳機，子彈從彈道射出，殺手無法以理性判斷射程，只能透過感覺，感受子彈彈出槍口，鑽入飛鼠翅翼。他聽見飛鼠從林間落下的聲音。他帶著獵物，回去給孩子們。對飛鼠來說，他是殺手。對孩子們來說，他是獵人，是父親。

整整一個月後，直升機才找到他們。

道路修復又花了好幾個月。

殺手本來還想在露營區重新起步，但沒有遊客敢上山。不得不承認血本無歸。他什麼都沒有了。只能帶著一支薩克斯風，以街頭藝人身分遊走在不同觀光風景區。吹奏薩克斯風時，他經常想起那段與外界斷聯的歲月。那時的他，像比勇舅舅那樣，是真正的獵人。

八八風災後，新聞上不斷有後續追蹤報導，希望找出災害的真兇。有學者上談話節目，侃侃而談：「除了連續性豪大雨、地質條件惡劣是主要元兇外，砂石開採、農業過度開墾也難辭其咎。尤其，荖濃溪附近的鄉鎮，過去以泛舟、溫泉、螢火蟲、紫斑蝶、高山蔬果、原住民文化等為號召，大力推動觀光事業，卻沒有站在山林保育的角度去思考什麼是適度合理的開發？森林大量被砍伐，檳榔、高山蔬果、茶葉等農作物的過度墾殖，上游水土保持被破壞是造成土石流的真兇。」

事後，他們南下找殺手，不再去泛舟。那條溪隱藏著不能說的傷口。

廣播再次報導颱風新聞，娜高望著天空。天色灰藍，像濃稠的油畫。還未下雨，溪流算平穩。娜高決定繼續上山。

這條路，娜高走過無數次。只是，她總是坐在副駕駛座，被老寶貝載著，無需看路，也無需思考。不是睡覺就是滑手機，完全是女兒此刻的翻版。娜高透過後照鏡偷看女兒，不知何時，個頭嬌小的女孩竟悄悄成為半個女人。

比黛膚色偏黑，門牙如兔寶寶大又突出。小學時常抱怨，為什麼自己長得不好看？其實，見過比黛的人，無不誇讚她的美麗。她聽過有人這樣說：「果然還是混血兒比較美啊。」混血兒？娜高乍聽時愣了一下，仔細回想，老寶貝也曾這樣說過。比黛混了她這邊的山東與阿美族，又混了老寶貝那邊的客家與平埔。說到底，大部分台灣人都是混血兒吧。

比黛開始認可自己的長相還是最近的事。有幾個男孩同時追她。這當然跟比黛越來越愛打扮有關。頭髮染成淺棕色，下擺帶些粉紅。比黛說，這是最近流行的夕陽染。那顏色就像車窗前的天空，夕陽像燃燒許久的炭火，把一切都渲染成霞紅。太陽已在山的邊緣，她得趕在天色完全暗下之前抵達。

殺手最常駐點演奏的地方，是友人經營的「寶來風味餐館」，專做山林野味的餐廳。導航路線有點曲折，這不算什麼，回花蓮的路，上五峰的路，都是如此。經過無數左彎右拐後，導航中不帶情感的機械女聲說：「目的地即將到達。」即使沒有導航提醒，熟悉的薩克斯風聲來到耳邊時，娜高就知道到了。
餐廳面對山谷，娜高把車停在餐廳前的空地上。空地四周被幾棵大樹包圍，其中有棵是鳳凰木。鳳凰木盛開的季節已到尾聲，火紅鳳凰木呈現盛開過後的疲憊，撐著僅存不多的花葉，盡力綻放最後的溫柔。
娜高和比黛下車，以餐廳為背景打了卡，上傳臉書。
悲傷的薩克斯風聲忽然消失。她聽見殺手豪邁的叫喊：「妳們到啦，怎麼沒打電話給我？我可以下山接妳們。」殺手右手抱著薩克斯風，用空出的左手向她們招手。
「我知道你忙，不用麻煩啦。」娜高輕敲比黛的肩膀說：「要叫人啊！」
「殺手叔叔。」比黛淺淺的笑，露出微凸的虎牙。
「才多久沒見，又長高了。」不笑時面目兇狠的殺手看著比黛，努力展露親切的笑顏：「今天晚上就在我朋友的餐廳吃飯。想吃什麼跟叔叔說！」
上次見面是在老寶貝的喪禮。喪禮辦得有些匆促，但殺手還是講義氣的趕來。唯有殺手，沒有追問她各種問題。也說不定，老寶貝最終的決定只有好兄弟殺手能明白。或許，她才是那個該追問的人。因為老寶貝認識殺手，一晃眼也二十年。殺手壯碩依舊，頂著光頭，一身黝黑皮膚，一雙老鷹般的眼睛，老天爺對殺手還算溫柔，並未在他臉上留下太多歲月的痕跡。

娜高和比黛跟著殺手走進餐廳。上次來是兩年前，比起殺手結實的身材，老寶貝顯得有些胖，但看起來還算健康。誰也不知道，已有壞東西悄悄潛伏在體內。

餐廳裡約有十張木桌，每張桌子都是殺手親手做的。餐廳老闆知道殺手有一雙巧手，也知道他有孩子要養。為了讓他有多一些收入，特地向他訂製木桌椅。桌面雕刻象徵百步蛇菱形圖騰，布農語稱百步蛇為「kaviath」，是朋友的意思。

「為什麼稱百步蛇『朋友』？」第一次造訪這裡時，老寶貝問殺手。

「我們布農有一個傳說，很久以前，有個布農族女人，背著她剛出生的孩子到番薯田耕種。田旁邊有個陰涼的山洞，她怕太陽太大，孩子受不了，就把小孩放進山洞中休息。到了中午，女人忙完回到山洞，發現孩子消失了。她在山洞附近到處找都沒有找到。她坐在地上哭，發現地面有個小洞，裡面傳來嬰兒的哭聲。她往洞裡一看，是一條美麗的百步蛇，朝她吐信子。」娜高記得當時懷著比黛的她，聽到這故事倒抽一口氣。孩子被百步蛇吃掉了。

「然後呢？」娜高追問。

「女人發現百步蛇皮膚上的花紋和用來包裹孩子的布紋一模一樣。她回到部落，哭著對族人說，自己的孩子變成百步蛇。後來，布農人自古相傳不能傷害百步蛇，因為百步蛇是布農孩子變的，所以把百步蛇當作朋友，稱為kaviath。」儘管有殺手的解釋，娜高仍為那女人感到悲傷，是百步蛇把孩子吃了。母親太過悲傷，只好說故事安慰自己。娜高在心裡這樣想，但沒有說出口。每個族群都有自己的傳說。

後來，「老婆的店」開張，殺手送來一張親手做的木桌，桌面上同樣刻著百步蛇圖騰。民宿「出租」後，大部分傢俱留在民宿沒有搬走，除了殺手做的桌子。老寶貝把桌子放在租屋陽台，擺上菸灰缸。他經常一個人坐在那裡，望著遠方的山抽菸。

木雕百步蛇在殺手手中宛如有生命般，慢慢爬滿整間餐廳。柱子、牆面，還有門框，全都布滿百步蛇圖騰。殺手還能寫一手好字，菜單就是餐廳老闆請殺手用毛筆字寫的。這一點，老寶貝和殺手很像，喜歡用毛筆在竹子石頭上寫「平安」、「緣」這類字，當作裝飾放在家中的各個角落。最大的一塊就在玄關牆上懸掛的木板，題著「家，是最溫馨的地方」。自從老寶貝死後，娜高盡量不看它。

「這種天氣還上山？」殺手拉出一張椅子坐在娜高對面。

「都說好了啊。這種事情也不能拖。而且，我們也不是唯一的客人。」娜高瞄一眼後面那桌的小情侶，他們卿卿我我依偎在一起。娜高邊笑邊從包包裡掏出菸。

「既然都來了，那就吃頓好的。想吃什麼？」

「酒釀山豬肉。」娜高回。這是餐廳的招牌菜，也是老寶貝的最愛。她還點了比黛最愛的炸魚，又另外點一盤炒山蔬。

「那有什麼問題。想聽什麼歌？免費放送。」殺手阿莎力的說。

「最後的溫柔。」娜高脫口而出。

娜高手裡的菸在殺手吹奏的悲傷曲調裡，一點一點燃盡。比黛大概是餓了，菜一上桌，立刻拆掉免洗筷，大口吃著酥嫩炸魚。娜高中午沒吃什麼，勉強扒了幾口飯。一小口飯，要一大口啤酒才吞得下。

若是老寶貝在就好了。娜高壓抑想哭的衝動，跟著惆悵的薩克斯風哼唱：「不要再編織藉口，就讓我瀟灑的走，雖然你的眼神，說明了你依然愛我，這是最後的溫柔。」歌曲結束，殺手走來同坐，開一瓶台啤，陪娜高一塊喝。

「好吃嗎？」殺手問比黛。

「好吃。」比黛靦腆答完，又低頭滑手機。

「我們先來拍張照吧。」娜高拿起手機，調動鏡頭。殺手走了過來，把自己的大頭擠進小小視窗裡。娜高的拇指和食指交錯，學老寶貝最愛比的愛心。比黛按下快門。喀擦，三人定格在照片中。娜高將照片上傳打卡，tag 比黛和殺手。在臉書上他不叫殺手，而叫 Ngian。他的布農名字。

「颱風好像真的要進來了。」窗外的風聲變得更加強勁，娜高覺得有些冷。

殺手苦笑說：「現在才這樣想，不會太晚嗎？」

「我來，還有件事，想要問你。」娜高想裝若無其事，卻更顯得刻意。殺手沒有說話。「關於飛羚的事。」娜高知道老寶貝和殺手之間一直還用從前救國團的代稱，像彼此的暗號。「那個時候，」娜高說到這裡頓了頓，深吸一口氣說：「他有沒有跟你聯絡？」比黛聽見媽媽的話，停止滑動手機，但沒有抬起頭。

殺手點菸，像在回想。一陣沉默後，才緩緩開口：「那天，我有接到他的電話。大半夜，我不打算接，不，應該說我起不來，前一天喝醉了。可是，電話停了沒多久，又響了。我在黑暗中接起電話，也沒看是誰打來，忍不住先罵：『幹！這麼晚打什麼電話？』對方沒有說話，我本來要掛了。電話那頭卻傳來哭泣的聲音。我這才意識到，是飛羚在哭。我以為你們吵架了，我問他：『你和大嫂怎麼了嗎？』他沒回答，就是哭。我也沒辦法，只能等他哭完。後來，他斷斷續續地說，他生病了，很嚴重的病。想賣一塊山上的地，說有個教授要買。我問他什麼病，他也不說。只是說，要做成那筆生意，想留給孩子一點錢。」殺手用憐惜的眼神看向比黛。娜高在桌面下，輕輕握住比黛的手。

「教授想買的那塊地是伍拜的，伍拜的個性你也知道，他不會賣的。」娜高把菸捻熄。

「又是一場空啊。」殺手笑，表情有些淒涼：「我認識飛羚那麼久，他這個人重朋友，有點小奸小詐，心地不壞。像他這種人，注定做什麼都是一場空。大嫂，我必須跟妳說。即使，我知道飛羚不希望我告訴妳。那天，他其實還提到另一件事。」

「什麼事？」

「一個女人。我想，可能是他在度假村認識的女人。我不知道他們發生什麼事，他說自己很後悔。」說到這裡，殺手停頓一下：「大嫂，很抱歉，我不應該提這個。」

娜高搖搖頭表示沒關係：「那女人叫什麼名字？他從來沒有對我說過。」

「飛羚也沒有跟我說太多。只是一直說自己對『她』做了不能原諒的事。我想，他應該喝醉了。無論如何，我還是要幫死去的兄弟說一句。大嫂，飛羚對妳是真心的。他曾跟我說，如果早一點認識妳就好了。」殺手誠摯的說。

「殺手，謝謝你告訴我。能夠知道多一點是一點。他倒是走得瀟灑，什麼都沒說就走。」娜高大口喝著啤酒。如果不是餐廳還有其他客人，娜高會放聲痛哭。她恨死老寶貝了，恨到覺得如果他們從來不曾相遇就好了。她就不需要獨自承受這一切。她早知道他是不負責任的人，為什麼偏偏還是想跟他在一起？即使生病，至少他們還有剩餘的時間可以好好道別。他卻選擇這種方式，讓她連再見都來不及說。娜高默默喝著酒，不知不覺木桌上已堆滿空酒瓶。

殺手默默陪她喝，但不敢喝多。娜高喝得太茫，最後由殺手開著她們的車載母女倆去附近民宿過夜。民宿是殺手親戚開的，一棟兩層木造建築。親戚是八八風災受災戶，政府把他們安置在這裡。二樓簡單隔間，做成兩間民宿。母女上樓，殺手看見房間燈亮，才獨自走路回餐廳。

她們住的房間有附陽台，面山。夜色已黑，只能從幾盞路燈，像兒時玩連連看那般連出山坡的形狀。娜高躺在床上，用兩個茶包泡了一杯茶，看著山景慢慢喝著。比黛洗過澡，換上印著史努比的 t-shirt。老寶貝屬狗，卡通人物裡最喜歡史努比。可能受老寶貝影響，比黛從小就愛史努比。她帶來的背包也印著史努比的圖案。

天空下起小雨。看雲層的厚度，雨勢恐怕會越來越大。綿綿細雨像張大網籠罩整座山。酒意稍退，娜高也去洗澡，換上稍大的 t-shirt。這件本來是老寶貝的衣服，現在則屬於她。穿著老寶貝的衣服，帶給她一些安心感。比黛坐在床邊滑手機抱怨：「這裡訊號好差！」

娜高拿出菸盒和打火機，走去陽台，看著細雨抽著菸。裊裊煙霧彷彿若有似無的圍牆，將她環繞在無人打擾的世界裡。回想四十幾年的人生，也曾有過短暫的歡樂時光。比如兒時爸爸騎摩托車，載她一起去祕境看海，坐在爸爸身後，有種莫名的幸福。還有，她也喜歡老寶貝漫無目的開車載她，她喜歡把腳屈起來，看著窗外的風景。快樂很短暫，但因為記憶中有那些短暫的片刻，她才有力量走到現在。

老寶貝帶著祕密離開她們母女。他的身體裡有一顆不定時炸彈，他的心裡藏著一段她不知道的往事。和一個女人有關。她從來都不知道的女人。她向來以為自己和老寶貝之間沒有什麼不可說的，老寶貝曾對她袒露過去的情史，包括他的前妻們。傷痛的、欺騙的，甚至持刀相向的。也因為老寶貝如此坦承，讓她幾度為自己的不夠誠實感到抱歉。原來，老寶貝和她一樣都藏著自己的祕密。

娜高將燃盡的菸灰撢進菸灰缸裡。菸灰缸是透明玻璃做的，上頭留著洗不去的菸漬。即使如此，菸灰缸仍盡責的躺在那裡，任憑人們往它身上扔擲菸灰。擺放菸灰缸的是一張及腰的木桌。木桌周圍雕著和餐廳桌子一樣的百步蛇紋。娜高用手指順著紋理撫觸，透過刻紋深淺呈現百步蛇姿態與變化，若不經意看見，還以為是真的百步蛇躺在木桌上。難怪老寶貝常誇殺手是天生藝術家。老寶貝還說，原住民都很有藝術天分。娜高並不否認這件事，表弟媳的哥哥就是旅居英國的知名畫家。

雖然是讚美，但她其實不喜歡聽人說，原住民有藝術天分之類的話。就像有人覺得，原住民很會唱歌。從前念專科時，有個同學不知從哪裡得知，她有原住民血統。有次，大家相約唱KTV，那位同學刻意點了一首原住民歌手的歌，對她說：「聽說你們原住民都很會唱歌，這首歌妳一定也會唱吧。」娜高唱了兩句，就把歌卡掉。她說這首歌太難唱，她唱不上去。她沒有說謊，她的喉嚨忽然變得又緊又乾。想到這裡，她忽然有些明白，為什麼這幾年她拒絕老寶貝的求歡。她並非不愛他，而是當他的手觸碰她時，她會想起那些名詞：「老婆」、「媽媽」、「原住民」……。這些東西像手鐐腳銬般，禁錮了她最原始的慾望，讓她無法在老寶貝身上獲得真正的高潮。她甚至曾想質問老寶貝，倘若她不是原住民，沒有原住民身分，老寶貝還愛她嗎？

但她再也沒有機會問他。窗外細雨如絲，攞盪在山谷間，像無聲的哭泣。

## 03 海的聲音

隔天，整座山依舊籠罩在綿綿細雨中。母女二人在民宿用早餐，餐廳就在一樓，簡單放了四張桌子。娜高和比黛坐在靠窗的那一桌。民宿主人是個大姐，早餐就是由她親自準備的。早餐內容十分簡單，一鍋白稀飯、一道清炒高山高麗菜、肉鬆、醬菜。一條吐司，有幾種果醬可以自由選擇。另外，還有一壺熱水，幾包即溶飲品。大姐熱情的說盡量吃不要緊，反正只有兩組客人。娜高舀起一鍋清粥，夾了些高麗菜和醬瓜，熱呼呼的粥進入她的口，暖了她的胃。娜高又再裝了一碗。也許肚子真的餓了，平凡食物配上眼前朦朧山景，竟別有一番滋味。吃過稀飯，她泡了一杯即溶咖啡，三合一的，對她而言太過甜膩，卻令人懷念。很久以前，還住在山上的家時，老寶貝喜歡在晚餐後泡這種甜膩的咖啡，他會為娜高也準備一杯。娜高當作睡前牛奶喝了。娜高喝著杯中的咖啡，看著眼前的女兒。比黛正在吃一片塗滿草莓醬的烤土司，嘴唇沾滿醬漬。到底還是一個孩子。娜高笑了。

吃過早餐，打包行李放進車廂。娜高打算趁雨勢尚小下山，剛發動車子，就見殺手撐著傘從山路那頭現身，朝她們招手。坐在駕駛座的娜高把車窗搖下。

「大嫂，等一下沿著這條山路開下去，就可以看到往東的指示牌。快下山吧，路還長。」殺手的優點是從不說客套的話。

「好好保重。」娜高說。

「妳也是。」殺手對比黛說：「要聽媽媽的話。」比黛點點頭，向殺手揮了揮手。殺手拍拍尼桑車頂。娜高想起，從前道別時，殺手習慣拍拍老寶貝的肩膀。車子下山比上山更加容易，荖濃溪水位明顯比昨天上升許多。雨可能會越下越大，經歷過那種痛楚的殺手，依然在山中。賣力吹奏薩克斯風給偶然造訪的遊客聽，努力為自己為孩子活下去。希望這次不要再有災情，娜高祈禱。

娜高走南迴線往東行，穿過左彎右拐的山脈，就可以看見一整片海洋。無論走南迴或北迴，繞過中央山脈抵達東岸，就像抵達另一個世界。一個半小時後，她們來到酷熱無比的台東，而山的另一邊正在下著大雨。

每次從西部回到東部，心情就不同了。娜高的身分不再是少數，不需要被特別標示。她只是普通人。在西部時，或多或少，總有人在意她的原住民血統。這有好有壞。好處是，她可以繼承哈勇的土地，還曾一度有機會代表平地原住民選舉。有段時間，老寶貝幫縣長競選，酒席間某位大人物曾提到，不如讓娜高出來選議員。

「我不適合。」娜高回絕得清楚且乾脆：「我不懂那些。」無論老寶貝如何誘之以利，娜高始終不為所動。反正想出來選的人多的是，這件事就此作罷。

在東部，她只是多數中的一個。不需要推舉，不需被注目。她大口呼吸台東的空氣，那是日光、海洋與這裡的一切混合出的鹹腥味。到家了。雖然距離花蓮還有一大段距離，但這熟悉味道讓娜高有回家的感覺。回到童年時的家，回到有老爹的家。

老爹休假得空，會帶她去海邊。花蓮海岸聚積大大小小的鵝卵石，石頭被水流沖積到海邊時，已被磨得光滑晶亮。仔細看，每一顆花色、形狀都不相同。石頭被海浪捲入海中，發出咕嚕咕嚕清脆聲響。娜高很喜歡聽那聲音，喜歡到坐在岸邊聽一整天都不膩。

長大後，在科學園區工作的她，頂著大公司頭銜，其實做的是勞力活。說簡單一點，就是搬箱子。只不過箱子裡的東西嬌貴了些。一天十二小時，從傍晚搬到天亮，搬兩天，休兩天。休假日，如果沒有跟同事約，老寶貝不用上山，她會要老寶貝開車帶她去南寮看海。從竹東到南寮，快一點，三十分鐘就到了。那是離她最近的海。南寮海岸被深灰色的沙覆蓋，像用了太久的地毯。每一粒沙都大同小異，沙被捲進海裡時，沒有咕嚕咕嚕的清脆聲響，只有浪濤與海風呼呼而過的聲音。這時，娜高會特別想家，不是後來搬到桃園的家，而是童年花蓮部落的家。

西部與東部簡直是兩個世界。連海的聲音都不一樣。
娜高看著前方寬闊的馬路，沒有空污因而清晰無比的街道，她的嘴角微微上揚。
「媽，接下來要去哪裡？」比黛望著窗外問。
「鐵花村。」娜高看一眼導航，往鐵花村前行。
幾年前，老寶貝曾載她造訪鐵花村。鐵花村是鐵路局舊倉庫改建的，園內有幾棵大樹，以樹幹為柱，樹枝樹葉為天花板，在草地上隨意擺放桌椅，還有個小舞台，組成鐵花村的核心。四周還有販賣手作商品、咖啡和點心的市集。週三到週末的夜晚，有現場演唱的音樂會，邀請許多原住民歌手來表演。
那一次，他們遇見胡德夫。
胡德夫來自大武山，擁有排灣、卑南血統。他有一些了不起的稱號，像是「台灣民歌之父」、「台灣原住民運動先驅」。讀書時經歷民歌最繁盛時期的老寶貝，看到胡德夫出現份外驚喜，不停向娜高介紹胡德夫。
胡德夫站在舞台中央，黃澄澄燈光打在他身上。當他靜止時，神情肅穆如一座石雕。當他開口，渾厚嗓音彷佛山的聲音，震盪每個人的耳朵與心。

攀落滑動　在千古的峰臺和平野
吹上山吹落山　吹進了美麗的山谷
太平洋的風一直在吹

最早母親的感覺
最早的一份覺醒

吹動無數的孤兒船帆　領進了寧靜的港灣
穿梭著美麗的海峽上　湧上延綿無窮的海岸
吹著你　吹著我　吹生命草原的歌啊

胡德夫的聲音讓娜高重回孩提，跟老爹坐在海邊，眺望遠方的海，太平洋上的風將他們的頭髮吹亂。除了波濤聲，娜高還聽見細細碎碎的聲響。老爹在哭。老爹的眼淚從細長眼睛裡滑落，流過歷經風霜的雙頰，滴落在鵝卵石上，成為海的一部分。

胡德夫一唱完，老寶貝立刻起立鼓掌。那夜，大家還坐在一起喝酒。他們拍了合照，上傳臉書。大女兒按了讚，在底下留言：「胡德夫！」大女兒向來很少回應老寶貝，也從來不曾主動聯繫。因此，雖然只是簡短留言，老寶貝卻非常開心，馬上在留言下方回：「對啊，我們在鐵花村，下次帶妳來。」大女兒不僅再次按讚，還回應「好」。老寶貝把這件事放在心上，常跟她說想帶幾個女兒一起到東部旅行。可惜的是，最終沒有成行。

老寶貝很喜歡鐵花村。他本就愛唱歌，也愛聽歌。此後，每年花蓮行，他們都會固定造訪鐵花村。在台東住一晚，隔天再去花蓮。

「原住民都是天生的歌手。」老寶貝說過這樣的話。娜高回想，當時的自己應該只是陪笑，沒有多做回應。

為了老寶貝改從母姓後，她成為一個「真正」的原住民。本來，在西部時，她有父親的山東血統當保護色，掩藏原住民身分。但是，她曾想丟棄的，對老寶貝而言卻是寶。並讓他們唯一的女兒也從母姓，承襲原住民身分。

娜高帶著比黛重新來到鐵花村，平日下午，沒有歌聲的鐵花村顯得有些寂寥。樹與樹之間懸掛許多天燈造型的燈籠，在白天看來只是一般的紙燈籠，一到夜晚，燈燈相連，亮如繁星。

「想留到晚上聽歌嗎？」娜高知道，現在韓流當道，比黛喜歡的是畢書盡、防彈少年團，什麼胡德夫、紀曉君或陳建年，要不是曾跟他們來鐵花村，恐怕連聽都沒聽過。不要說比黛沒聽過，年紀小老寶貝整整十四歲的娜高，如果不是來鐵花村，恐怕這輩子也不會知道胡德夫。

「隨便。」比黛回。

娜高察看節目表，今晚是曾淑勤。娜高曾很喜歡的一位歌手。她最為人熟知的應該是電影主題曲〈魯冰花〉。不過，娜高更喜歡的是另一首〈情生意動〉。娜高決定留下來聽歌。母女在鐵花村四周閒晃，餓了就去便利商店。老寶貝不在，兩人就像沒人管的孩子，隨意在架上拿取愛吃的零食，坐在便利商店吃吃喝喝等待天黑。她們手中都有一支手機，每支手機就是一個宇宙。

這些年很少在電視節目看到曾淑勤，娜高好奇的上網搜詢她的名字。第一個跳出的是維基百科，上面寫著：曾淑勤的父親是排灣族，母親是太魯閣族。最近的一筆是二〇一七年，她加入原住民族廣播電台主持「音樂真抒情」。原來，曾淑勤一直沒有消失，只是她久未關注。

原住民電視台、原住民族廣播電台成立多年，娜高有時無意間轉到這些節目，但總是停留不久。比起來，她更喜歡追韓劇或陪老寶貝看外國電影台。有意無意間，她總是與「原住民」三個字保持距離。

讀書時，還沒申請原住民身分，不知道原來可以加分。直到比黛準備考高中，才注意這項制度。根據現行制度，參加考試分發入學者，依照考試科目成績，可以加原始總分百分之十。但如果取得原住民文化及語言能力證明者，還可以增加原始總分百分之三十五。

比黛的母語課選阿美族語。她就讀的國小位於五峰山腳下，全校有一千多人，和比黛一起選修阿美族語的有十幾個。人數比娜高想像中多。那些和比黛一起選修阿美族語的同學父母，是來自哪一個部落？他們也是東部人嗎？因為工作來這裡落腳？又或是結婚才來到這裡？

八歲時從東部搬到西部的娜高，只能聽懂簡單幾句阿美族語，已不太會說。若不是學校有母語課程，比黛也許一輩子也不會說阿美族語。出生、長大在泰雅族部落，取了泰雅名字的比黛，與其說是阿美族人，更像是個泰雅孩子。

「妳以前不是有上母語課嗎？還會講嗎？」娜高轉頭問坐在一旁喝飲料滑手機的比黛。

「早就忘記了。只記得幾個簡單的單字。哎！早知道就認真上，總分加一加，說不定還能跟大姊一樣考上竹女呢。」比黛有點惋惜的說。

「沒關係啦，媽媽又沒有要妳讀竹女。」老寶貝的大女兒是竹女畢業，他一直希望小女兒也能像大姊一樣。這個期待對比黛或娜高來說，都是一種壓力。

天漸漸暗下。

她們步行回到鐵花村，選了中間的位置，既可以看得見舞台，又不至於太顯眼。如果老寶貝在的話，肯定會跑去最前面那一排。甚至跑上台跟曾淑勤來個大合唱。在這座舞台，明星不必像上電視那樣刻意打扮。信步上台的曾淑勤穿著白罩衫和緊身牛仔褲，肩上背著一把YAMAHA靜音吉他，整把吉他只有輪廓和琴弦。那是她身上最顯眼的裝飾。

「我是一個很自我的人。這個自我也不是不管別人，只是我常常很投入在自己的世界。」曾淑勤對著麥克風說話，語氣像與朋友聊天般。她一邊說話一邊撥弄琴絃。熟悉旋律飄散夜空，她以低沉充滿磁性的嗓音唱：

最美麗的情感總是藏在夢背後　別觸動它　一碰就凋落
花謝了後　連北風都會寂寞　心如潮起潮落　愁已鎖住眉頭
如果要我將你一生寫成一首詩　我不寫夢　只寫你的手
青春如酒　醉了把你手緊握　帶你看山看河　看我情上心頭

正是娜高年輕時最愛的〈情生意動〉。娜高不自覺跟著哼，比黛也專注聆聽。每次去KTV，老寶貝都會點這首歌給她唱。說她帶點沙啞的嗓音很適合這首歌的滄桑。娜高打了卡，照片是唱歌時眉頭緊鎖的曾淑勤，並複製貼上這段歌詞。

前一陣子待在家中，舉目所見皆是老寶貝的東西。陽台上有他種的百香果樹，玄關還放著他的拖鞋，廁所有他的菸灰缸，床頭是他們的婚紗照。娜高不時對空氣說話，她覺得老寶貝的靈魂還在那空間徘徊。即使感受如此強烈，卻碰不到也看不見。只能吞安眠藥和烈酒助眠。跟比黛一起開始這段追思之旅後，也許是長途開車太過勞累，也許是旅途中，她必須獨自照顧比黛，讓她更清楚意識到老寶貝不在的事實。

這趟旅途是要人們在懷念中學習放下。忘記是誰曾經這樣告訴她追思之旅的含義。這趟旅程仍未結束，不知道還需要多少時間才能真正放下？

她們離開鐵花村後，在附近一間旅館過夜。旅館是舊旅社改裝的，鐵花村連接著老火車站，一變為文化聚落，附近旅館也跟著改變樣貌。舊浴缸拆掉改成淋浴間，房間重新上漆，以俐落線條取代從前老式壁紙。只是，空氣裡似乎還殘留老旅館的氣味。開了一整天的車，娜高只求一張白淨的床好好睡一場。

隔天在旅館一樓用早餐，白稀飯、饅頭、吐司、炒青菜、炒蛋和醃漬物，飲料有紅茶、咖啡和柳橙汁。種類雖然多，但滋味卻不怎麼樣。娜高和比黛簡單吃過便繼續往北走。

下一站是部落皇后咖啡館。咖啡館是阿美族藝術家優席夫開的，娜高喜歡喊他小優。小優不在，顧店的是小優的妹妹。娜高點杯咖啡，替比黛點冰沙。一樓咖啡店放著優席夫的原畫，戴頭飾的阿美族女人張嘴開心大笑。小優喜歡強烈飽滿的色彩，讓整個畫面呈現歡快熱情的感受。小優的畫作有強烈的感染力，讓娜高沉重的心因為牆上人物的笑意而減輕一些。

小優是部落的驕傲。娜高曾在一篇雜誌專訪看到，小優解釋畫中人物總是張嘴大笑的原因：「我們原住民藏著愛笑的基因，任何一點小小的歡樂，都會被我們放大，這也是祖先所留下的幸福哲學。」娜高很羨慕愛笑的人，台語說的「好笑神」。和妹妹比起來，娜高從小就不愛笑。「幹嘛老是一副苦瓜臉？」老爹曾問她。如果愛笑是阿美族基因，那她的哀愁可能源自父親。老爹從小被國民黨帶到台灣，冒著生命危險挖礦坑、山道，那些路卻無法帶他回家。要回山東老家，勢必得走海路。娜高記得，老爹曾在一張日曆背面，畫下番薯狀的台灣島，接著在花蓮港口畫一個圈，然後從花蓮港出發，原子筆水藍色線條沿著台灣北端海域，回到山東青島。老爹一畫完就點火燒了。

「不要告訴任何人，我畫這張畫，連 Ina 也不要說。」娜高和老爹一起看著那張地圖燃成灰燼。多年以後，老爹終於得以從桃園出發回山東。只是，家鄉一切都變了。沒有父母的家已不是家。

此刻的娜高總算明白老爹當時的感受。父母走了，連老寶貝也走了。這個家還是家嗎？

小優筆下咧嘴大笑的阿美族女人，讓她想到率先搬遷到西部的大阿姨。大阿姨是工地工頭，底下有一班同樣來西部打拚的阿美族男人。她替大家接工作、談工資，有人受傷，也是由大阿姨協調。她要照顧受傷的同伴，還要找人替補，確保工程如期完成。

剛到西部時，生活條件不好，大阿姨從沒為此哭泣或頹喪。她就像小優畫筆下的阿美族女人，一點小事就能讓她展露笑容。比如院子裡種的玉米收成了、在大溪市場買到來自花蓮的稻米，又或是接到一份足以溫飽的工作。

令娜高印象最深的是，無論多麼勞累，每週六晚上，大阿姨會邀請族人一起到家裡喝酒聊天。對大阿姨來說，生活的苦難不算什麼，只要能活下去。儘管薪資微薄，大阿姨仍強迫大家儲蓄，不要變成台酒的奴隸。後來，他們一個個買下這裡的房子。雖然地點不在市中心，但總算是扎下自己的根。

明明是同一個母親生的孩子，**Ina** 就嬌弱許多，雖然也愛笑，但也容易哭。**Ina** 一哭，老爹就亂了手腳，只能想盡辦法安慰她、替她解決麻煩事。若是連老爹也沒辦法，天大的事還有大阿姨頂著。**Ina** 是姊妹中排行最小的，大阿姨把她當女兒照顧。

娜高是老二，前有哥哥，後有妹妹。若在從前的部落，她是大女兒，接近大阿姨的角色。她確實也以大阿姨為榜樣，早早獨立，工作養家。但她沒有大阿姨愛笑的天賦，也不像 **Ina** 懂得撒嬌。她像老爹，埋頭苦幹，壓抑內心真正的慾望。她有時會想，如果當初 **Ina** 沒有跟隨大阿姨到西部，在東部的她會長成什麼模樣？會比較愛笑嗎？還是像現在一樣老是一張苦瓜臉？

她的人生，的確在八歲那年開始改變。從東部部落來到西部城市，她花了好長時間重新適應這一切。少小離家，若不是豐年祭和清明節要返鄉，這裡早被她淡忘。父母不在，老家賣掉，花蓮只剩兩位阿姨。有一天，阿姨們也走了，東部老家還剩什麼？身邊喝著冰沙的比黛以後還會回來嗎？

離開部落皇后咖啡館，娜高驅車往鶴崗方向前行。她的故鄉是位於鶴岡的屋拉力部落。向瑞穗開去，可以看見一座瑞岡大橋。大橋啟用時，娜高不過六、七歲左右，族人們歡喜迎接這座嶄新的大橋，讓部落交通更加便利。

瑞岡大橋是雙線道，橋的兩邊有白色柵欄。經過四十餘年風吹雨蝕日曬，白色已不是當年促亮的雪白，而像發霉的吐司布滿斑點。車身滑過大橋，娜高望了一眼橋下月牙般防汛專用車道，溪水兩側長滿青綠雜草。

就要到家了。

過橋後，眼前出現岔路。往右是瑞港公路，往左是通往屋拉力部落的縣道。路越走越小，刻意栽植的稻田、果林與原始莽林交錯眼前。三個木造人偶站在路的盡頭，造型有些像比黛喜歡的卡通《史瑞克》裡的薑餅人，雙手往上舉如歡迎的姿勢。再往前行，一棟平房上掛著簡單塑膠布製廣告，上面寫著「歡迎蒞臨屋拉力無菸部落」，最底下的角落還放著一個刺眼的圓形禁菸標誌。鶴岡村有兩個原住民部落，北端是梧繞部落，南端是屋拉力部落。鶴岡以柚子聞名，四處植滿柚子樹，三、四月柚子花綻放，整個村落都可以聞見柚子花的香味。柚子花長得白白圓圓，像風鈴垂掛樹葉間。那是娜高覺得部落最美的季節。

現在是七月，柚子成熟時。娜高的車經過農會集貨場，這是整個村子裡最顯眼的建物。集貨場的拱狀屋頂裝飾黑紅白菱形、三角形交錯的圖樣，下方柱子則是波浪與菱形。正值採收季，整個集貨場堆滿柚子。

屋拉力部落從前種的不是柚子樹，而是茶樹。每戶部落人家，最不缺的就是茶。有一次，Ina不知道從哪裡弄來一套二手歐式茶具，茶壺和茶杯上印著水藍色花朵，杯盤鑲著金邊。雖然其中幾個杯子有些許裂痕，卻無損它們的美麗。像辦家家酒那樣，Ina有模有樣的泡茶給孩子們喝。那時的Ina還很年輕，臉上洋溢陽光般的笑容。如果她沒記錯，Ina懷裡抱著兩歲多的弟弟。

Ina身材豐滿，凹凸有致。跟後來到西部不停發胖的模樣判若兩人。Ina有份兼職工作，是到港口觀光舞台表演阿美族舞蹈。她有一套專門用來表演的傳統服飾，如花盛放的扇形頭飾、紅白相間大紅衣服，鑲著塑膠珠串的腳套。每到假日，很多遊客特別從西部搭遊覽車到這裡看阿美族女人跳舞。Ina跳得很開心，她說跳跳舞就有錢賺，沒什麼不好。娜高也曾被Ina拉去跳舞，Ina說，那些人看到小孩跳舞，會給更多小費。

Ina不知道從哪裡找來一套阿美族傳統服飾給娜高和妹妹套上，騎著老舊摩托車載她們到港口。舞台上，有許多跟她們穿同樣衣服、濃妝豔抹的女人，大家牽手邊唱邊跳。但是，娜高卻怎麼樣也無法融入歡樂歌聲中。她的眼睛不停望向底下的觀眾，他們的眼睛盯著她瞧，有人還拿起相機不停拍照。閃光燈讓她覺得刺眼。她不是獵物，她不想被那樣觀看。後來，娜高寧願挨揍，也不再跟 Ina 去港口跳舞。

娜高出發來東部前，已先打電話跟二阿姨、三阿姨報備。三阿姨訪友不在部落，今晚會在二阿姨家落腳。

不久前，阿姨們搭車到西部參加老寶貝的公祭。公祭地點選在老寶貝的故鄉，新竹湖口長生殿。說是長生，其實是死人暫時停放的殯儀館。儘管，老寶貝讓自己變得像泰雅人，融入泰雅部落。但娜高始終覺得，老寶貝心底還是渴望得到故鄉家族的認同。這也是為什麼，老寶貝的葬禮不在竹東舉行，而選在他的老家。

公祭結束，娜高就近找間餐廳，請遠道而來參加公祭的族人們吃頓簡單午宴。那天，太陽炙熱，阿姨們年歲都大了，還頂著烈日送老寶貝最後一程。除了一桌素菜，娜高還特地為阿姨、表弟妹們準備冰啤酒。臨別前，二阿姨走到她身邊，緊緊擁抱她，說：「娜高，不要傷心。Wawa 只是回到他最愛的山裡去了。」鬱積許久的淚水，在體內形成冰山，直到二阿姨溫暖的擁抱，才融化潰堤。

娜高的車在一間水泥平房停下。

水泥平房的牆漆著黃色油漆，在整片灰土土綠油油的屋拉力部落中格外顯眼。二阿姨的兒子馬耀，比她長兩歲，是個油漆師傅，平常在花蓮市區工作，假日才回來陪伴老母親。二阿姨七十幾歲，身體一直相當硬朗。也許是東部好山好水好空氣，讓兩位阿姨很少進出醫院。不像操勞大半生的大阿姨，早在十幾年前就因為肝癌離開，排行最小的 Ina 也在兩年前走了。

下了車，娜高看見二阿姨正坐在家門前，她的頭髮花白，身穿寬鬆繁花衣服和寬大黑褲子，大剌剌地把腳張開，赤腳坐在門檻上抽菸。

「Fai！我帶比黛來看妳啦！」娜高帶著一盒剛剛在便利商店買的雞精，當作伴手禮遞給坐在地上的阿姨。

「人來就好，帶禮物幹什麼妳？」二阿姨笑得露出所剩不多的牙齒。

「這是一定要的啦。」娜高發現原來她和老寶貝一樣，換個地方就換一套口音。回到這裡，她依舊是那個不想穿傳統服飾跟著 Ina 去跳舞的小女孩。

「姨婆好。」比黛喊。因為住得遠，比黛跟東部親戚不熟。熟的還是同樣搬到西部，年齡差不多的表姊妹。

「越大越漂亮，比 Ina 還漂亮。」比黛害羞笑了。二阿姨仰頭看看天空，說：「看來要下大雨了。」娜高不解望著蔚藍天空，天氣大好，怎麼可能下雨？只見二阿姨淡定抽著菸，一副老神在在的模樣，彷彿天地萬物的運行都逃不過她的法眼。

「晚上就睡馬耀的房間吧。」二阿姨說。每年回屋拉力，他們都睡馬耀的房間。二阿姨家只有一層樓，以客廳隔出兩個房間，一間是二阿姨的，一間是馬耀的。有了比黛後，比黛就睡在中間。等比黛更大些，老寶貝會準備睡袋打地鋪。

「謝謝 **Fai**。」娜高望向屋後一大片柚子樹，問：「柚子可以採收了吧？」柚子像綠色淚珠垂掛在枝頭。待會的雨會有多大呢？這些即將採收的柚子應該禁得起這場雨吧？

「差不多啦。妳那個表哥照顧柚子比照顧我還認真。」二阿姨邊說邊搖頭。娜高聽了忍不住笑出聲來，看著菸不離手的二阿姨念：「**Fai**，菸要少抽，檳榔要少吃，酒要少喝。」二阿姨瞪她一眼，望向遠方的山說：「我真想念我的 **Wawa**，他可不會像妳這樣囉唆。」娜高也望向同一個方向。她不想讓二阿姨看見她眼底的淚。娜高深吸一口氣，換張笑臉，擁著二阿姨，請比黛幫她們在水藍屋子前合影。娜高把照片上傳臉書，寫著：「老寶貝，阿姨說想你。」

二阿姨做了一頓簡單晚餐，玉米排骨湯、清炒高麗菜和紅蘿蔔炒蛋，除了排骨是馬耀從山下市場買的，其他都是二阿姨在柚子園旁空地種的菜。玉米很甜，高麗菜香脆，紅蘿蔔沒有腥味。向來不吃紅蘿蔔的比黛，也十分捧場的夾了好幾口。

她們在客廳吃飯。大門敞開，屋外的風越來越大。不多久，落下斗大雨滴，雨打在廚房鐵皮屋頂上，發出咚咚咚的鼓聲。大地被黑暗籠罩，又是一個大雨滂沱的夜晚。

二阿姨拿出一罐茶葉，說是自己炒的茶。改種柚子樹後，二阿姨還特意保留幾棵茶樹。她說前幾日整理房子，在床底下發現這套茶具，很適合用來泡紅茶。茶具是白瓷，邊緣鑲著金邊，中間是藍色的花紋。

「這不是 Ina 的嗎？」娜高驚呼。

「啊，我想起來了，好像是你們要搬走時，阿碧送我的。阿碧說反正帶不了那麼多東西，而且到西部還怕買不到嗎？」二阿姨說著就把滾燙的水注入茶壺裡，把茶壺蓋子蓋上，等待蜷曲茶葉自由伸展身體。搬到西部後，Ina 住在離陶瓷小鎮鶯歌不遠的地方，卻沒有買茶具的閒情。她得比在部落時更加努力、賺更多錢，才能有自己的一席之地。娜高再也不曾和 Ina 一起在午後泡茶。

二阿姨把泡好的茶湯倒進她們的杯子裡。桌上有幾顆不同牌子奶精和一罐糖，嗜甜的比黛加了幾匙糖。娜高倒了一球奶精。雨勢越來越大，幸虧有這壺熱茶。

娜高一躺上床就睡去。茶喝多了，半夜尿急起來。腳剛踩地，就縮了回來。她怕踩到睡在地上的老寶貝。但冰涼地板瞬間喚醒她。她上完廁所，側身躺在比黛身邊。比黛已長成一個少女，濃眉大眼像她，臉型像老寶貝，鼻子像她，嘴巴像老寶貝。娜高隔著棉被，輕輕把手放在比黛身上。不知多久，她沒有抱過女兒。女兒的胸部比想像的更加豐滿，肩膀也更寬闊。比黛長大了。女兒成熟的身體給她安全感，讓她在雨聲中再次沉睡。

隔天起床，二阿姨已蒸好地瓜，配上剛泡好的一壺茶，就是早餐。雨到半夜就停了，走出屋外，大雨洗刷過的大地更清朗。

吃過早餐，娜高決定提早下山，她想去花蓮海邊走走，再從宜蘭返回西部。順利的話，今晚就可以回到竹東的家。娜高忽然有些想念那個租來的房子，儘管她也害怕，打開門看見與老寶貝有關的熟悉物件，它們會再次把她拖進思念的深淵。

娜高與二阿姨相擁道別，下次回來，可能又是大半年後。二阿姨厚實手掌拍拍她的肩膀，彷彿在說往後這肩膀得承擔更多。

可能是下坡路段，又或是這些天頻繁駕車，娜高覺得手變得粗糙，卻也越來越能掌握這輛車。

她們的車行駛在一條荒涼的公路上。左手邊是高過人的芒草，右手邊則是海岸。因為離岸邊有段距離，深藍波光在遠處發亮。比黛放下手機，攀在窗沿眺望遠方的海。

娜高在路上來來回回，卻遍尋不著那條直通海岸的小徑。那是童年時父親帶她來過的路。與老寶貝初交往時，她還帶他來過，不可能找不到。小徑沒有名字，海岸沒有地址，無法導航，娜高能依憑的只有不可靠的記憶。

最後，娜高決定把車子停在路邊，和比黛一起徒步尋找那條小徑。幾分鐘後，在距離停車處約百來公尺處，發現入口。她開車來回多次總是錯過的入口。真該早點下來用走的。

在高過人的芒草中行走，母女久違的牽起了手。比黛的手比她想像中更大更柔軟，不像她的滿是皺摺。天寒時還得買護手霜塗抹，工作時才不會因搬動紙箱而裂開。穿過芒草，海在眼前。芒草和海的中間鋪滿鵝卵石。娜高脫了鞋拎在手上。比黛也學母親脫掉腳上厚底羅馬涼鞋。比黛的腳趾和娜高一樣細白修長。娜高的腳趾甲殘留斑駁的紅色指甲油，老寶貝還在時，她坐在他身邊塗抹的。比黛則塗著深淺不一的藍色趾甲油，最近她迷上指甲彩繪，把零用錢全砸在這上頭。娜高像欣賞藝術品那般欣賞比黛的裸足。她的腳踩在灰黑間雜的鵝卵石上，藍調的指甲油更加襯托那雙如玉般細緻的腳。應該找一天，讓女兒帶她去做指甲彩繪。換新顏色繼續走下去。

她們一步一步走向海洋。

娜高坐在離海最近的岸邊，隨手抓起一大把鵝卵石往海中流去，海立即回應清脆的聲響。咕嚕咕嚕。伴隨海潮的嘩啦啦。

「妳聽見了嗎？」娜高又抓起一把石頭落入海中。

「聽見什麼？」比黛不解的望向母親。

「海的聲音啊。」

兩人就這樣在海邊坐了很久。娜高不知道比黛在想些什麼，也許跟她想的是同一件事？

搜救隊在娜高報案後的第七天，找到老寶貝。他的身體蜷曲僵硬，臉上有凍結的冰霜。說實話，娜高並不想承認那具冰冷屍體是她的丈夫。

警方以自殺結案，讓娜高在死亡同意書上簽字。她為他舉辦了葬禮，並將他火化安置在張家祖塔。但是，娜高還是不覺得那是老寶貝。會不會，過幾天他就回來了呢？坐在租屋沙發上調皮的對她們笑。不好意思啊，開了妳們一個大玩笑。老寶貝也許會這樣說。

娜高望著海，耳畔響起老寶貝曾在她面前自彈自唱：「拾起一把海裡來的沙，就是擁有海裡來的偶然。」比黛用手梳理被海風吹亂的頭髮。娜高拿起手機拍下比黛的側臉。一半像她，一半像老寶貝的臉。

離開海邊，她們抵達東部追思之旅的最後一站，位於花蓮永豐的一處山洞。這山洞和其他山洞長得差不多，山的肚子被鑿開一條通道，遠望如一顆綠色三角飯糰，中間黑色部分是海苔。這座山洞是老爹帶她來的，原因沒有別的，這是老爹鑿的山洞。

老爹死後，他們每年回花蓮，都會到永豐山洞緬懷。認識老寶貝後，老寶貝會主動開車載她來這裡。

到達永豐山洞，比黛拿起手機，娜高則是在手機裡找出上一次來時拍的合照。同樣的背景，一年前來時，老寶貝還在。娜高在臉書上寫著：「我們回來了。」這一則發文有兩張照片，一張是一年前三人的合影，另一張是此刻。山洞前，有兩個女兒思念兩個父親。

東部行在此告一段落，她們即將啟程回竹東的家。但是，追思之旅尚未結束，她們還有最後一哩路，也是老寶貝最後走過的路。娜高在心底祈禱，但願，她有足夠的勇氣與力量走完它。

# 第三面　鏡像

# 第五章、上山

終於回到家。

媽媽洗過澡，在樓上房間休息。家裡安靜得令人害怕。我從史努比背包裡拿出一張餐廳名片，是離開寶來前，殺手叔叔偷偷塞給我的。名片背後有兩個潦草的字，想是殺手叔叔在匆忙之間寫下的。慕伊。我猜，是那個女人的名字。殺手叔叔向媽媽提到的那個女人。他為什麼不直接告訴媽媽，而要私底下給我她的名字？在途中，我一度想把這件事告訴媽媽，卻忍住了。我總覺得其中一定有什麼祕密，也許是不要告訴媽媽比較好的那種事。我把名片撕掉，直到變成看不出字跡的小碎片。

名片還留著殺手叔叔的氣味，殘存在我的指頭上。我見到殺手叔叔的那一刻，就被他身上的味道吸引。跟爸爸一樣的氣味。爸爸洗過澡後喜歡擦麝香乳液，味道濃郁，會把人的鼻子都塞滿的那種濃郁。以前家裡常充溢這氣味。爸爸走了後，沒有人擦那罐乳液，味道漸漸淡去。殺手叔叔的氣味讓我想起爸爸的這個習慣，並深刻感覺到，爸爸曾經存在過的痕跡。

那罐雪白色乳液仍放在浴室鏡子前。洗完澡的我將它輕輕擦在手臂和脖子上。是爸爸的味道，沒有錯。爸爸的味道陪我入眠。

●

我在一大片竹林裡奔跑，竹林發出沙沙沙的聲響，不時還傳出嘆息聲。回頭看，卻只見白茫茫一片，一個人影也沒有。我害怕的往竹林盡頭奔去，但竹林卻長出手來死命拉著我，不讓我往前。我用力掙扎，一片刺眼光亮迎面而來。

「比黛！」我聽見有人喊我的名字。我努力睜開眼睛，發現自己不在竹林，在房間床上。媽媽坐在床邊擔心望著我，問：「寶貝，做惡夢嗎？」我點點頭，覺得自己還有部分魂魄留在夢中的竹林。在夢裡掙扎太久，我的頭髮、身體全是濕漉漉的汗水。

「去洗個澡、換件衣服吧。等一下就要出發了。」媽媽說。

今天是追思之旅的終點。媽媽和我要重返五峰，再走一遍爸爸最後走的一段路。

這趟旅程除了媽媽和我，還有大姊。葬禮結束後，我們就沒有見過面。

東部之行後，媽媽的狀態比之前好一些，起碼不需要再用烈酒助眠。不過，她又再次提起想搬家的事。也許她是想換個地方重新開始，就像當初我們搬離山上的家一樣。

當時，身負經濟重擔的媽媽，發現「老婆的店」不僅不能替我們賺到更多的錢，還因爸爸海派個性導致入不敷出。更倒霉的是，爸爸在客人面前秀出獵槍，被檢舉抓進派出所。媽媽一邊咒罵告密者和愛現的爸爸，一邊四處借錢將爸爸保釋出來。

如果不是追思之旅，媽媽應該不想上山。

媽媽難得早起，帶上幾罐爸爸之前在北埔買的茶葉，打算當作伴手禮送給山上的朋友。大姊傳訊說路上塞車，可能會晚一些到。媽媽和我把昨晚在樓下超市買的吐司當早餐，配冰箱的保久乳。我確認過，還有一個月才到期。爸爸走後，我們幾乎忘記冰箱的存在，我猜大部分的東西都過期了。這也是我第一次想到，保久乳這種東西也是有期限的。以前，家裡也會買新鮮牛奶，但常常來不及喝完就過期。爸爸覺得浪費，就買了整箱保久乳。我愛喝冰的，他就固定把六瓶一組的保久乳放在冰箱。我放學或睡前若肚子餓，至少有東西可以填填肚子。喝著爸爸幫我冰的保久乳，不知怎麼有種前世今生的錯覺。好像擁有爸爸這件事，是很久很久以前的事。雖然保久乳很小瓶，我卻喝得很慢。這是爸爸為我冰的保久乳，喝完就沒有了。

吃過早餐下樓，發現大姊已在樓下等候。

大姊比我大二十歲，如果早生，當我媽媽也可以。事實上，我有個同學的媽媽還比大姊小一歲。不愛化妝的大姊今天穿著白 T-shirt 和牛仔褲，肩上背著灰藍色背包，腳上穿著運動鞋。大姊伸手向我們打招呼：「不好意思，硬要跟來。」

「別這麼說，都是為了爸爸。」媽媽客氣的回覆。

「妳考得怎麼樣？」大姊忽然轉向我說。

「就……普通。」我像突然被老師點名的學生，有點不知所措。以前，我曾在學校圖書館看過姊姊寫的書。爸爸買了很多姊姊的書，有的自己留著，有的送給朋友。對爸爸來說，有個當作家的女兒是件了不起的事。大姊做什麼都是對的，就連她去年離婚，爸爸也是二話不說支持她。相反的，我做什麼爸爸都覺得不夠好。有一個這樣的大姊，任何人都會覺得有點困擾吧。

「所以是考上哪一間？」大姊並沒有要放過我。

「新生護校。」我沒有考上爸爸期待的竹女，而是一間護校。媽媽說，當護士很好，不怕以後沒飯吃。但是爸爸會不會覺得失望？我在爸爸離開前考完試，成績還沒放榜，爸爸就不在了。我總覺得眼前緊迫盯人的大姊，是爸爸派來監督我的。可能是如此，我才忍不住說出接下來的這些話：「如果我以前好好學阿美族語，加權以後，說不定就可以上竹女。這樣爸爸就不會覺得丟臉了吧。」我一說完，就感到懊惱。大姊一副愣住的表情。

「我們出發吧。」最後是媽媽出口挽救我們之間的僵局。我們默默跟在媽媽身後，走向停在路邊的尼桑。

有了東部之旅的長途駕駛經驗，媽媽熟練坐上駕駛座、發動車子。大姊坐後座，我坐副駕駛座。車子發出熟悉的引擎聲，媽媽播放車裡的另一張CD，是爸爸喜歡的水晶音樂。簡單琴聲緩和車內尷尬的氣氛。我從後照鏡偷看大姊，她正望著窗外發呆。尖尖的瓜子臉據說是遺傳自她的媽媽。比起大姊，我的臉型更像爸爸。顴骨稍大，額頭也突出。儘管如此，爸爸總是說我長得像大姊。也許對爸爸來說，這是一種稱讚。但對我來說，卻潛藏莫名的壓力。

經過老式磚瓦房，坡度漸陡。這點山坡路難不倒這台老尼桑。爸爸當初就是因為這台尼桑主打四輪傳動、適合爬坡、空間又大，才貸款買下它。只不過實際付錢的還是媽媽。最近坐了媽媽開的車，才發現她開車非常猛。前方一沒車，幾乎是不減速的向前衝，連山坡路段也一樣。左彎右拐，不過半小時餘，我們就抵達第一個目的地，爸爸曾工作的花園度假村。

我對度假村的印象很模糊，它在我出生不久後就倒了。聽說本來度假村老闆還不打算放棄，籌募資金，希望能讓度假村改頭換面後重新開幕。但是，來不及等到那一天，一場颱風將它徹底摧毀。

剛停妥車，大姊像孩子般跳下車。

「怎麼變成這樣了？」大姊像找不到歸路的武陵人，茫茫然望著度假村入口。

度假村拱型大門還在，但早已被藤蔓攀附包圍，只能依稀辨認曾經的輪廓。整個度假村被土石流削去一半。殘存的另一半崩塌頹傾，被叢生雜草覆蓋。我曾在爸爸的相簿裡見過度假村最繁盛的時期，木頭搭建的整排蒙古包如衛兵般，站在兩層樓高佔地寬廣的旅館旁。成群遊客排著長長的隊伍，想搭上足以環視半個度假村的空中腳踏車。足以容納五十張圓桌的中式餐廳門口，有幾個男人正在用吊掛型烤肉架烤著金黃焦脆的乳豬。還有，我最喜歡位於溪畔旁的游泳池，有一架三層樓高的滑水道。如果度假村還在，我真想跟爸爸一起去踩空中腳踏車，找舞蓋去溜滑水道。只可惜，當年一度曾是香港明星指定度假的觀光勝地，如今變成一座廢墟。就像被摧毀後的侏羅紀公園，美猴王離開後的花果山，僅存殘垣斷瓦。

「山是活的，會吃掉貪心的人。」有人曾這樣告訴我。

我透過那沙啞的嗓音，追尋記憶中的影子。腦海裡浮現高大瘦削的人影，瓦旦瑪瑪。他知道很多關於這座山的故事，山會吃掉人，也是他告訴我的。那時，還未上學的我經常跑去他家。嚴格來說，是哈勇家。爸爸忙民宿的事，我就自己走去找哈勇。在山上時，爸爸對我的教養很自由，不像來到山下，東管西管，去哪裡都要問個清清楚楚才放人。也許，在爸爸的認知中，山上遠比山下要安全多了。

爸爸說，瓦旦以前是職業軍人。

「後來呢？」我問。

「後來，瓦旦被人欺負，就回來山上了。」

「被誰欺負？那些人也太壞了！」我緊握拳頭，替瓦旦抱不平。爸爸把我抱進懷裡：「這世界上，有很多人會看不起跟自己不一樣的人。以後，如果妳也遇到這樣的人，說妳或妳的朋友是山地人什麼的，不要覺得難過，要驕傲的告訴他們：『什麼山地人？要說原住民！』」我雖然不太明白，還是點頭回應。

我第一次覺得自己和別人不一樣，是在選本土語言課的時候。爸爸幫我勾了「阿美族語」。我的同學們，大部分是選「客家語」、「閩南語」或「泰雅族語」。我們班選阿美族語的只有我一個。我在山下最好的朋友小凡，選的是客家語課。她很驚訝的對我說：「原來妳是原住民，我一直以為妳是客家人。」「我爸爸是客家人，我媽媽是阿美族，我是混血兒。」我故作輕鬆的回。

「寶貝，媽媽以前就是在那跟妳老爸結婚的。」媽媽指著遠處長滿雜草的土丘說。「以前，那裡是餐廳。雖然比不上山下飯店，卻是五峰最豪華、氣派的餐廳。」她輕輕嘆一口氣，接著說：「回想起來，好像是昨天的事。」我望著媽媽手指的方向，看著被山吃掉的餐聽。瓦旦沒說錯。只是，我還是忍不住替媽媽感到惋惜。「走吧，媽。」我說。媽媽點點頭，把太陽眼鏡往前推，輕輕擦掉眼角的淚痕。

距離度假村約半小時，往河谷方向有一段岔路，岔路路口很窄，如果不仔細看很容易忽略。大部分來山裡的觀光客，就是這樣錯失那條小徑。轉進彎道，順著下坡走到底，朝光亮處右轉，連結一座和平橋。橋的另一端就是和平部落。部落外圍種了好幾棵櫻花樹，初春時節，落英繽紛，整座山像換上芭蕾舞裙的舞者，隨風翩翩起舞。

我很久沒回來了。尤其上了國中，要補這補那，沒有一刻放鬆。一到假日只想跟同學搭車去市中心逛街，不想跟爸爸上山。況且民宿租給別人，哈勇也不在了，爸爸就算上山，也很少來這。

回想起來，上次來這裡時，我還只是小學生。跟爸爸來探望病重的哈勇。本來就不算高大的哈勇，躺在雙人床上，顯得更加瘦小。他的眼睛緊閉，身體隨著呼吸劇烈起伏著。「醫生要他待在安寧病房，他就不肯。固執！死到臨頭還是固執！」瓦旦對爸爸抱怨，我看見他的眼角含著淚水。哈勇似乎聽見我們的聲音，微微睜開眼睛。

「哈勇，是我。」我坐在床畔喊他的名字。哈勇把頭轉向我，說了一串泰雅語。我聽不太懂，但其中一句我知道，哈勇說的是：「要死，也要死在山裡。」以前，哈勇帶我去山裡時，他不只一次這樣跟我說過。

現在回想哈勇說這句話的表情，那堅定的眼神一點也不像將死之人。那麼，爬上那棵樹的爸爸呢？最後那一刻，他在想些什麼？

爸爸喜歡山，但不只是喜歡，他也想利用山的美麗換取更多東西。就像爸爸的民宿，一方面讓我們安居山中，另一方面也希望用它換取財富。

民宿的骨架是鋼構的，再以木頭包覆起來，以建材來說，是人為與天然的造物。民宿外有木頭搭建的棚架，主梁是爸爸用廢棄木頭電線桿搭起來的。底下有一張用撿來的工業木頭滾筒當基底的桌子，椅子則是爸爸用竹子做成的。因為向爸爸租房子的王阿姨很喜歡這些桌椅，所以爸爸決定把桌椅留在民宿，只帶走殺手叔叔送他的木雕桌子。

王阿姨是牙醫師的小老婆。牙醫師在市中心開連鎖牙醫診所，王阿姨跟了他許多年，卻一直沒有名分，也沒有孩子。我聽爸媽聊天時得知，她原是牙醫兒子的鋼琴老師，沒想到竟和學生的父親發生了關係。也許因為沒辦法給她名分，牙醫師對她所有要求都有求必應。

王阿姨說想要一間山上的房子。她從部落格上看見有人介紹「老婆的店」，又發現民宿出租的消息，立刻打電話上來，希望能親自到現場看看。

王阿姨來的那一天，媽媽恰巧要上班，由爸爸接待她。王阿姨獨自一人上來，我記得，她開著一輛米白色 mini cooper。光滑白淨的 mini 在大太陽下，就像一團即將融化的冰淇淋。王阿姨搖下車窗，向我們揮手。

爸爸打開民宿大門，指引她停靠在民宿旁的空地。她打開車門，從即將融化的冰淇淋走出來。我還記得，她穿著無袖合身的黑色洋裝，一條金扣皮帶圍住她纖細的蜂腰。腳上穿著一雙黑色絲襪與高跟鞋，肩背一款小巧的名牌包包。整個人就像從雜誌走出來的模特兒。

「上坡會不會太吃力？」爸爸輕輕敲著 mini 問。

「還可以。」王阿姨一邊說一邊將波浪的捲髮往外撥，發出迷人的玫瑰香氣。爸爸替王阿姨泡茶時，她挑了一個面山的位置坐下。她一手扶著下顎，一手隨意在木桌上彈奏。那不是一雙美麗的手，指甲剪得很短，指結粗大，跟她纖細美麗的外表不相稱。

「妳會彈鋼琴？」爸爸從民宿走出來，手上端著托盤，托盤裡有一壺紅茶和杯子。

阿姨停止了無聲的演奏，說：「我是教鋼琴的。對了，二樓有幾個房間？」

「兩個。一個面向妳剛剛來的山路，一個直面對面的山。」爸爸比手畫腳解釋，還說要不是為了我念書方便，他才捨不得搬走。爸爸的話讓我有點不爽，明明是他們要搬家，卻把責任推到我頭上。我雖然年紀小，但也不是可以隨便呼嚨的，於是我就在一旁大吵，喊著：「我才不要搬家！明明是你們自己要搬的！」爸爸見我這樣吵鬧，臉上的表情明顯不悅，對我說：「如果妳要這樣吵，就回去房間裡，不要出來。」見我嘟著嘴、含著眼淚，又軟下身段哄我說：「聽說哈勇今天在家，要不要去找他玩。如果妳乖乖在哈勇家，等爸爸跟阿姨談完事情，就帶妳去買一個喜歡的玩具。好不好？」

我雖然對那要租民宿的阿姨感到好奇，但為了不被關進房間、為了新玩具，還有待會不被爸爸揍，我決定去找哈勇。等我到哈勇家才發現，他們家一個人也沒有。我在他們家的門檻上等了很久，還是沒有人回來，只好又走回家。

回到家時，阿姨跟爸爸在二樓。我輕手輕腳走上樓，盡量不打擾大人的談話。

上了樓，我看見阿姨和爸爸在面山的房間裡。這間房有一扇玻璃窗，讓對面的山看來就像一幅畫。聽說媽媽生下我後，就是在這個房間坐月子。媽媽不只一次說，還好有這扇窗，否則她簡直要悶壞了。

「這地板可以承受鋼琴的重量吧？」我聽見王阿姨一邊用嬌滴滴的聲音問，一邊用纖細的小腿用力往地板踩。

「鋼琴？」爸爸愣了一下說：「我想是可以的。它的結構是鋼，耐重應該沒有問題。」

「那就好。」阿姨面向那扇窗，她的手指又在裙襬上起舞。

「真可惜我們要搬下山，不然比黛就可以向妳學彈鋼琴。」爸爸惋惜的說。

「比黛，是你女兒的名字？很特別。」

「是泰雅族的名字。」爸爸解釋道：「附近耆老幫她取的。」

「你不是說太太是阿美族人，孩子卻用泰雅的名字。有趣！那麼這塊地以後就是那孩子繼承囉？」我沒有聽見爸爸的回答，但卻聽見他們愉悅的笑聲。不知道為什麼？那笑聲讓我有些害怕。我看見他們的距離越來越近，我看見爸爸抓住阿姨彈琴的手。我看見他們躺在媽媽坐月子的床上。我不敢發出一絲聲音，躡手躡腳下樓，回到工寮裡。看著電視裡的奇奇蒂蒂卡通，想忘記剛剛的畫面。

王阿姨離開後，她身上的玫瑰香水味還留在山上。在椅子上，在樓梯間，在潔白的床單上。後來，王阿姨又來了幾次，確認合約細節、簽約和交屋。她來的時候，我就躲進工寮。我不想知道他們之間發生什麼事，最好永遠都不清楚。

這類不愉快的記憶，是我抗拒回來的原因之一。

再次見到民宿，還是記憶中的樣子。但我知道，有些地方不同了。具體來說是哪些地方，我一時也指認不出來。那熟悉又陌生的感覺，讓我有些不知所措。

悠悠琴聲從二樓流洩下來，是蕭邦的〈夜曲〉。到山下後，爸爸幫我找了一間鋼琴教室，讓我去學琴。他說女孩子會彈琴還是很吸引人的。但我怎麼可能好好學？上了幾堂課就用各種理由不去教室，爸爸和老師都拿我沒轍，只好就此打住。不過，我第一次上課時，就在教室外聽見這首曲子。鋼琴老師告訴我，這首是蕭邦最有名的〈夜曲〉。我就這樣把這首曲子記在心裡。

王阿姨果然把鋼琴搬了上來。

那輛我記憶中的 mini，停放在它第一次到來的位置。彷彿它一直都在那裡沒有離開。走近一看，可以發現 mini 如冰淇淋般的車身，多了幾道刮痕，車輪和車門上也沾染不少泥土。這些年過去，這輛小車也感染山的氣息。

雖然是民宿，但王阿姨拿來自住。木刻的「老婆的店」招牌被爸爸放在竹東家的雜物間。這棟暫時沒有名字的民宿，有一個暫時的主人。當初租金是一次付清，一共兩百萬，租期二十年。王阿姨除了剛開始曾打來詢問水電相關的問題，很少主動聯繫我們。

媽媽走上前按門鈴。門鈴卻被琴聲淹沒。整座山谷都迴盪民宿傳來的琴聲。如果琴聲是森林裡昂首的大象，門鈴聲就如一隻咿咿作響的蟲子。反正不趕時間，媽媽索性靠在竹子做的圍籬上，掏出皮包裡的香菸，抽起一根叼在嘴上。我則是坐在門口的一塊大石頭側緣，拿出手機，希望搜尋到更多訊號。

媽媽見我坐在石頭上，笑著說：「這石頭還在啊。」

我看看屁股下的石頭，就是一顆再普通不過的灰黑色大石頭，溪邊到處都找得到，看不出來有什麼特別。

「這顆大石頭可是從上游那裡運過來的。」媽媽解釋說：「以前，妳阿公，我是說山下的阿公，退休後沒事做，就四處撿石頭。海邊、山上、溪邊，一有時間，就跑去撿石頭。有時候，一整天也找不到一塊喜歡的。一旦找到喜歡的，無論如何都要把它帶下山。」我記得山下阿公家的二樓前廳，有兩個高高的櫃子，分別放在左右兩邊的牆上。櫃子塗上乳白色的漆，下面寬大，做成抽屜。上面則是開放式像書架一樣隔成好幾層。不過，層板寬度過窄，不適合拿來放書。爸爸說，那櫃子是以前開牛排館時放錄音帶用的。後來，牛排館關門，櫃子捨不得丟，阿公拿來當石頭展示櫃。當然，是比較小顆的石頭。雖然小顆，但造型各異。有的像小山，中間有圈白色，像白雲環繞山中，也像小溪流過山巒。有的扁扁平平，仔細觀察，才發現像地瓜，也像台灣的形狀，連中央山脈的稜線都有呢。小時候去山下阿公家，覺得無聊就跑去石頭間，翻找架子上阿公四處撿來的石頭。

我站起來，想好好看看石頭的外型。石頭中間有一個圓形凹洞，那圓非常完美，像人為刻鑿出來似的，除此之外，看不出有什麼其他特別之處。

「妳阿公說，這顆石頭就像一個聚寶盆，招財。說什麼都要妳爸運到這裡。」

「這石頭這麼大，怎麼運到這裡？」

「問得好！」媽媽大笑幾聲，接著說：「我也問過一樣的問題。這顆石頭在麥巴來溪上游，四周全是大石頭和樹叢，車子根本開不進去。妳爸想了很多方法，最後去度假村借泛舟用的橡膠艇，跟大叔叔兩個人把石頭推上橡膠艇，拖到溪裡，順流而下，從上游流到這裡，最後用拖車載上來。」我想像阿公在一旁指揮，爸爸和大叔叔兩人努力將石頭運到這裡的情景。爸爸說，阿公和大叔叔個性很像，固執得像石頭一樣。大叔叔跟阿公一樣愛搜集石頭，綽號就叫石頭。我有記憶以來，大叔叔幾乎不跟爸爸說話。因為爸爸拿山下的家給銀行貸款，結果貸款還不出來，欠了銀行很多錢，家裡差一點被查封。大叔叔只好四處跟朋友借錢還銀行，一家老小才沒有流落街頭。大叔叔為此很生爸爸的氣，不再理他。如果不是媽媽提起這段往事，我不知道他們也有這樣一段過去。

我望著石頭中間的凹洞，底部積了一點水，像面鏡子般，倒映出我的臉。波光水影間，我彷彿看見爸爸，和我的面目重疊。

琴聲停了，水面不再有波紋。爸爸不見了，我只是我。

媽媽再次按門鈴。跟悠揚的琴聲比起來，鈴～鈴～鈴～反覆同樣的叫聲，實在有些刺耳。我想不出山裡有哪戶人家會跟這裡一樣裝上門鈴？這個門鈴是王阿姨搬來後才裝的，以前我們住在這裡時，沒有裝這種東西，圍籬也從來不曾關上。部落遠離主要幹道有段距離，又沒幾戶人家，大家都認識，爸爸不相信有什麼人會特地來這裡偷東西或做壞事。

不過，王阿姨畢竟是一個外來者，還是一個女人，小心一點也是對的。這樣想來，有好幾次，爸爸說要出門辦事，要我獨自留在家。只有五、六歲的我也不感到害怕，畢竟往上坡走一小段就是哈勇家。有什麼事，只要大聲叫喊，哈勇或瓦旦就能聽見。曾那樣放心、大膽把我一個人放在山上的爸爸，在我們搬到山下後，變得神經兮兮。有幾次我跟朋友相約，爸爸竟偷偷騎著電動摩托車跟在我身後。山上的爸爸和到了山下的爸爸，簡直是兩個人。

前來應門的王阿姨依舊留著一頭浪漫的長捲髮，染成最近流行的霧棕色。即使如此，頭頂白髮仍毫不留情冒出頭來。她沒有上眼妝，也沒有塗腮紅，只在唇上點了玫瑰色唇膏。淡淡妝容讓她立體的五官變得柔和許多，連眼角生出的魚尾紋都顯得可親。

「是……比黛？」王阿姨認出了我。她向媽媽點頭示意，又看了看大姊。

「阿姨好。」我說：「這是我大姊。」大姊向王阿姨點點頭，勉強擠出一點笑容。

「今天怎麼有空上來？進來坐坐吧。」王阿姨對媽媽說，臉上笑容跟大姊一樣僵硬。她穿著一件米白色寬大洋裝，腳踩拖鞋，腳趾甲塗著粉紅色指甲油。

「會不會太打擾？」媽媽問。但這不過只是一句客氣話，如果怕打擾的話，就不該按下電鈴。

「沒關係的。我也在想，妳們最近也許會上來一趟。」王阿姨回，像主人般帶我們走進民宿。這感覺有點奇怪，畢竟從出生到七歲為止，我都住在這裡，這裡曾是我的家，現在卻被另一個人帶我走進自己的家，還招呼我坐下。坐在爸爸親手做的椅子上。

「要喝點什麼？茶好嗎？」王阿姨問。

「不用麻煩了。」媽媽客氣的說。但我確實想喝口茶，在外面站那麼久，口都渴了。王阿姨似乎感受到我迫切的眼神，微笑回：「不麻煩，也到了喝下午茶的時間。」說完就走進民宿一樓吧檯裡準備。

不到十分鐘，王阿姨手上端著木製托盤走來，托盤上放著三個骨瓷杯，杯上繪製粉紅玫瑰花，放在金邊瓷盤上，瓷盤上還有小湯匙和奶精。托盤上還有同款式茶壺和一罐白糖。當王阿姨把托盤放到木桌上時，我想起旅遊頻道裡常出現的歐洲風景，山谷間的小木屋與英式下午茶。

「比黛，在想什麼？」王阿姨忽然問我。

「太久沒有來了，有點陌生。在這裡喝下午茶，讓我有一種到歐洲山上小木屋度假的感覺。」

王阿姨笑出聲，說：「是嗎？我第一次自己開車，來到這裡的時候，也有這種感覺呢。明明離新竹市區才一個多小時，卻好像來到另外一個世界。我從小就夢想住在歐洲，最好是中世紀那種小木屋……」王阿姨望向遠方的山，出神的模樣和身上濃郁的玫瑰香水味，讓我再次想起王阿姨第一次到這裡的情景。她離開後，整間民宿都是這股香水味。

「但是，妳知道吧，這不是真正的小木屋。它只是貼著木頭的皮，其實骨子裡還是鋼架。頂多算是……高級一點的鐵皮屋。」大姊說出連串殺風景的話。但我很感謝她，把我從那不堪的往事中拉了回來。

「是嗎？」王阿姨露出有點詫異的表情，很快又笑著說：「這世上真真假假那麼多，真的假的有什麼關係？看起來像就好了。」

「這是北埔山上的茶，是我們的一點心意。」媽媽遞上準備好的茶葉，再一次成功救援。這讓我想起，爸爸對大姊也不是沒有微詞。有一次他跟大姊講完電話後，憤憤罵道：「真是讀書讀到頭殼壞掉！」爸爸很少批評大姊，我不知道他們究竟發生什麼事？但爸爸說的那句話我一直記在心裡。每次爸爸罵我讀書不用心的時候，我都會在心裡反駁：「難道你要我讀到頭殼壞掉嗎？」

王阿姨接過茶葉，向媽媽道謝，說了看開一點這類安慰的話，最後嘆一口氣說：「如果當天我在山上就好了，也許能勸一勸他。」媽媽反過來安慰王阿姨：「這種事誰也說不準的。」如果王阿姨那天在，他們會發生什麼事？我不敢繼續想下去。

「那天，我其實是去山下找那個人。怎麼說呢？我一直想要離開他，畢竟我也不是一個不獨立的人。但是，我就是無法離開他。每次吵架，我就發誓要永遠待在這裡。然後把手機關機，完全不跟他聯絡。一開始，我覺得我可以在這裡重新開始，但是，我很快就開始想念山下的事物。」王阿姨喝一口茶，抿了抿抹上玫瑰色口紅的嘴唇，笑著說：「什麼麥當勞、星巴克，我都想念。想著想著，就想起他。我打開手機，看見幾通未接來電，我打過去，他接到時，似乎有點嚇到。我可以從他的聲音聽出來他的情緒。這算是學音樂的優點吧，對聲音特別敏感。我們約好下次見面的時間。當然，是在山下。他是個都市人，不習慣去網路不通的地方。掛掉電話後，我才發現，那幾通未接來電，主要是第一個星期的，到了第二個星期後，就沒有再打來。明明是我要離開他的，結果反而是他習慣沒有我了。那次之後，我們倆的關係有些改變。從前，我還是覺得自己比他高一些的，後來，他比我高一些了。我得在他允許的時間跟他通話、見面。」她說到這裡頓了頓說：「比黛夠大了，說這些沒關係吧？」我搖搖頭，表示無所謂，並繼續低頭滑手機，假裝自己沒在認真聽。實際上卻張開耳朵，不想放過她說的每一字每一句。

「不過，我還是嘗試做一些練習。我有兩、三個學生，從小跟著我學鋼琴，我沒有放掉他們，他們也沒有放棄我。老實說，我很慶幸有他們。沒有課時，我就會回來山上。真慶幸當初租了這裡。我說真的，這裡就像我的洞穴，需要時至少有個地方可以躲。到現在，我都還在練習不要跟他聯絡，當然，到目前為止還是失敗。失敗為成功之母嘛。」說完，王阿姨自顧自望著對面的山笑了。我抬頭看她，那笑容帶著些許苦澀，我第一次對這個租客有了同情，與好感。

告別王阿姨，我們往上坡走去。這一小段路我特別熟悉，這是去哈勇家的路。現在應該要說瓦旦家了。媽媽提著另一盒茶葉，打算送給瓦旦。我從沒見過瓦旦喝茶。爸爸走了後，媽媽曾說：「以前妳爸爸在，什麼事情他都會安排好，告訴我應該做什麼、不能做什麼。現在他不在了，我都不知道該做什麼？什麼又不該做？」媽媽說話時的表情，看起來比我這個剛失去父親的孩子更加無助。

我們走了一段路，才發現大姊沒有跟上。她還站在民宿門口，若有所思地望著那棟建築物。我們不想打擾她，站在路邊等她。只見大姊拿起手機對著民宿像在拍照。

「不好意思，讓妳們久等了。」大姊走了過來，帶著歉意說。

大姊對我們總帶著幾分客氣。大姊和二姊三姊相處時不是這樣的，她們老是打打鬧鬧，唇槍舌戰，卻更像親姊妹。她們雖然不是同一個媽媽生的，但從小一起長大。唯獨我像獨生女般住在竹東的家，只有回去湖口時，才變成最小的女兒。在湖口，我習慣躲到爸媽身後，我害怕那裡的人看我的目光。他們也不是對我不好，反而是那種異常的好讓我不知所措。在他們的目光裡，我知道我和他們不同。

當大姊站在民宿前時，那種奇怪的感覺再度湧上。那棟民宿，雖然哈勇是要給爸爸，但實際上卻是由媽媽繼承。多年後，如果媽媽沒有賣出去的話，它將會由我繼承。我的姊姊們沒辦法繼承它。她們沒有身分。沒有法律上的身分。她們不是原住民。但我是。至少有一部分是。爸爸沒有留下什麼財產，車子有大半是貸款，還是歸屬媽媽。這塊地，算是爸爸唯一的資產。爸爸還在時，媽媽曾跟他提起這塊地，擔心姊妹之間會因此有衝突。

「這也是沒辦法的事，她們會了解的。」爸爸給了模稜兩可的回答。爸爸總是這樣，話都不說清楚，老是給人模糊的答案。媽媽聽了不再追問，我卻把他們的話記在心中。

當我抬頭迎向大姊，發現她的眼眶有些濕潤。我想問大姊是不是想起什麼跟爸爸有關的事？話到嘴邊又作罷。倒是大姊主動提起：「剛剛進去民宿，讓我想起很久以前，民宿剛蓋的時候，我曾經上來過一趟。爸爸還給我穿泰雅族的衣服，讓我坐在民宿的鋼梁上拍照。」

「我好像有一點印象。」媽媽回。我不知道這件事，當時我應該還在媽媽的肚子裡，或者根本還沒來到這個世界。

「沒什麼，只是剛好想到這件事而已。景物依舊，人事已非。大概就是這種感覺吧。」大姊是讀中文系的，我有很多書都是大姊給我的。在我所有的科目裡，數學、英文最差，最好的就是國文。不是說考得多好，只是作文的分數總是比其他同學好一些。我想，這都要歸功於大姊給我那些書，讓我喜歡上閱讀。

原來大姊只是單純想起往事，並不是對民宿歸屬有意見。我鬆了一口氣，卻也為自己的念頭感到羞赧。

約十分鐘步程就可以到哈勇家，因為等候大姊，又說了一些話，竟過了半小時。

哈勇家就在眼前，有人坐在工寮邊。如果不是他的腿上放著一本書，我幾乎以為他就是哈勇。哈勇從前也喜歡坐在那個位置，只是哈勇從來不看書，他總是專心擦著獵槍。

哈勇家是由兩個貨櫃組成的鐵皮屋，一間是完整的家屋，鐵牆上有門和窗戶，這是哈勇一家居住的空間。另一間只有三面牆，一面完全沒有遮蔽，當倉庫使用，堆放哈勇上山的隨身物品，比如背袋、竹簍、鐮刀和一雙沾滿泥土的雨鞋。我認識哈勇時，他雖然還是會固定巡獵場，但已經很少打獵了。即使如此，他仍不時會蹲坐在工寮外，仔細擦著心愛的獵槍。

當時的哈勇約七十幾歲，黑黑瘦瘦的，外表就跟一般老人差不多。但奇怪的是，他給我的感覺卻沒有那樣老。

哈勇帶我走進他的獵場。

山裡的樹比我和哈勇都高上許多。他們是山裡的巨人，在他們眼裡，我們不過是小矮人。他們站得很緊密，一棵依著一棵，陽光透過枝枒與樹葉的縫隙掉落在我身上，成為一個個小光點。

我仍記得第一次跟哈勇走進獵場的情景。望著茂密的叢林，我興奮的心情轉為害怕，擔心自己會在山中迷路。但看著眼前的哈勇，我很快安下心來。他粗糙的大掌緊握我的手，一股溫暖的力量從他手中傳來。

「比黛，妳看。」哈勇忽然停下腳步，指著樹下一群紅豔豔的蕈菇。在一片綠意之中，這群蕈菇就像穿著圓裙跳舞的小精靈。因為實在太可愛，我忍不住伸手想要碰觸。「不要碰！」

哈勇厲聲阻止我：「美麗的東西很多都有毒。」我記住了哈勇的話。

哈勇站在一株長滿刺的樹前面。那棵樹的姿勢很奇怪，像個端著盤子的服務生，兩側枝幹如雙手向外延伸。姿態雖然恭敬，但不好惹，它的渾身長滿尖刺。哈勇沒有退後，反而走向它還伸出手來。

「不要碰！」這次換我喊道。哈勇卻笑嘻嘻摘下頂端的葉子說：「比黛，不怕。妳看，這叫『鳥不踏』，天上的鳥，飛累了，想找一棵樹停下來休息。但是牠不會選擇這棵樹，妳知道為什麼嗎？」

「當然知道，它全身都是刺，如果我是鳥，我也不會選它。」

哈勇微笑點頭：「我們比黛真是一隻聰明的鳥啊！不過，它身上都是刺，可是妳看，樹葉沒有刺啊。」哈勇把頂端的嫩葉放到我的掌心上：「這東西好吃，有人叫它『刺蔥』。回去我弄給妳吃。」我望著掌心上縮小版的聖誕樹葉，湊近聞，葉子傳來濃烈的香氣。我很難想像這東西可以吃。

那天晚上，我們在哈勇家吃晚餐。哈勇做了一道鳥不踏炒蛋，難怪有人叫它刺蔥，吃起來像一般的蔥，但又多了一股特殊的香氣，我很快愛上這個味道。

國中最好的朋友曾跟我說，她剛看到我時，覺得我有點冷冷的，看起來不好親近。還有人說，我不笑時，會讓人覺得很有距離。爸爸也說過，以前我在山上時明明是愛笑的小女孩，怎麼越大越不愛笑了？每次有人這樣說，我都會想起鳥不踏。張起身上的刺，是為了保護柔軟的葉心。

除了鳥不踏，哈勇還帶我認識馬告。馬告長得黑黑圓圓的，有點像胡椒，味道和功能也跟胡椒相似。哈勇的水壺裡常放進幾顆馬告，他說，這樣水會變得更加甘甜。不喜歡喝水的我，學哈勇在水壺裡加進幾顆馬告，用力上下搖晃再喝下。真的，就像哈勇說的，水變好喝了。

我曾與山豬媽媽和一窩小山豬擦身而過。哈勇指著牠們留下的足印和排遺告訴我，牠們剛剛在這裡飽餐一頓。泥地旁的松樹上被刷上白色泥灰，像擦不乾淨的黑板。那可能是山豬或水鹿在樹幹摩擦背部留下的痕跡。對於沒有讀過幼稚園的我來說，哈勇就是我的老師，山豬、水鹿和飛鼠，則是我調皮的同學們。

森林學校的課程被迫終止，我得下山念書。從來沒有上過正式幼稚園的我，和許多跟我年紀相仿的同伴，一起坐在教室裡。老師拿著粉筆在黑板上寫著陌生的文字和符號，我卻想著水鹿在松樹上留下的白色痕跡。有一次，我發現窗外有一朵雲慢慢的飄往山上，我站起來跟著白雲走到窗邊。老師驚訝的看著我，彷彿我是一隻稀有動物。老師在聯絡簿上寫了很多東西給爸媽，告訴我上課時不能東張西望，不能說話，更不能走動。我花了很多時間學習、適應這一切。

「瓦旦！」媽媽用親切的聲音呼喊。正在看書的瓦旦抬起頭來，露出詫異的表情。「看什麼書？那麼認真！都沒有發現我們來了喔。」媽媽用輕鬆的語調說話。爸爸說，自從瓦旦去張學良故居當管理員後，變得很愛讀書。他還說，如果我不讀書，就把我送回山上，跟瓦旦一起讀書。

「妳們怎麼有空上來？進來坐。」瓦旦沒有直接回答媽媽的問題。當然，媽媽也不是真的想知道瓦旦讀的是什麼。我好奇的看著瓦旦手裡握著的那本書，真想知道是本什麼樣的書。

「瓦旦瑪瑪，可以借我看一下嗎？」大姊說。瓦旦愣了一下，才意會到大姊說的是他手上的書。他把書遞給大姊，說：「拿去吧。我也是借來的。」

「謝謝。」大姊接過書，仔細端詳書封。我湊到一旁看，封面是土黃色的，上面有墨綠色人形畫，兩人都穿著泰雅族傳統服飾，一人坐著織布，另一人站著抽菸斗。上面寫著大大的五個字「泰雅族史篇」。大姊一進屋，就找了靠門的位置借光看書。書封讓我想起國小本土語言課，我的阿美族語老師也有幾本類似的書。阿美族語課堂上，老師偶而會說阿美族的歷史和口傳神話給我們聽。老師把書發下來給我們傳閱，說：「如果想知道更多的同學，可以跟我借這些書來看。」據我所知，從來沒有人向老師借過。

瓦旦倒了三杯水給我們，竹子水杯上刻著「平安」兩個字。

媽媽的目光停留在水杯上，用手撫著上面的刻痕。這幾個水杯是爸爸做的，本來放在民宿給客人使用，我們搬下山時送給了哈勇。

「那個，亞富公祭那天我剛好有事，走不開。」瓦旦像想起什麼似的說。爸爸的葬禮，很多五峰的朋友都去了，唯獨被認為跟他最親的瓦旦沒有來。

「沒關係。」媽媽喝了一口水，雙手握著竹杯說：「我開車上山後，不知道為什麼？有一種感覺，亞富沒有離開，他一直在這裡。他留在五峰。你知道，這裡是他最愛的地方。」

「娜高，我要跟妳坦白一件事。」瓦旦的口氣嚴肅：「那天，我是說，亞富出事那天，我們見過面。」媽媽緊握竹杯的手，浮起青筋。她點了點頭，表示她知道。「他從民宿走過來，眼睛紅紅的，頭髮亂七八糟。外面很冷，我讓他先進來，倒了一杯熱茶給他。」盯著書看的大姊把書放下，直直望著瓦旦。「他喝了一些熱茶，比較冷靜了。我問他為什麼上山，他說有人想買伍拜的地，他說伍拜反正一個人，有地不如有錢。我很氣，氣他又要賣山上的地。我揍他一拳，他也不客氣還手。以前，我們也喝酒打架，現在真是老了，才揮幾拳，兩個人就累得倒在地上。」瓦旦嘆了一口氣，不知道是後悔跟爸爸打架，還是對自己日漸衰老的身體感到惋惜？

「你們還說了什麼嗎？」媽媽的語氣聽起來還算平靜。

「沒有。」瓦旦沉默幾秒，回：「我真的沒有想到，他會就這樣走了。」

媽媽的眼眶紅了，深吸一口氣，調整情緒後說：「人都走了，他自己選擇的路。我不怪別人。不說這個了，我們中午打算去張學良故居那邊吃飯，一起來。我們好久沒有一起吃飯了。」張學良故居前有個搭棚子的露天快炒店，爸爸以前常跟朋友在那裡吃飯喝酒。

「不用了，謝謝。」瓦旦禮貌且不留餘地的婉拒媽媽。眼看就要散會，我的腦海裡卻浮現殺手叔叔留給我的那個名字。當媽媽起身時，我鼓起勇氣開口：「媽，我想在這裡再留一下。很久沒回來了，我還想去附近繞一下。而且我也不餓，妳們用完餐再來接我吧。」

「這樣好嗎？」媽媽猶豫的看向瓦旦。

「沒關係。反正我沒事，就讓她再待一下。」瓦旦說。我感激地看著他。

「那好吧。我們吃完再來接妳。」媽媽說。大姊若有所思的看我一眼，放下手裡的書，跟媽媽離開。

外頭傳來引擎聲。爸爸的尼桑正往對岸開去。

「她們走了。」我對瓦旦說。我想說的是，你不用再武裝自己。我發現，有人在時，瓦旦總是對我特別冷淡。以前我跟著爸爸在張學良故居前賣手工皂，天氣太熱時，我就跑進故居找瓦旦。瓦旦總是會準備很多零食飲料給我吃，說一些山上發生的事給我聽。但爸爸一出現，瓦旦又換上一副冷冰冰的面具。我不懂，他明明是溫柔的人，為什麼要假裝冷漠？

「肚子餓不餓？」瓦旦問。我本來想回不餓，沒想到肚子卻傳來咕嚕嚕的叫聲。我不是孩子了，這種場面讓我有些難為情。「我去煮碗麵吧。」瓦旦也不等我說好或不好，就走去廚房。

我瞄向大姊剛剛翻的書，反正沒事可做，瓦旦家的電視機早就不能用了。我拿起書，想知道瓦旦到底在看什麼？

這本書是民國九十一年出版的，剛好是我出生那一年。書況卻還很新，想是很少人看的緣故。我隨意翻了翻，發現有幾頁夾了撕成條狀的日曆紙。瓦旦做的記號。瓦旦還在張學良故居工作時，我去過他的辦公室，透明桌墊下放了許多小抄和筆記。他讀過的書裡都會夾著幾張這種小紙條。夾著紙條的那一頁，有個段落用鉛筆輕輕打了勾。

「明治三十五年（一九〇二）被尊為山地行政智囊的總督府參事官持地六三郎，在向兒玉總督提出的『關於藩政問題的意見書』中便陳述：『生蕃的馘首跳樑是積極的叛逆，不納稅不守禁令是消極的叛逆……國家對此叛逆狀態的生蕃，擁有討伐權，其生殺予奪，只在我國家處分權的範圍之內。』」這個章節是講述日本時代的「理蕃政策」，接下來好幾個段落都是類似的描述。在日本政府眼中，蕃命如草芥，我越讀越生氣，難道蕃命就不是人命嗎？我不敢想像瓦旦讀到時，情緒有多激動？

深吸一口氣，我繼續往後翻。

下一章是國民政府時期，瓦旦用鉛筆在「保留地」三個字上畫圈。我仔細閱讀那段文字：「除了高價經濟作物的栽培外，泰雅族所住的地區很多擁有豐富的觀光資源，自一九七〇年代休閒市場的開拓與山地鄉管制區的解禁為始，漢人資本家挾資金與技術進入山地發展觀光業，鄉公所從不細究其是否以『人頭』租用山地保留地，大多輕易地使其獲致土地開發的優先權。我們就看到了山地的產業充斥著檳榔、高山茶、高冷蔬菜佔據每一座一千公尺以上的高山地區，而不論水土保持之弊；加以官方的默許與配合（林務局亦改營森林遊樂區），我們就可以發現在泰雅族的住區中大大小小的遊樂區、觀光區如雨後春筍般出現，而不論其取得方式是如何損害當地住民的權益。」

「以目前山地發展觀光業的狀況來看，泰雅族非但未蒙其利，反受其害。……早在一九七〇年代，烏來商業區的商店都被平地人收購殆盡，烏來泰雅人無法在其間佔有一席之地，泰雅人僅能充當店員、清潔工、歌舞表演者等等，以賺取微薄的工資，大筆的觀光收益卻與泰雅人無緣。」書裡舉的例子是烏來，我想到的是剛剛短暫停靠的花園度假村。荒廢的度假村曾是爸爸待最久的地方。爸爸仍留著幾張名片，職銜是「業務協理」，算是主管職。爸爸曾因為當度假村老闆的人頭，以濫墾山林的罪名入獄。

那時，我還沒出生，知道的不多。只知道，剛上國中的大姊寫了好多信到監獄，爸爸把信收在鐵盒子裡。有一次，我在倉庫發現那個鐵盒，看見幾十封蓋著監獄印鑑的信。我偷看了幾封，感覺到姊姊們很想念爸爸。也可以想像，在獄中的爸爸有多依賴大姊。說實話，我讀那些信時，心中湧起滿滿的妒忌。曾經深愛爸爸的大姊，在一點一滴的失望中，把那份愛深深埋藏，不再輕易顯露。

「來，趁熱吃。」瓦旦的聲音從門口傳來。有些年紀的瓦旦，身體不復從前精悍，他微駝著背，雙手捧著一碗熱騰騰的麵向我走來。冒著蒸氣的麵香令人懷念。以前在山上時常吃這款便宜的炸醬泡麵，只要加上哈勇種的菜、打上一顆蛋，再加進幾顆馬告，就是營養美味的一餐。我用力嗅聞湯麵傳來的香氣，兒時在山裡跑跳的記憶又來到眼前。我放下書，舉起筷子，一口接一口把麵條吃進肚子裡，填補看書時一陣憤慨後的空虛。

「妳長大了，會看這種書。」瓦旦若有所思看著我說。能被瓦旦認可，我覺得很驕傲。可能真的餓了，不到十分鐘，我就把整碗麵掃得一乾二淨。瓦旦坐在一旁靜靜看書。

「瓦旦瑪瑪，我……我想跟你打聽一個人。」我吞吞吐吐的說，不知道為什麼，我覺得瓦旦可能知道那女人的事。瓦旦抬頭看我，即使眼角多了幾條魚尾紋，那仍是一雙老鷹般的眼睛。「你聽過一個叫『慕伊』的人嗎？」

「妳怎麼知道她的名字？」瓦旦反問。看來他知道慕伊的事，不過他臉上的表情告訴我，這絕不是一段愉快的回憶。

「是殺手叔叔告訴我的，他說，爸爸出事那天曾打給他，說自己很對不起慕伊。我想知道慕伊到底是誰？爸爸和她之間究竟發生什麼事？」我一口氣說完，害怕一遲疑就說不下去。

瓦旦聽完深深嘆一口氣，猶豫再三才開口：「也許，我應該把那時發生的事告訴妳。」矛盾的是，明明是我開口詢問，現在卻不確定自己是否真的準備好，能夠承受那段塵封已久的往事。但我可以感覺到，瓦旦早就想對我吐露一切。他把心事埋得太深，無人可訴。我不知道自己有什麼能耐，讓他願意開口。也許正因我是亞富的女兒，同時又承繼他的亞亞之名。

他在等待一個合適的時機，等我長得夠大，能夠明白他的話語。我看著瓦旦，如果他也望向我，必定能發現我眼神裡的游移。不過，他並沒有看我，只是緊盯著那本書。他一邊用粗糙的手指畫著書上人物的輪廓，一邊用低沉沙啞的嗓音，彷彿對著樹洞般，吐露他的故事。

# 第六章、獵人

## 01兩個亞亞

那個時候，大家都說，比黛是部落最美的女人。眼睛很大，臉很瘦，鼻子很挺，又會織布，十五歲就紋面。這不簡單哪。那個時候，日本人禁止紋面，她住在十八兒部落，那邊比較隱密，才有機會讓紋面師偷偷幫她紋面。上額、臉頰兩邊都有。很可惜，我出生時，她難產，就這樣走了。我對她的印象，都是看照片來的。

那個時候，部落哪有相機？我是在教會看到。照片上人很多，除了神父，大家都穿泰雅的傳統服飾。照相技術當然沒有現在好，照片也是黑白的。時間久了，照片也泛黃了。神父指著上面的一個女人告訴我，這是你的亞亞。

亞亞頭上戴著額帶，身上穿長袖上衣，圍著片裙，小腿裹著綁腿，綁腿下面串著貝珠。

最外面披著披肩。深的顏色是紅色，血一般的紅色。Gaga 告訴我們，紅色是能嚇退惡鬼的顏色。那個時候，亞亞不到二十歲，站在一個男人旁邊。那個瘦瘦的男人，就是哈勇。我的亞爸。亞爸穿紅白相間的傳統袍，罩著斜掛的紅披肩。手握彎刀。刀身在外面，握著刀柄的手藏在披肩裡。

以前，大家說我長得像亞亞，亞爸會反駁：「哪有！他的亞亞那麼美。」亞爸說的沒有錯。亞亞的肚子小小，手腳很瘦，看不出來懷孕了。眼睛像鹿，頭髮黑得像黑熊的毛，嘴唇像櫻花。

大家都說，好可惜，那麼美的女人。

神父說，人出生都有原罪。我相信。我的出生害死亞亞。雖然沒有人這樣說，但我從小就這樣感覺。每次亞爸喝酒，看我的表情就變了。像獵人看見獵物。我跑去外面躲起來，等到隔天才回家。那個時候，我覺得，如果他手裡有獵槍，真的會朝我按下去。

妳記得嗎？不管去哪裡，亞爸身上都帶著一個菸火袋。那個背袋本來是用紅綠黃三種顏色織的，因為用太久，全變成舊舊髒髒的灰色。亞爸不怕髒，都說這是比黛織給他的寶貝。他以前拿來裝菸草和火柴，後來裝國產菸和打火機。

亞爸隨身帶著的，除了背袋，還有一把彎刀。那真是一把好刀。刀身又厚又寬，刀頸處漸漸收細。刀頸是一把好刀的關鍵。它讓獵人在拔刀時，方便用大拇指抵著刀鞘容易拔刀，也更好削切。刀柄刻著泰雅圖騰和金屬裝飾。木做的刀鞘也有美麗的紋飾。

以前的泰雅人，用刀來宰殺鳥獸、砍伐樹木，也用刀獵取敵人的首級。尤其男人到十二、三歲，外出都要帶刀。亞爸說，男嬰出生一星期，家人會把他的臍帶放在打獵用的藤盒裡，由亞亞抱到前往狩獵的路上，祈禱男嬰長大後成為勇猛的獵人。可惜的是，亞亞在我出生時就死了，他們忙著舉行亞亞的喪禮，沒有人記得我的臍帶流落到哪裡，更沒有人為我祝禱，期望我長大後成為勇敢的獵人。我常想，可能是這樣，我才不想當獵人。不但不想，我還為亞爸成天帶著彎刀而感到不好意思。

他在山裡帶著彎刀就算了，連下山去竹東市場都帶著它。

那個時候，我還只是小學生，亞爸用竹簍裝著獵物，帶我下山，說要拿去山下雜貨店換鹽，還有買頭痛藥。我發現，大家都盯著我們看，好像在動物園看動物那樣。當然，那個時候，我沒有去過動物園。亞爸不喜歡動物園。

我以為大家盯著的是亞爸肩上的竹簍，裡面放著昨天剛獵到的飛鼠和山羌。後來發現，他們看的是亞爸腰間的彎刀，看的是亞爸，是我。我們跟他們不一樣。我不喜歡那種眼神。那個時候開始，我就不跟亞爸一起下山。

亞亞有留東西給我，她的綁腿。綁腿上有貝珠，山上沒有貝珠，那些貝珠是從很遠的海邊來的。亞爸說，這是要留給妳的 kneril。哎！亞爸都回到祖靈那，我還沒有 kneril，沒有孩子。我的名字，亞爸的名字，沒辦法傳承下去。

亞爸真的厲害，娶了三個 kneril。

第一個當然是比黛。她很會織布，每個人都喜歡她。他們說，沒有紋面的亞爸，竟然可以娶到有紋面的 kneril，實在太幸運了。亞爸很無奈。那個時候，他讀的日本學校很嚴格，不可能紋面。

他到死都感到遺憾。他說，真正的泰雅男人要有好的品德，不做壞事，還要獵人頭才能紋面。日本政府不准獵人頭，也不能紋面。不管獵多少山豬，都沒辦法在臉上留下光榮的印記。

生下我，是他的另一個遺憾。

我沒娶 kneril，也沒成為獵人。從小到大，我一隻山豬都沒獵到。學校教育告訴我，「保家衛國」不是拿獵槍，是扛軍槍。我國中畢業就進軍校，當職業軍人，每個月領薪水。部隊離部落遠，不能常回家。不回家沒什麼，反正我跟亞爸沒話聊。我以為會這樣一直當軍人，直到退休。結果發生那件事。

那個時候，我排了假，有學長也想排那一天。他要我讓他。他好幾次這樣，每次都針對我。說話也很不客氣，第一句就是「你這個山地人」。我真的氣到，一拳揍過去。他馬上反擊。我們打架，好多人想把我們拉開都拉不開。學長掛彩、住院休養。我，被「上面」退役。同期的說，我惹到不能惹的人。學長的爸爸是大官。我走投無路，只能回家。

我搭夜車，從高雄回新竹。沒睡好，又睡不著，只能看著窗外發呆。工廠、煙囪、燈火，一大片稻田。過了濁水溪，房子變多。台中到了，經過好多山洞就是苗栗。山上起霧，一片白茫茫中，我看見紅櫻花樹。部落也種了很多櫻花樹。可惜，我沒有賞花的心情。滿腦子想的，就是要怎麼告訴亞爸退役的事。妳不知道，那個時候的哈勇很兇的。

腦袋昏昏、心情煩悶的我，在新竹下車，轉搭往竹東的公車。路上碰巧遇到遶境隊伍，塞了好久，搞了一個多小時才到。好不容易到竹東，我在公車亭等候開往五峰的公車。累得趴在行李上就睡著。還好，公車站的人大聲叫喊：「往五峰的車要開了。」我這才驚醒，抱著行李趕上車。回家好難。

公車不會開進麥巴來，下車後，還得走一段山路。那個時候，我身上背著大背袋，腳穿硬邦邦的軍靴，還好從小在山裡跑來跑去，這段路算小意思。急轉彎朝下坡走，跨過和平橋，再爬上坡，部落就到了。

過橋時，我站在橋上，望著麥巴來溪。千百年來，部落沿著這條溪生活。以前，當部落人口太多，就會派幾個獵人去探路。獵人打獵，常跟著獵物的蹤跡，越跑越遠，比較有機會找到沒人住過的地方。

獵人怎麼知道那裡有沒有人先佔去？好問題。亞爸說，以前獵人找到新領域時，會先找地勢高的地方，或爬上大樹，從高處向下看，有沒有住家或煙火。我們泰雅，有不斷煙火的習慣。一旦發現燃燒的痕跡，代表這裡被別人佔領，就要去找其他地方。

還有個辦法，就是沿著山稜和河岸走一遍，仔細檢查有沒有佔領的記號。比方樹幹上有沒有刀砍過，一個手掌大小的痕跡。或者綁成十字的樹枝，枝頭會朝向認定的領域。還有的是把茅草打成拳頭大小的結，五十到一百公尺一個，把領地連接起來。如果是河邊，通常用幾顆石頭疊在一起作記號。

妳可能會想，記號都是天然的東西，像石頭、樹枝做成的，真的可以被認出來嗎？不會很容易就不見嗎？我不知道，因為我不是獵人，也沒有尋找新領地的經驗。在我的時代，找新的地方，已不是在山裡，而是從山上到山下，從鄉下到城市。

那天，站在橋上望著河岸的我，想找到從前獵人留下的蹤跡，卻什麼也沒有。

既然說到這個，我就再說一點關於「領土」的事。

泰雅對有人佔領的領土，不會用武力奪取或侵佔。奪取土地是忌諱的 **psa'niq**。只要跟原來地主有流血衝突，子子孫孫都會意外死亡。族人深信 **psa'niq**，沒有人敢挑戰。即使受漢人教育長大的我也不例外。

我小時候，山上沒什麼書，我的書是從神父和少帥那裡得來的。神父送我的是兒童版《聖經故事》，少帥給我的是《中國歷史故事》。兩本書都被我翻爛了。不知道是不是從小讀這類書，上學後，我最喜歡的科目就是歷史。只是，我很晚才明白，我讀的從來不是「我們」的歷史。

這幾年，我在少帥故居工作，那裡有些跟泰雅歷史有關的書，像妳手上的那本。讀這些書，我感到哀傷。我們失去我們的歷史。日本政府、國民政府，用「國家」的力量掠奪我們的土地，以陌生的語言文字強迫我們簽下土地讓渡書，用武力把我們趕出佔領地。即使到現在，「國家」看似承認我們的傳統領域，但還是有很多法律漏洞可以鑽，我們的土地不斷消失。

我扯的太遠了。

背負莫須有罪名、不得已回到部落的我，只是滿肚子委屈的年輕人。我必須感謝腳下的麥巴來溪，讓我獲得許久沒有的平靜。

跨過和平橋，往上坡走。以前上學，我都是從上往下走，脖子掛著破球鞋，光腳走去山下學校上課。除了上學，我從來不穿鞋。腳掌像哈勇一樣又粗又寬，腳底長著厚繭，就算在石頭路上快跑也不會痛。想起往事的我脫掉腳上跟我好幾年的軍靴，把鞋帶打結掛在脖子上，光腳走路。太陽把地面曬得發燙，碎石子刺痛我的腳底，我又跑又跳，有時忍不住喊痛。一邊喊，心裡的痛苦就少了一點點。

好不容易適應石子路，家屋終於出現眼前。一隻好大好大的老鷹在天空盤旋，牠在告訴祖靈：瓦旦回來了。

那個時候，家屋已經變成鐵皮屋，像一輛巴士停在半山腰。小時候，家屋還是用竹子、木頭和石頭建的。不知道什麼時候開始，傳統家屋消失，被鐵皮屋取代。

家屋有門，但很少關，也沒有上鎖的習慣，可能是沒有值得偷的東西吧。我不確定屋裡有沒有人，大聲叫喊：「亞爸！」沒有人回應。我走去旁邊的工寮，發現牆上的獵槍、弓箭和竹簍都不在，猜想亞爸應該是去獵場。這樣也好，不用一回來就面對他。走進房間，放下行李，脫掉被汗水浸濕的軍用短袖，換上寬鬆的運動裝。

我走出家門往上走，那裡有塊田地。亞爸和拉娃在那裡種芋頭、小米和高麗菜。拉娃很瘦小，但永遠充滿活力，閒不下來。我猜，拉娃可能正在田裡忙碌。既然回來，應該先去向她打招呼。

「亞亞，我回來啦！」蹲在菜園拔除雜草的拉娃，聽見聲音抬起頭來。長年日曬雨淋讓她的臉上長滿皺紋，她和亞爸同年，看起來卻比亞爸老十歲。那個時候，她穿著那件常穿的紅格紋襯衫和黑長褲，褲管塞進雨鞋裡。即使老了，她還是很美。一身黝黑的皮膚、圓圓的眼睛和細長的鼻子，有一種高貴、沉靜的氣質。拉娃的外祖父是尖石部落的頭目，在日本時代受過教育，能讀寫日文。拉娃卻很討厭日本人。有幾次，我叫她跟亞爸一起去日本旅行，機票錢我出，被拉娃拒絕。雖然我不是拉娃親生，但在比黛亞亞回到祖靈懷抱後，是拉娃一手將我帶大。可惜的是，他們結婚多年，卻沒有孩子，拉娃把我當親生兒子。她是神父口中的天使，是比黛亞亞把她帶到我身邊。比起嚴肅的亞爸，我更喜歡拉娃。

拉娃瞇眼看我，表情驚訝，問：「怎麼那麼快就回來啦？」從軍營到山上的車程太遠，我通常三、四個月才回家一趟。距離上次回來還不到一個月。當時我還沒遇上這些狗屁倒灶的事，我領了薪水，給拉娃一萬元。一萬元在山下不算太多，但在部落裡，這些錢可以用很久。

「我不做啦。」我瀟灑的回。明明是被趕走的，說得好像是自己選的。拉娃一聽就知道不對，她要我從實招來。我無法對拉娃撒謊，把一切告訴拉娃。像在學校遇到委屈的孩子。拉娃用力抱我一下，用泰雅語對我說：「沒關係，孩子，我們不理他們。哈勇去打獵，你先好好休息。你的事，我再告訴他。」我立正，舉起右手放在眉上，向拉娃敬禮。每次我做這個動作，拉娃就會笑。笑得露出黑黑的牙齒。很久以前，我不顧亞爸反對，堅持要當軍人。亞爸說，既然選擇就要堅持。亞爸對我很嚴格，但對拉娃百依百順。有拉娃替我向亞爸說明，我鬆了一口氣。

## 02石頭傳說

我回來的事很快傳遍整個部落。習慣軍中作息的我，在山裡過了一個月，還是不習慣沒有按表操課的生活。時間變得很長很長，我不知道回來山裡，我能做什麼？

我們的菜園不大，有亞爸和亞亞就夠了。我也拉不下臉跟亞爸到獵場，是我說絕對不當獵人的。我整天在部落閒晃，有人找喝酒就去喝，有人找抓蝦就去抓，反正山裡什麼沒有，就是時間特別多。

那個下午，沒有人約，我躺在床上看天花板發呆。忽然聽見外面有人叫我的名字。我從床上跳起來。妳猜的沒錯，那個人就是慕伊。我的好兄弟伍拜的妹妹。慕伊是住在十八兒部落的賽夏族，從小跟泰雅族人生活，她不會說賽夏語，卻會說泰雅語。有時，我都會忘了她是個賽夏姑娘。

伍拜的賽夏語也不好，但他們的 Oya 還會說賽夏語。年輕時的 Oya 是美麗的賽夏女人，大眼睛、高鼻子，嘴巴寬而長，笑起來露出兩排貝齒。慕伊遺傳了她，同樣有美麗的眼睛。慕伊笑的時候，一口白牙就像比黛亞亞留給我的貝珠。來自東岸阿美族人手工製作的貝珠，為我們的山帶來海洋的氣味，也是亞亞留給我唯一的遺物。我要把它送給心愛的女人。

還在當軍人的時候，某次，我趁假日跟幾個同袍搭南迴鐵路去花蓮港。他們去找查某時，我去找貝珠，找一整天都沒看到賣貝珠的店。有個賣雜貨的阿美族大姊告訴我，早就沒有生產貝珠的手作坊了。做貝珠太花時間，大家都用便宜量多的亮片和鈕扣。找了一整天，卻一無所獲，讓我非常失望。我本來打算在手作坊買條貝珠項鍊，帶回山上送給慕伊。

慕伊不是第一眼美女，就算頭髮留長，還是像個小男生。我一直偷偷喜歡她。這個祕密連伍拜都不知道。慕伊的 Yaba 在她小時候就回祖靈那裡，兄妹倆是 Oya 一手養大。可能是這樣，慕伊從小就很獨立。動作是有些粗魯，但內心很溫柔。

慕伊、伍拜和我就像部落大部分的年輕人一樣，想著有天要下山闖出自己的一片天。聚會時，我們圍著火堆，配小米酒，聊夢想聊到天亮。那個時候，哪裡知道什麼天高地厚？都是受過傷才明白。

「瓦旦哥！」慕伊不停叫著我的名字。她的聲音很有磁性又宏亮，連房間的窗戶都震得發抖。我想假裝不在家，不想讓她看到自己落魄的樣子。可是，我太想見到她了。最後，還是套上長褲，走出房門。當軍人時都理平頭，簡單俐落。可是那天，我實在來不及刮鬍子，滿臉鬍鬚，很久沒剪的頭髮亂得像鳥巢。真是狼狽。慕伊瞪大眼睛看我，像看到什麼怪物，大笑說：「瓦旦哥，回到山上，又不是叫你當猴子。」

「一見面就叫我猴子，這樣對嗎？妳自己呢？剛回山上？」我知道，慕伊最大的夢想是成為髮型設計師，開一間髮廊。所以，國中一畢業，她就去竹東的一間髮廊當學徒。

「我早就回來啦。做了好幾年，沒學到什麼技術，老是在洗頭。」慕伊聳聳肩，一副無可奈何的樣子。聽到慕伊這樣說，我有些生氣。那些人怎麼可以欺負善良的慕伊。可是，我又能如何？難道我能夠出錢幫慕伊開髮廊嗎？不能，我連自己的事都搞不定，存款眼看就要見底。我只好假裝不在乎的說：「哎呀，還想著要請妳幫我剪頭髮。」

「剪你的頭髮，還需要學嗎？伍拜的頭髮都是我剪的。」慕伊得意的說，叫我拿出家裡的梳子和剪刀，把舊報紙鋪在門口，放上凳子。就這樣，慕伊髮廊開張了。只是，那把剪刀是亞亞用來裁布料用的，太重又過大。但慕伊不以為意，拿起剪刀試用兩三下，就剪起我的頭髮。咯擦咯擦，頭髮一寸寸掉到地上。那是我人生中最幸福的時候。沉浸在幸福中的我，發現對面的山被灰濛濛的雲籠罩。來場大雨吧，把慕伊留久一點。我在心底向祖靈祈求。

「瓦旦哥，你想過以後要幹嘛嗎？」慕伊的話讓我瞬間從天堂掉到人間。我不知道該怎麼回答。慕伊邊剪頭髮邊說：「你記得我們以前常去麥巴來溪玩水嗎？」一到放假，我們一群孩子就相約去溪邊玩水，肚子餓就抓魚蝦烤來吃。還有一次坐竹筏，一路漂去下游。

「記得啊。」我點頭。

「不要亂動！」慕伊輕拍我的後腦勺：「聽說我們以前玩水那邊，被一個老闆買走了，說要蓋什麼度假村。」

「度假村？」

「就是給人度假的地方啊。讓城市人可以體驗山上的生活，有游泳池、射箭場、滑草，還有空中腳踏車，很高的那種喔，在上面可以看到整個部落。」慕伊把她打聽來的情報，全說給我聽。那邊全是樹叢，要不就是大石頭，怎麼可能有什麼空中腳踏車？

「奇怪那些人，要游泳跳到溪裡就好，幹嘛花錢蓋游泳池？」

「他們又不像我們，從小在溪裡游泳。」慕伊走到我的正前方，用梳子對著我的頭比來比去，仔細的做最後修剪。她的眼睛像一面鏡子，倒映我的樣子。

小時候，我們喜歡從最高的石頭跳進麥巴來溪。溪水有時看起來很淺，其實很深。有一次，我們找不到最後跳下來的慕伊，緊張大喊慕伊的名字。突然，我感覺有人在拉我的腳。我嚇一跳，潛入水底，慕伊瞪大眼睛朝我笑，還扮鬼臉。那個時候開始，她跟著清澈的麥巴來溪，流進我心裡。

一個多月後，我經過那邊。看見怪手像怪獸一樣，把半山腰的竹林、樹叢和藤蔓全部鏟掉。不到一年，度假村就蓋得差不多了。從上坡的路往下看，可以看見幾棟長形的房子、圓圓的蒙古包，一大片韓國草皮，還有慕伊說的游泳池和空中腳踏車。

部落對「他們」搞度假村，分成兩派。贊成的說，山上沒工作，度假村至少提供年輕人工作機會。度假村老闆是狡猾的聰明人，常派人送東西到山上，討好部落的老人家。只有少數人反對，像我。曾被平地人欺負過的我，實在很難相信他們。沒錯，他們開了很多支票，但誰能保證都能兌現？

度假村接近完工時，開始招募員工。很多部落年輕人都去應徵了。包括失業一年的慕伊，還有退伍後就待在家的伍拜。度假村的確開不少缺給部落的人，廚房洗碗工、清潔人員、櫃檯服務員和保全人員。為什麼我們只能應徵低薪的勞力工作？當慕伊開心的告訴我她應徵上清潔人員、伍拜應徵上保全，我的反應很冷淡，只說：「有什麼好高興的？」慕伊天真的回：「反正我在山下也是洗頭，到山上洗地板，不是差不多？」還要我也去應徵：「我們三個人在同一個地方工作，不是很棒嗎？」我不想去，但亞爸對我賴在家一年多，越來越有意見。偏偏山上沒有其他工作，我只好去應徵。就算知道機會不大，我還是在履歷表填上「應徵業務專員」。最後，我仍舊應徵上保全人員。

「當保全有什麼不好？你不是愛看書，就拿書去看啊？」慕伊得知我應徵上的消息，顯得很興奮。我只好說服自己，這份工作薪水雖然不多，但每個月拿一半給拉娃，自己還有些錢可以花用。最重要的是，能夠天天看到慕伊，能保護她不被欺負。就這樣，慕伊、伍拜和我成為度假村招募的第一批員工。

第一天上班，度假村還沒正式開幕，我們全被叫去打掃園區。有的去溪邊撈建築工人亂丟的垃圾，有人刷游泳池的青苔，有的人打掃辦公室、旅館和餐廳。即使這些和當初說好的工作內容不同，我還是乖乖做完。一想到自己為了錢低頭，就感到可恥又無可奈何。

度假村像面照妖鏡，把部落隱藏的問題都照出來了。工作是一個，另一個是婚姻。

很久以前，我們跟其他部落通婚，像拉娃就是從尖石部落嫁來這裡。也有從苗栗過來的。大部分都是泰雅跟泰雅的結合。不過，和漢人來往久了，也有少數泰雅女人嫁去山下，像我的 **Yata**，哈勇唯一的妹妹，就嫁到竹東的客家庄。

**Yata** 在山下活得不快樂，每次回來，都喝很多小米酒。她一邊喝一邊哭，講在山下被欺負的事。她的老公，我的姑丈，不陪 **Yata** 回娘家就算了，也不讓小孩跟她一起回來。我的表弟表妹都被灌輸，他們是客家人，不是泰雅人。那個時候，當客家人比當原住民更好生存吧。

看見 **Yata** 酒醉痛哭的樣子，我勸她不如回山上，反正亞爸還有地，**Yata** 可以搭鐵皮屋，靠耕種養活自己，不用看別人臉色過日子。**Yata** 聽了不說話，只是緊緊抱我，抱得我快不能呼吸。不管前一晚哭得多傷心，**Yata** 隔天醒來，就背起行李下山。有一次，我追了過去，想跟 **Yata** 說再見。我看見她走上和平橋，影子好長好孤單。

每次講到婚姻，就讓我想到泰雅人誕生的傳說。

很久以前，有一塊大石頭。某天，大石頭突然裂開，裡面有一個男人和一個女人。男的是哥哥，女的是妹妹，他們一起長大，感情很好。一直到該結婚的時候，妹妹開始擔心，他們生活的地方沒有其他人，怎麼傳宗接代？

妹妹想到唯一的辦法就是跟哥哥結婚。可是她怕哥哥不答應，所以就想出一個辦法。她告訴哥哥，山邊洞穴出現一個沒見過的女人，要哥哥去找她。其實，那個女人不是別人，就是妹妹。妹妹為了不讓哥哥認出來，在臉上抹煙灰。洞穴很暗，妹妹的臉又塗得黑黑的，哥哥沒發現女人是妹妹。兩人就在山洞裡成為夫妻。他們就是泰雅的祖先。泰雅女人婚前要在臉上紋面，就是從這個傳說來的。

那個時候，部落也遇到類似的問題。年輕人越來越少，很多泰雅女人嫁到山下去，山下的女人卻很少願意嫁來山上。漸漸的，部落單身的男人越來越多。

我常常想，如果度假村不曾出現，慕伊是不是還活著？我們有沒有機會在一起？我一直想找機會告訴慕伊，我對她的傾慕。但又怕從小一起長大的她，只把我當成哥哥。就這樣一直拖，拖到什麼都還沒說，她就……

事情都過去那麼久。我還是沒辦法放下。

那個時候，度假村生意很好，遊客很多。有從新竹科學園區來的，也有台北來的。度假村老闆很聰明，辦打折體驗活動，讓那些人上山度假幾天，這段期間，業務員會向他們推銷會員卡。

會員卡很貴的，要付十六萬，才有會員資格，每年還要另外繳年費。度假村的客人都是有錢人，大老闆、科技新貴、學校校長、教授，還有電視上的明星。

那麼多業務員中，最受歡迎、業績最好的就是小張。妳爸爸嘴巴甜，長得帥又會玩。很多客人都指定要小張帶他們。

那個時候，當度假村的業務員，不會玩是不行的。有些會員只認定某個業務員，上度假村前都會先聯繫他。業務員若沒有其他事，也有義務陪會員玩。會員滿意的話，會拉親朋好友加入，業務員就有業績。

妳爸是天生的業務員。他進度假村一年，就升業務協理。當上主管，他沒擺架子，還是讓我們叫他「小張」。他和從前一樣跟我們稱兄道弟，常到部落喝酒吃飯。那個時候，伍拜和小張特別投緣，小張常去伍拜家。

有一次，小張告訴伍拜，他也想夜潛抓溪蝦。說到抓溪蝦，整個五峰，伍拜說第二，沒人敢說第一。伍拜不高，手腳卻大又厚，很會游泳。我常想，伍拜如果有機會培訓，說不定可以幫台灣贏一座奧運獎牌。可惜，沒有機會。

伍拜每次夜潛，一定找我。這次也不例外。那個時候，我跟小張不算熟，只是知道伍拜跟他走很近。我不習慣跟不熟的人夜潛，夜潛是什麼都不穿的。伍拜人好，一直拜託，我只好答應。

伍拜每次夜潛會選不同的溪。他說，不要看魚蝦腦子小，牠們可聰明。如果常去同一條溪抓牠們，牠們就會搬家，或是鑽到縫隙裡，讓妳一隻都抓不到。所以，要讓牠們有休息的時間，可以生寶寶、長大，等牠們忘記我們，就是抓牠們最好的時候。

小張是第一次夜潛，伍拜特地選離十八兒部落不遠、水流平緩的小溪。那邊以前是賽夏的傳統領域，現在成了林務局的地。

那是夏天，山裡入夜就轉涼，溪水更冰。我們相約伍拜家，先喝點小米酒暖身，再搭小張的吉普車去溪邊。我們把車停在橋上，衣服、褲子和鞋子全留在車裡，手裡各自拿著長柄漁網。小張很興奮，一副隨時準備跳下水的樣子。我有點擔心他潛下去後，會因為失溫抽筋沒辦法游上岸。這可能是伍拜要我一起來的原因。

夜晚的山很暗，看不清楚。我們頭戴防水頭燈，只能照亮眼前一小塊地方。要知道溪水的方向，還需要靠聽覺。深山中，除了風吹動樹葉的聲音，還有蟲鳴蛙叫，再仔細些，就可以聽見嘩啦啦的流水聲。我們跟著水聲，翻越幾顆大石頭，終於來到溪邊。

伍拜在溪岸來回走著，找到適合下水的位置。他爬上一人高的石頭，背對我們跳進溪裡。水花四濺，伍拜浮出水面，喊：「下來！」我接著跳下去，最後是小張。可能沒想到溪水這樣冰，小張浮上水面時，忍不住罵：「屌你母！」

「冷吧！」伍拜大笑，露出被菸燻黑的牙齒。

「爽！」小張跟著大笑。

伍拜的右手像隻魚從水面向下鑽。他要我們跟他潛進溪底。

大半夜，人們休息的時間，在山中，卻是動物起床的時間。不只陸地上，水底也是。一條細長的東西竄過，小張大叫。原來是水蛇。牠是天生的舞蹈家，迅速而優雅在水底擺動。伍拜指著水底一顆大石頭，要我和小張合力搬開石頭。我點點頭，用手比一、二、三，兩人使盡力氣把石頭搬開，好幾隻肥大溪蝦躲在縫隙裡。小張太過興奮，手中漁網一把往溪蝦撈去。溪蝦感覺到水流的殺氣，立刻彈開。一隻都沒抓到，白白浪費一個大好機會。

伍拜朝小張揮揮手，表示沒關係。伍拜很快找到下一個目標，他指著前方不遠的另一顆石頭。這顆石頭上長滿青苔，我們費了很大力氣，才抓穩石頭的底部，將它稍稍抬起。只見幾十隻溪蝦躲在下面，啃咬僅剩魚尾的魚。伍拜抓準時機，順著水流流向，用網子罩住牠們，另一手俐落的將網子束緊，把溪蝦全收進腰間竹簍裡。小張用雙手向他比讚。

上升下潛四、五趟，伍拜腰間的竹簍已八分滿。本來還想再抓個一兩回，但小張換氣的頻率越來越多，伍拜決定往回游。伍拜領頭，小張中間，我殿後。看著游在我前頭的小張，他的腳在我眼前滑動。比起我們粗大的腳掌，小張的腳簡直像孩子般細緻。快上岸時，小張的臉變得扭曲，他的右腳抽筋了。伍拜和我合力將他拖上岸，替他拉直腿。還好抽筋很快就過去。我們撿了幾根木材在溪邊升火，用竹子串溪蝦直接烤來吃。邊吃邊唱歌，賽夏的歌、泰雅的歌、客家的歌，更多的是民歌和流行歌。那天以後，小張喊我瓦旦哥。我們成了真正的兄弟。

度假村遊樂設施再好玩，玩過幾次就膩了。小張跟我們久了，知道真正好玩的不是度假村，而是山。

小張不知道哪來的點子，用吉普車載遊客到溪床，體驗在高低落差大的石床滾動的刺激。這種特殊體驗，整座度假村只有小張能做敢做，他的業績更好了。

他的點子源源不絕。沒過多久，他向度假村老闆建議做泛舟。那個時候，說到泛舟，不是得千里迢迢去花蓮，就是要南下到高雄荖濃溪。新竹離台北近，如果把泛舟做起來，可以吸引更多台北客。老闆很快接受小張的提議，買來幾艘橡皮艇和幾十件救生衣，招募部落年輕人當救生員。這些救生員沒有證照，只是部落裡會游泳的年輕人。那個時候，沒人在意證照，大家只看業績好不好，遊客有沒有增加。

小張的點子再次奏效，度假村遊客暴增。滿載的橡膠艇在麥巴來溪上橫衝直撞，真是可怕。他們不了解麥巴來溪。更不清楚，山裡天氣說變就變，溪流暴漲有多危險。我勸小張，但業績正好的他聽不進去，說我想太多。

除了泛舟，小張還辦烤乳豬的活動，讓遊客體驗「野味」。這些豬當然不是山上獵的，而是和養豬場買來的豬仔。光是露天烤乳豬，就讓度假村餐廳的生意翻一倍，到底是什麼豬根本沒人在意。又過一段時間，會員覺得膩了。小張乾脆開車載他們去部落人家作客，請族人煮一桌「真正的」野味。除了跟部落關係好的小張外，別的業務員都做不到這件事。

他們最常去的就是伍拜家。伍拜的 Oya 尤瑪種很多高山蔬菜，伍拜會趁休假去山上打獵。小張常自掏腰包，花一兩千塊請尤瑪做風味餐。小米酒煮飛鼠肉、酒釀山豬肉，會員說飛鼠腳掌可怕，嫌山豬的毛沒拔乾淨，卻還是一口一口將牠們吃進肚子裡。

就是那時候，小張和慕伊越走越近。他們沒有在外人面前表現出來，有時還假裝不熟，特別是在尤瑪面前。雖然尤瑪喜歡小張，但畢竟吃過平地人的虧。伍拜和慕伊的 Yaba 是在山下工地發生意外走的，建設公司推卸責任，賠償金還不夠辦喪事。還有，小張結過婚。尤瑪不會同意女兒跟離過婚、還帶著小孩的男人在一起。

他們隱藏得很好，卻被我不小心撞見。

那天，我值班，發現小張的黑色吉普車正往溪邊開去。我正好有事要跟他說，叫他幾聲，他沒聽見。我跟在他車子後面。看見他把車停在烤肉區後面的樹林裡，當我要出聲喊他時，有個女孩跳上車。是慕伊。她穿著白色短袖 t-shirt，下半身穿極短牛仔褲，露出結實的長腿。慕伊上車後，兩人說了幾句。小張吻了她。他們一路開向河床，越走越遠，直到消失在溪的那一頭。

留在後面的我，想起那個石頭傳說。如果，故事改變了，妹妹遇見另一個男人，那麼哥哥會如何呢？我懷著難過的心情，走回大門邊小小的管理室，看著一輛比一輛更豪華的汽車開進度假村。

## 03 比來事件

小張很受女人歡迎，慕伊會喜歡他並不奇怪。

我認識慕伊那麼久，卻一直沒把我的心意告訴她。我這個人就是顧慮太多。其中一個顧慮，跟尤瑪有關，跟慕伊是賽夏族有關。

雖然說十八兒部落的賽夏人會說泰雅語，但衝突難免。尤其人數較少的賽夏，會提防其他族的人。即使我和伍拜、慕伊一起長大，但要尤瑪答應慕伊和我在一起，也不是容易的事。

關於兩族的恩怨，還是伍拜告訴我的。

那個時候，伍拜和我是國小同學。伍拜話少，開學一個月，只交到一個朋友。他是一個客家人，父親在五峰鄉公所工作。兩人都沒有別的朋友，自然走到一起。

有次，伍拜不小心撞翻一個同學的便當。那同學是泰雅人，長得人高馬大，在班上很吃得開。伍拜跟他道歉，他還是一口咬定伍拜是故意的，把伍拜推倒。同學們圍觀被欺負的伍拜，沒人敢出來說話。我看不下去，拍桌叫：「幹什麼你們！」

「幹什麼？你沒長眼睛嗎？」那同學指著地上的便當。

「他又不是故意的。不然，我的便當給你。」

「你怎麼知道他不是故意的？他就是故意的。」他走到我面前。我也不甘示弱站起來，兩人握緊拳頭，準備大幹一架。突然，同學大喊：「老師來了！」後來才知道，那個客家同學看到伍拜被推倒，就跑去辦公室跟老師告狀。雖然他成功阻止紛爭，但我還是在心裡抱怨他多事。只會打小報告，算什麼男人？

後來，伍拜和我成為好友。那個戴眼鏡的客家人，因為父親調回平地，沒多久就轉學了。從此，伍拜和我做什麼都在一起，一起踢球、游泳、抓蝦。伍拜常來和平部落找我，我也常去十八兒部落找他玩，有時不小心玩太晚，就乾脆在他家過夜。拉娃對我去伍拜家很放心。尤瑪知道我在學校幫過伍拜，會煮好料給我吃，小米酒飛鼠湯、炒山蔬和炸溪蝦。那味道真令人懷念，光想口水就流得像麥巴來溪一樣長。

那個時候，尤瑪雖然會做好料給我吃，卻很少跟我說話。她有意跟我保持距離。有幾次，慕伊想找我聊天，尤瑪就找理由，叫她去菜園幫忙除草，或是要她去跟下面鄰居借醬油。什麼理由都有。尤瑪不喜歡慕伊跟我太熟。

有天，我又在伍拜家待太晚。我們在廚房偷尤瑪釀的小米酒，在火堆裡丟幾條地瓜，坐在篝火邊吃地瓜喝酒。我有點悶，不太說話。伍拜問我怎麼了？

「尤瑪是不是不喜歡我？」我猶豫一下才問出口。

伍拜愣了一下，把一顆焦黃的地瓜從火裡挑出來，放在我面前說：「沒有啦，可能老人家嘛，忘不掉以前的事。」

「什麼以前的事？」

伍拜把木頭丟進火堆，火花劈哩啪啦響。「你聽過比來事件嗎？」我搖頭。以前聽亞爸提過，日本時代，我們跟賽夏有過衝突。但到底是什麼事，我搞不清楚，反正都過去那麼久了。

●

「瓦旦，那我告訴你。希望你聽完，可以體諒尤瑪。」伍拜喝一口酒，開始講那段故事。

一百多年前，橫屏背山，現在苗栗南庄，有三個賽夏族少年，他們剛學會打獵，對獵場和領地還不熟悉。他們專注追蹤獵物，離原來的獵場越來越遠。他們迷失方向，想找回家的路，看見前方有一大片田，好幾個穿泰雅服的大人小孩在田裡耕作。賽夏族少年很慌，他們知道自己跑到別人領地了。他們轉身想逃跑，卻被其中一個正在耕作的泰雅族大人發現。

「快去追。」大人比出手勢，命令田裡的孩子。

原來，賽夏族少年跑到美卡蘭（Maykarang）部落的領地，也就是五峰的比來。賽夏少年翻山越嶺，早就累了，很快被泰雅孩子追到、狠狠毆打。這時，其中一個賽夏少年突然抽出腰間的刀，往泰雅孩子腳踝砍去。鮮血噴出來，趕來的大人慌張的替孩子止血。三個賽夏少年趁著混亂，逃離美卡蘭部落，消失在森林裡。美卡蘭部落不肯放過他們，對泰雅來說，這群入侵者不僅侵入他們的領地，還傷害他們的孩子。他們在後面追趕，直到賽夏少年逃回賽夏部落，才不得不放棄追逐。

幾個月後，美卡蘭部落為了報復，打算討伐賽夏族。雖然賽夏族人數比較少，但是部落也有獵槍。為了減少犧牲，美卡蘭決定在晚上突襲賽夏。

那個晚上，賽夏的年輕獵人去打獵，在獵場聞到不屬於動物的氣味，還在樹叢後面發現模糊的黑影。他馬上朝黑影開槍。碰！沒想到聽見好幾十人混亂的叫聲。那些正是美卡蘭部落的人。夜襲行動還沒開始就失敗。

美卡蘭部落頭目瓦旦・那威當晚就開會檢討失敗原因，他向同族鄰村頭目馬胎，也就是現在尖石鄉義興村的部落尋求援助。沒想到遭馬胎拒絕，馬胎說既然是孩子們引起的糾紛，和平解決就好了，不需要使用武力。但是，對美卡蘭部落來說，這件事侮辱了美卡蘭部落。他們堅持要武力討伐賽夏族。

事情越演越烈，消息傳到大隘頭目達路・烏茂和十八兒頭目尤拜・巴隘這裡。達路・烏茂漢名趙明政，他有過十五次出草的經驗，胸前刺有六條紋，表示戰功。他不僅驍勇善戰，也是北賽夏族的總頭目。北賽夏族的趙姓（Tawtawazay）世代為敵首祭（pas'ala'）的主祭家族，達路・烏茂當時負責保管獵首專用的火器袋（tinato）。達路和尤拜趕到橫屏背山拜會賽夏族人，連上坪南昌客家人也關心事件的發展。幾個賽夏部落的頭目和客家庄決定聯合加強警戒。

同一時間，美卡蘭部落打算再度襲擊。他們經過幾次沙盤推演，增加作戰人員，準備夾擊比來山下的高家莊部落。

深夜裡，狗兒忽然猛烈吠叫，引起賽夏人的戒備。賽夏人立刻起床，帶著槍枝躲進部落邊的壕溝，等待敵人到來，打算一見人影就射擊。天漸漸亮，狗叫聲也停止了。

等到太陽升起，賽夏人才往狗叫的方向搜索，果然發現人群聚集的痕跡。他們知道，美卡蘭部落又來襲，只是不小心被狗兒察覺，沒找到適當時機攻擊。

美卡蘭部落接連兩次襲擊失敗，請來巫師占卜。占卜結果，這將是慘烈的流血事件。即使會流很多血，美卡蘭部落認為既然採取行動，就要進行到底，接著準備第三次襲擊。

美卡蘭部落頭目向族人宣布在晚秋滿月時，要再次採取襲擊行動。

初秋是收割的季節，採收完畢，賽夏人會共同舉行祖靈祭。夜半，高家莊部落的狗齊聲吠叫，族人直覺不對勁，拿起武器躲進壕溝。狗兒的吠叫越來越大聲，他們在距離壕溝三百公尺處發現敵人的蹤跡，並開始射擊。兩個人倒下。雙方炮火不斷。聽到槍聲的上坪日本警察帶著派出所大炮，砲擊入侵者。三十幾個南昌客家人也趕來支援。

隔天，大隘社頭目達路、十八兒社頭目尤拜、上坪保長、日本警察、南昌保長和支援的客家人，四、五十人全跑來高家莊部落。部落長老為了表示感謝，殺了一頭牛宴請賓客。

●

「這不公平吧！」

「這是我們的無奈啊，作為少數，只能想辦法活下去。」

「就像你們殺了矮人族？」我脫口而出。伍拜聽了，眉頭深皺，一句話也不說。我知道自己說錯話。我親手剝了一顆剛烤好的地瓜給伍拜，算是賠罪。伍拜咬一大口，接受我的道歉。

「後來呢？」

「妳還要聽啊？」

「你都說了，就一次說清楚吧。」

「那好吧。」伍拜望著遠方的天空，接著說：「比來事件看起來結束，其實一直影響兩族關係。最後爆發石加路事件。」

●

五峰泰雅族分成石加路群與加拉排群。石加路群主要住在上坪溪支流的霞喀羅溪沿岸。日本時代，石加路群常有激烈的抗日行動，日本人組成入山討伐隊，攻擊石加路群。由於日本人武力強大，石加路群不得不繳械歸服，但又不滿日本警察強制他們蓋房子和建築棧道，經常突襲日本警察設置的警戒所。

當時，五峰鄉賽夏族大隘社頭目達路．烏茂的女兒迪瓦斯．達路，嫁給北埔中興庄客家人李阿慶之子李阿文，跟隨夫姓改名李豆。李家在大隘社長坪頭有片茶園，某日，李豆和婆婆李徐新妹採茶時，看見一群泰雅人衝進茶園，原來是石加路群羅卡火社出草。

李豆脫掉斗笠，用泰雅語向羅卡火社人說：「請不要殺我，我不是客家人，我是達路．烏茂的女兒。」沒想到，對方一聽更加生氣，不但一刀砍下李豆的頭，還用刀子狠狠刺向她的身體。被千刀萬剮後的遺體，幾乎辨認不出原來的樣貌。李豆的弟弟伊彎・達路得知姊姊慘死，誓言復仇。日本人當時實施「以蕃制蕃」政策，分別向兩個部落提供槍枝。

伊彎・達路率領大隘社族人和潛伏在霞喀羅溪的石加路群交戰，三死二傷。一個月不到，石加路又展開襲擊，擊斃日人警備補給職員、家族一共十四人。日本警察氣極了，要大隘社、比來社一百多名賽夏人攻打石加路群。賽夏和石加路都有死傷，日本人的詭計得逞。石加路被孤立，沒有後援、缺乏糧食。即使如此，他們還是堅持十多年才願意和解。他們在竹東井上駐在所舉行和解典禮，埋石桃山村清泉，誓言和平共處。

●

「尤瑪漢姓是趙，大隘社的。不過，就像你說的，都過去了。」伍拜舉起酒碗：「乾杯吧，兄弟。」到這裡，我總算明白，尤瑪為什麼會用那種警戒的眼神看我。我拿起酒碗撞擊伍拜手中的碗。

那天後，我假裝一切跟從前一樣，假裝不知道什麼比來事件。以為只要不去想，那些過往的幽靈就不會糾纏我。過去徘徊不去，我始終沒有對慕伊坦承。

這是我一生最大的錯誤。

## 04紅色眼淚

自從慕伊跟小張在一起後，很努力改變自己。伍拜跟我抱怨，不管尤瑪煮得多豐盛，慕伊為了減肥，說不吃就不吃。她把頭髮留長，變得愛打扮。她變了。變得漂亮，變得，不那麼快樂。

我實在不想回想那天發生的事，也不知道該不該跟妳說。但，溪水已經滿到胸口，再不找到出口，我可能也會溺死。

那個時候，我在巡邏，走到滑草區那邊，對講機傳來混亂的聲音。我好不容易在那些嘈雜的訊息裡，聽見「游泳池」、「溺水」兩個字，心裡的第一個念頭是，該不會有遊客在泳池發生事情？我趕緊往游泳池跑去。一路上眼皮狂跳。

快到泳池時，發現那裡一個人也沒有，反倒是泳池旁的溪岸聚集一大群人。

走到溪邊，只見一對父母在安撫一個小男孩。小男孩身上圍著印著度假村 Logo 的白色大毛巾，臉上滿是恐懼。溺水的是他。既然救起來，度假村頂多賠錢了事。

然而，事情還沒結束。

救生員拖著救生圈上岸，同事們圍著救生員，救生員搖頭。同事們大聲哭了，其中一個對麥巴來溪大喊：「慕伊！」我跑去那同事面前，緊抓著她的肩膀問：「慕伊呢？」她邊哭邊說：「那個孩子本來在泳池玩，不知道為什麼跑去溪裡。他溺水，喊救命，慕伊在附近，馬上跳下去救人。她抓住孩子，拖向岸邊。孩子爬上岸，慕伊……慕伊卻不見了。」我腦袋一片空白，脫掉鞋子就跳進水裡。

這是我們從小一起玩水抓蝦的地方，沒有人比我們更了解這條溪。對我們來說，這裡是童年的樂園。不會有事的。慕伊又在捉弄我們。

水底世界依舊清澈透明，幾隻魚迅速游過。我順著水流下沉到更深的地方。從前我們曾在半夜潛水。現在是白天，天氣又好，我告訴自己不要慌。

我浮到水面換氣，發現離度假村已百來公尺。從水面看度假村，它就像一艘大船。我揉揉鼻子，深吸一口氣，再次下潛，往更深處游去。我發現，一顆石頭後方冒出金黃頭髮，在陽光下閃耀。慕伊新染的頭髮就是那顏色，我逆著水流游向她。

果然是她。真的是她。為什麼是她？

她身上穿著度假村制服，眼半閉，身體夾在石頭縫隙裡。像睡著的美人魚。我一把抓住她，用力把她拉出來。我勾住她的脖子，浮上水面，往岸邊游去。這是我第一次這麼靠近她，她卻這樣冰冷。回到岸上，我立刻為她做人工呼吸。一切為時已晚。

我跪在慕伊身邊，不敢相信眼前冰冷的屍體，是活潑愛笑的她。

警察來了。他們在慕伊身上量脈搏、測心跳，宣告她的死亡。

我不相信。我大叫，向他們下跪，求他們救救慕伊。然而，我比任何人都明白，慕伊走了。從我在水底拉起她的那一刻，就知道了。

我跌坐溪邊。現實離我很遠，像另一個世界。度假村行政經理趕來，警察對他做筆錄。和慕伊一起工作的同事說明事情經過。同事說，慕伊熱心又善良。看見有人溺水，不顧自己剛值完夜班就跳進水裡救人。

值夜班？警察要她說清楚。

同事說，度假村人手不足，慕伊被排去輪值夜班，休息不到幾小時，又去做清潔工作。行政經理向同事使了眼色，不希望她繼續說下去。

小孩父母怒氣沖沖走過來，打斷同事的話。男人身穿輕便運動服，手戴勞力士。媽媽頭戴草帽，穿蕾絲洋裝，踩著夾腳拖，趾甲塗抹鮮紅色指甲油。我認出他們，他們是度假村尊榮卡會員，每月至少來度假村一次，常開不同牌子的名車。他們大聲罵經理，為什麼只有警示牌沒有格柵？為什麼救生員沒有看好他們的孩子？他們要向度假村請求賠償，要告倒度假村。他們很大聲，連警察都忙著安撫。沒人再追問超時工作的事，大家把焦點放在小孩落水的事上。

大人們吵得不可開交，一旁的孩子不時轉頭看向躺在地上的慕伊。

一個頭髮花白的女人從遠方跑來，後面還有個年輕男人，兩人蹲在慕伊身邊。他們是尤瑪和伍拜。

經理馬上走到他們面前，說明事情的經過。還說，度假村會協助處理慕伊的後事。尤瑪沒有回答，也沒有看經理，只是跪在地上。過了很久，她用顫抖的手掀開慕伊身上的白布。她輕輕撫摸慕伊的額頭，幫她整理臉上的髮絲。尤瑪用賽夏語說我聽不懂的話。我猜，她說的是：孩子，不要怕。媽媽來了。

慕伊的眼角流出紅色的眼淚。

我恨一切。恨孩子的父母，為什麼沒有看好孩子，讓慕伊為他們的孩子犧牲？我恨度假村和經理，為什麼讓慕伊超時工作？

又來了一個熟悉的人影。小張，有人叫他。小張一臉震驚，抱住伍拜、拍拍尤瑪的肩膀，沒有看慕伊。

我想起早上值班時，撞見慕伊。她的眼睛又紅又腫，一副剛哭過的樣子。我想問她怎麼了，她說沒事，就趕去工作。那個時候，我不知道，這是最後一面。

慕伊出事後，我好幾天不能睡覺。一閉上眼睛，就看見慕伊金黃色頭髮在水中飄蕩。

慕伊走後不到一個月，我發現，小張和度假村新進的女員工走得很近。那個女生是竹東客家人，有一張瓜子臉、黑色長髮。有個跟慕伊要好的同事告訴我，慕伊懷孕了。我想起那天雙眼紅腫的慕伊，她是為了這件事哭泣嗎？孩子在她的肚子裡，在那副冰冷的軀體裡。

那個時候，到度假村工作已變成一種折磨。不管走到哪，我都會想起慕伊。

我討厭度假村。受詛咒之地。

他們不該把度假村蓋在我們的土地上。為了山下遊客，砍掉原來的森林，種植韓國草。在溪邊建游泳池、架滑水道。讓那些人以為自己夠勇敢，足以挑戰麥巴來溪。

他們錯了。溪水美麗，也危險。他們不會明白的，他們不是這裡的人，他們只是來度假，拍下照片，留下垃圾，拍拍屁股走人。

我沒辦法再站在大門口，向他們卑躬屈膝。我辭職了。

伍拜的情況也好不到哪裡去，請假天數多過上班天數，被度假村解雇。

小張繼續留在度假村。

## 05少帥

沒過多久，家裡也出事。拉娃說身體不舒服，我帶她去醫院檢查，沒想到已是癌末，不到半年就走了。

拉娃走後兩年，亞爸再婚。對象是小他兩歲的吉娃斯。結婚時，兩人都七十好幾了，但該做的儀式沒有少。亞爸甚至親自獵山豬宴請賓客。

亞爸從前就是厲害的獵人。沒想到七十歲，還能獵山豬。說起那頭山豬，真是我見過最大的一頭！吉娃斯知道亞爸為她獵山豬，非常開心。吉娃斯的丈夫幾年前走了。她年輕時就聽聞哈勇的威名，無奈哈勇身邊已有比黛。沒想到頭髮都白了，居然有機會走到一起。吉娃斯老了，但內心住了小女孩，愛跟亞爸撒嬌。亞爸也很喜歡吉娃斯這樣做。

亞爸獵山豬那天，我在家門口抽菸。那個時候，我還穿著以前的軍服。穿久了，有感情，就算破洞、褪色，我還是留著。

「瓦旦！過來！」亞爸的聲音從山坡上傳來。我踩熄香菸，跑了過去。只見亞爸滿手污血。他說，感謝祖靈庇佑，讓他抓到了。

「抓到什麼？」

「你來就知道。」亞爸帶我走進獵場，我早已記不得上一次跟亞爸走進這裡是什麼時候。獵場裡樹木高大、地面藤蔓交織，根本沒有所謂人走的路。我們走的是山豬的路，是山羌的路。只有經驗老道的獵人知道的路。我牢牢跟緊亞爸，不敢落後太多。

亞爸停下腳步，打開覆蓋在洞口上的藤蔓，只見一隻大山豬掉進陷阱裡。牠看見我們，用盡力氣做最後掙扎。亞爸舉起獵槍給牠一個痛快。牠死了，眼睛卻沒有閉上，瞪得又圓又大。亞爸閉上眼，口中喃喃有詞。他是有尊嚴的獵人，尊重獵場、珍惜獵物。在深林之中，他渾身閃耀神一般的光輝。相較之下，我實在黯淡無光，只是沒有目標的影子。不被國家認可的軍人，找不到工作的廢物，不被亞爸疼愛的孩子。

「來吧。」亞爸說。我們合力把山豬從陷阱中拖出來，父子一人抓前腳，一人抓後腳，扛著山豬回家。

哈勇以七十高齡，娶老婆、獵山豬的事傳遍整座山，也傳進小張的耳裡。

「真了不起！」小張不停稱讚哈勇。哈勇笑了笑，沒有說話。哈勇的國語不好，自尊心強的他，面對外人都不太愛說話。小張用誠懇語氣問哈勇：「瑪瑪，能不能教我打獵啊？」哈勇喜歡小張的讚美，但他沒有點頭，那裡是泰雅的傳統領域。他怎可隨便帶一個 **Kmukan**（客家人）去獵場？還教他打獵？

小張不放棄，幾乎天天上山，帶哈勇最愛的白饅頭和保力達來我們家。靠著三寸不爛之舌，哈勇終於動搖了。

「如果你有獵槍，可以帶你上山。」哈勇說。

小張真的找來一把獵槍，帶著獵槍來我們家。碰巧哈勇去巡獵場，小張就坐在門口等哈勇。

我驚訝的看著獵槍問：「你從哪裡拿到的？」除非有原住民身分，否則是不能擁有獵槍的。「有什麼是我小張辦不到的事嗎？」小張一臉得意，卻沒有說槍的來源。那把槍的握把磨損，槍身仍閃閃發亮。

哈勇從山裡回來，沒帶槍，只帶了把十字弓。他不是真的要打獵，只是用來防身。肩上的竹簍裝滿各種野菜草藥。小張高舉起獵槍。哈勇笑著搖搖頭，要小張留下來晚餐，兩人約定隔天上山。

小張在山上久了，會說我們的話，逗得哈勇和吉娃斯哈哈大笑。不知道的人撞見，會以為小張才是哈勇的兒子吧。我吃得快，早早回房間。即使關上房門，還是能聽見客廳傳來的笑聲。

隔天一早，小張準時在我家門口等候。他腳上穿著哈勇指定的雨鞋，肩上背著獵槍。哈勇在破舊短袖上衣上，套上傳統泰雅背心，胸口掛著比黛亞亞織給他的小菸袋。腳上同樣穿著雨鞋，肩上背著長槍和竹簍。

「你不一起來嗎？」小張問。我搖頭。一個 **Kmukan** 和一個年邁的泰雅獵人，這種組合真是前所未見。帶著拖油瓶，獵不到什麼吧。「一切小心。」我對他們說。

出乎我意料的是，他們在太陽下山前回來，哈勇肩上的竹簍換小張背。竹簍裡放著滿滿的山蘇葉，我安慰小張：「第一次上山，沒有獵到很正常。」話還沒說完就被哈勇打斷：「什麼沒有獵到？小張打到一隻山羌呢。」哈勇用讚許的眼神看著小張。

那天晚上，我們的晚餐正是小張獵到的山羌。吉娃斯把那隻山羌做成三杯山羌，山羌肉我從小吃到大，但吃 Kmukan 獵的山羌肉，這是第一次。小張在餐桌上用誇張的語氣，把打獵的經過說給我聽。最後，他還說：「瓦旦，你一定要跟著哈勇走一趟獵場，才能了解哈勇的智慧。」哈勇露出淺淺的微笑。我一句話也沒回，默默喝酒。

「我從來沒看過那麼美的山。好像，走到山的心中。」小張誇張的說。他還提到，以前讀專科時參加登山社，爬過很多山，曾爬上一棵需十人才能抱住的大樹。「在樹上面，我有一種感覺，我上輩子一定是住在樹上的動物。」小張做了這樣的結語。

後來，小張一有空，就來找哈勇，跟哈勇進獵場，或是去瀑布做天然 spa。他們的感情越來越好。哈勇認了小張當乾兒子，幫他取泰雅名字。亞富。小張很喜歡這個名字，他要我們不要再叫他小張，改叫「亞富」。很多人以為亞富是真正的泰雅人。

再後來，小張身邊出現另一個女人。妳的媽媽，娜高。

那個時候，很多知名景點，九份金瓜石、南投日月潭，民宿慢慢盛行。白蘭部落也出現民宿，生意不賴，民宿越開越多。反而是度假村因為設備舊，沒有更新，遊客越來越少。最後只好把門票降價，吸引科學園區的人來度假。娜高就是其中一個。她在度假村認識小張，兩人很快走到一起。

小張說，他這次是認真的。畢竟四十歲了，希望身邊有個伴。他向娜高求婚，婚禮在度假村餐廳舉辦，席開二十桌。他用流利泰雅語跟大家介紹娜高，我才知道，原來漢名叫雲英的娜高是阿美族姑娘。

我不知道小張怎麼說服哈勇，總之，哈勇把其中一塊土地給了他。登記在有原住民身分的娜高那裡。小張有了地，又跟山下爸爸要了錢，當建民宿的資金。就這樣，小張在哈勇給的土地上，蓋了兩層樓的民宿，取名：老婆的店。開幕那天，他還邀了地方記者來。報紙刊登娜高穿泰雅服的照片，小張竟搖身一變成為部落宣傳大使。他不只一次在遊客面前展示獵槍，告訴大家，他是獵槍的主人，一個泰雅獵人。

那個時候，妳還那麼小，可能不記得了。小張非法擁有獵槍，被抓到警局關了幾天。那個告密的人，就是我。

小張不知道是我告的密。獵槍被警方扣留，我再沒見過他拿獵槍。他的民宿經營得不怎麼樣，還得靠娜高的薪水生活。這樣的他卻同情成日酒醉的我。在慕伊走後很長時間，我甘願當台酒的奴隸。小張跟哈勇保證，會幫我找到工作。小張動用關係，靠以前幫忙選舉的人脈，向縣政府推薦我去張學良故居工作。那個時候，吉娃斯對我沒工作很不滿意。我就這樣重新開始「上班」的生活。必須感謝小張，這工作還真適合我。像慕伊說的，我愛看書，在山上，沒有比當管理員能看更多書了。故居裡有個複製張學良書房的場景，擺放不少跟五峰歷史有關的書。遊客不多時，我看書。

在五峰長大的孩子，沒有人不知道少帥的。

少帥本名張學良。他被「幽禁」在五峰清泉十三年，民國四十六年才搬離清泉部落。我不喜歡「幽禁」這個詞，好像山是一座監牢。

我見過少帥。

少帥被軟禁在五峰時，我還很小。麥巴來部落跟清泉有段距離，每逢週日，我會跟拉娃到清泉教堂做禮拜。少帥住的地方就在清泉溫泉旁。他被稱「少帥」，其實已不年輕。出生清末的他，來五峰時已接近五十歲。部落對這個「政治犯」既好奇又害怕。除了拉娃。做完禮拜，拉娃會帶著自種的青菜水果去少帥居所，拜託門口看守的警衛交給少帥夫婦。

妳記得嗎？張學良故居裡有張大海報，詳細記錄少帥年表，裡頭就寫到少帥遷居五峰的經過。民國三十五年，第二次國共內戰發生後，張學良被帶離重慶來到台灣。在台灣繼續軟禁，限制人身自由。沒多久，就遷來五峰。

妳上歷史課時，有沒有讀到少帥的事？

民國二十五年，少帥才三十六歲，國共兩黨打仗，少帥扣押蔣委員長，逼他停止剿共，共同抗日。這就是著名的「西安事變」。

我是先認識少帥，才從歷史課本上知道他的故事。那個時候，少帥早就離開五峰。一心想當職業軍人報效國家的我，很難理解他的選擇。我問拉娃：少帥為什麼要背叛長官？作為軍人，不是要絕對忠誠嗎？

「傻瓜！」拉娃反問我：「你想，為什麼大家稱他少帥？」

「他的爸爸是奉系軍閥張作霖。」我答。歷史是我的強項，我特別會記人名。

「這就對了。你想，如果別的部落當頭，叫你的部落在前線殺敵，死的都是你部落的人，你還要打嗎？」我當時對拉娃的回答有聽沒懂。直到在故居工作，讀到更多跟少帥有關的書，我才明白拉娃的意思。擔任西北剿匪總司令部副總司令的東北軍將領張學良，帶領部眾剿殺共匪。東北軍折兵損將，死的都是自己人，也難怪少帥要「兵諫」。這再明白不過的原因，卻沒被寫在課本上。

少帥剛到山上沒多久，就爆發二二八。五峰情況也很緊急，食物不夠，聽說他是靠部落的人接濟才活下來。

我對少帥的記憶很模糊，幾乎都是聽拉娃說的。

妳記得嗎？故居裡，有張少帥夫人趙一荻的照片。照片中的趙小姐，頭髮梳得服貼，旗袍襯托她的好身材。拉娃常說：「那些女明星沒一個比得過趙小姐。」拉娃還說，少帥的眼睛很有神，像火焰。這跟我印象中的少帥不一樣，我記得的少帥，只是頭髮半禿的中年男人。後來我在故居見到他年輕時在東北的照片，身穿軍服，眉宇英挺，真是迷人。

有一年聖誕節，趙小姐邀請部落朋友一起慶祝。那個時候，管制稍微鬆一些，我才有機會跟拉娃走進少帥的家。

那扇緊閉的紅色大門終於打開，我們走進一座日式庭園。庭園在山腰間，就像在山中放置的小模型。最特別的是，在庭園的不同位置望向五峰，五峰的面貌都不一樣。

我們走在石頭路上，穿過庭院，走進日式房子。井井有條的庭院造景，跟亞爸的獵場完全不同。陽光透過拉門灑進屋子裡。沒穿鞋的我們，腳掌沾滿泥巴，一個幫忙煮飯打掃的女傭端來一盆水，讓我們在屋外洗過腳再進屋。

一進門，就看見門邊有株高大的聖誕樹。我得仰頭才能看見聖誕樹的全貌。樹上掛著許多鈴鐺和裝飾，五彩繽紛。我趁大人不注意時，偷走上面掛著的一顆鈴鐺。

大人們坐在軟墊上聊天，大多是雞同鴨講。我們聽不懂少帥的東北腔，少帥也不懂拉娃說的泰雅語。趙小姐親手烤了蛋糕，圓形的海綿蛋糕，用幾顆葡萄點綴裝飾。孩子們唱著從教會學來的聖誕歌，眼睛卻緊盯著蛋糕。那是我第一次吃蛋糕，連盤子上的碎屑都舔得乾乾淨淨。拉娃見我喜歡，把自己的給我。

山裡越晚越冷。回家路上，可能是吃多了蛋糕，也可能是靠在拉娃溫暖的背上，我並不覺得冷。

民國三十八年，少帥與趙小姐搬去高雄壽山，隔年又回到清泉。直到民國四十六年，才再次搬去高雄西子灣，再也沒有回來。日式屋舍和庭園，無人居住、打掃和修剪，藤蔓漸漸覆蓋整棟房子。就算他們回來，也找不到家了。如果，他們把這裡當家的話。

我相信，祖靈願意接納被流放的人。不過，是有時效的。民國五十二年夏天，葛樂禮颱風來襲，少帥屋舍被洪水沖毀。日式宅邸、庭園和記憶中的聖誕樹，盡付流水。

幾十年後，縣政府決定在少帥故居舊址附近，重建一座「張學良將軍故居遺址」紀念園區。園區在民國九十七年完工，展示許多少帥在清泉生活的舊照。其中一張，少帥就坐在我記憶中的聖誕樹旁。每次看到照片，就想起那年聖誕節，想起趙小姐烤的蛋糕和溫暖的拉娃。

在故居，我可以看書。有的和少帥有關，有的跟部落有關。跟部落有關的歷史就在這本書裡，我用摺頁做了記號。妳看這一段：「泰雅族在清代被歸為『深居內山，未服教化』的生番或野番，在同治十三（一八八四）年改行開山撫番政策之前，清政府一向是採行劃界立碑，禁止漢人進入『番界』的消極政策。」

妳讀完的有什麼感覺？我記得，當我第一次讀到這段文字時，心裡很震撼。

妳知道的，哈勇希望我繼承他的獵場和獵槍，成為獵人。但是，我從小嚮往的卻不是成為獵人，而是軍人。當兵，也是走出山裡最容易的方法。如果不是那件事，我想我會一輩子當軍人。領國家薪水，在城市找個地方，買房、結婚、生子。願望沒有成真。我走投無路，退回山上。以不是軍人也不算獵人的身分活著。

書上一再重提「番界」這個詞，讓我想起哈勇曾要我「留在山上」。山上山下，有一條隱形卻實實在在的界線阻隔。那條看不見的界線，就這樣橫隔在我心中。即使我走出去，還是會被外面的人當作「番界」裡的人。我不可能真正跨越那條界線。

清代禁止漢人進入「番界」，但漢人不聽話，他們為各種利益越界。說穿了就是為了錢。泰雅不會放過越界的漢人，我們祖先將他們當作獵頭的對象。長此以往，漢人和泰雅的關係自然不好。這時，平埔族就扮演重要的中介者。我對平埔族的認識不多，大多也是從書上讀來的。平埔族生活在平地，原是用火燒方式耕種和打獵，跟我們相差不多。後來，西部平地被大量開發，水鹿消失。漢人對山產需求不減反增，加上泰雅也需要平地產的鹽和鐵。就這樣，漢人、平埔族和泰雅之間，發展出新的買賣方式。

再後來，中介者換成較晚渡海來台的客家人。小張有沒有告訴妳，張家的族譜上記載渡海來台先祖的故事。張家祖先一人來到台灣，生下六個兒子。他跟誰結婚？從哪裡獲得土地？我可以保證，他是跟平埔女人結婚，從平埔族那裡得到土地。平埔與客家結合，卻沒有留下「她」的故事。

說這段故事，是因為我在小張身上看見歷史的影子。他和娜高結婚，透過娜高繼承我們的土地。

比黛，我從沒有責怪妳的意思。很多事情是慢慢變化的，比我們想像的還要複雜。歷史就像我站在少帥的日式庭園裡，從不同角度看同一座山，會看見完全不同的樣貌。我念書的那個時候，講到沈葆楨、劉銘傳都說他們如何建設台灣。但是，從我們的角度看，他們就是劊子手。

沈葆楨說要「開山撫番」。說得真好聽。開我們的山，再用槍砲來安撫我們？他在開山路上，設置碉堡、派重兵防守，一步步侵犯我們的領域。劉銘傳的軍隊四、五千人，在台灣七年，年年對泰雅用兵。泰雅怎麼可能容許這種事？只好在晚上偷襲出草，或是半路攔截他們的食糧，用這些方法表達我們的憤怒。

日本人從清人手上接管台灣。日本政府因為軍事需要，需要很多山上的資源，比如樟腦。日本人發明規則，以擁有槍枝數量來評斷原住民族。泰雅的槍枝最多，就認定我們好戰兇暴，決定「撲滅」泰雅。他們不承認我們是人，理所當然奪走我們的土地。他們頒布法令，認為沒有契約講定的地方，就歸給官方。他們知道原住民沒有文字，卻用文字寫契約、頒布命令，讓我們失去土地。妳說，當時的泰雅人怎能不抗日呢？

哎，我說得太遠了。

那個時候，我向警察告密，小張被抓到派出所，娜高四處借錢保釋他。民宿生意拉不起來，小張開始動別的念頭。他說要賣手工皂。他想模仿一個有名的手工皂品牌。他找到手工皂代工廠，再一次跟妳的阿公要錢創業。他把他的手工皂取名「阿竹」。連名字也是模仿那家知名的手工皂店。

對，模仿。小張善於模仿，模仿阿原，變成阿竹。模仿哈勇，變成亞富。

他在竹東市租間老屋當店面。紅磚牆邊用桂竹搭架子，再用竹子寫上手工皂的名字。什麼「蝶戀野薑」，還有「白金麝香」、「玫瑰紅泥」，那些花俏的名字也只有小張想得出來。

阿竹開張那天，哈勇要我跟他一起下山幫小張祝賀。我不太願意，但哈勇年事已高，我必須陪他。

小張送我們兩盒「嚴選手工皂」。我不認為那些手工皂算「手工」，也不相信上面寫的功效。我最討厭手工皂的包裝。他用牛皮紙當底，用水墨畫上竹子。再用長形紙條套在盒子左側，紙條是泰雅特有的紅織紋，也是比黛亞亞織給哈勇菸袋上的織紋。上面印著「阿竹」兩字。這個印著泰雅織紋的手工皂，甚至獲得「新竹縣原鄉風華伴手禮嚴選」。即使得獎，小張的手工皂還是賣得不好，囤了一堆貨，付不出房租。小張跑來找我幫忙，說想在張學良故居前擺攤。

「這不是我可以決定的。」我婉拒。但，這也是實情，我不過是小小管理員，沒有權限決定。小張不放棄，他說，既然手工皂獲得新竹縣政府頒獎，理所當然可以在張學良故居前擺攤。他說完沒多久，真的在故居門前擺起攤子。

那個時候，妳還很小。娜高要上班，山上沒有幼兒園，小張也沒有多餘的錢供妳上學，只能把妳帶來跟他一起顧攤。我不忍見妳一個孩子，在外頭受風吹日曬，才告訴小張，如果妳願意可以進來辦公室休息。我沒有孩子，不太知道怎麼跟妳相處。只好給妳故居做的紀念品，筆記本和筆，還有糖果餅乾。至少讓妳不會肚子餓，無聊可以畫畫圖。每次見妳趴在地上畫圖，我就想，如果我結婚，我的孩子也會喜歡畫畫嗎？

只可惜，這件事永遠不會發生。

我不像亞爸，不像亞富，可以娶其他女人。我的心，始終被一個人佔據。

娜高是阿美族人，照理該幫妳取阿美族名字。緣分使然，最終是由哈勇替妳取名。比黛，以我亞亞之名。

妳從娜高那裡繼承原住民身分。如果未來娜高沒賣掉地，妳會繼承哈勇從前的土地。我對小張很多做法不認同。但這些事與妳無關。我說這麼多，只不過希望，妳記得這座山曾發生過的事。哈勇、拉娃、少帥，還有慕伊，都曾是這座山的一部分。

# 第七章 Yungay

「我很抱歉。」我說。雖然瓦旦說那些事和我沒關係。但是，我還是覺得抱歉。好像是我取代瓦旦的孩子，誕生在這個世界，奪走他們的土地。

「不。不是妳的錯。」瓦旦用堅定的口吻對我說。「我只是希望妳明白，我沒辦法完全原諒亞富。」他嘆了一口氣，接著說：「從那個時候，到現在，我還是不相信慕伊會在那條溪溺死。不可能。」瓦旦停頓幾秒，好像不知該不該繼續說下去。我專注的望著瓦旦，表示想要聽下去。「自從慕伊走後，我對亞富越來越不諒解，我懷疑慕伊是被背叛才會走上絕路。那天，亞富跟我說要賣伍拜的地，我狠狠罵他，脫口而出：『慕伊都被你害死了，你還要怎樣？』那麼多年過去，我終究是說了出來。亞富的臉色瞬間變得蒼白，坐在地上嚎啕大哭。他說，他真的不知道事情會這樣。他們確實在一起過。慕伊出事那天，他提出分手。他很後悔。他真心愛過慕伊，只是愛得不夠深不夠久。他不知道，慕伊會這樣就……」瓦旦再也說不下去，捂著臉，不想讓我看見他哭泣的樣子。我也慌了，東翻西找，在桌下找到面紙，遞給他。

「我認為亞富是騙子，騙女人，騙我們的土地。但是，如果他連自己都騙，他還算不算一個騙子呢？」瓦旦自問自答般說著我聽不懂的話。「我沒有答案，以前沒有，現在沒有，以後可能也不會有。但是我知道，我跟亞富的恩怨，跟妳沒關係。妳是我們的孩子。妳在這裡出生、長大，哈勇給妳名字，我亞亞的名字。比黛。」我的淚水滑落。為自己哭，為爸爸哭，為瓦旦哭，為慕伊哭，為這座山哭，為我一無所知的過去而哭。

換瓦旦遞給我面紙，我用力擤鼻涕，擦乾臉上的淚。留在唇齒間的馬告香氣，讓我想起第一次跟著哈勇上山，第一次吃到鳥不踏，第一次遇見山羌，還有發現山豬媽媽帶著小山豬走過的腳印……。

媽媽和大姊來接我時，已是一小時後的事。我的眼睛因為哭過而腫大，媽媽擔心的問我怎麼了，我不想告訴她。她好不容易恢復一些，我不想在這時讓她為過去傷懷。我笑著回：「太久沒吃辣的，被山上的辣椒和馬告嗆到。」媽媽聽了，起初有些懷疑，但看到桌上吃得一乾二淨的碗公，便不再追問。

離開前，瓦旦對我們說：「有空常回來玩。」這是爸爸走後，我第一次有回家的感覺。

車廂多了幾箱水蜜桃。現在是水蜜桃盛產的季節，山上很多部落種植水蜜桃，靠肥美碩大的水蜜桃增加家庭收入。每年這個時候，爸爸會向認識的部落朋友買水蜜桃，送給山下親友。

大姊拿著一顆啃了幾口的水蜜桃，說：「以前爸爸每年都會買水蜜桃，寄到高雄給我。爸爸寄的水蜜桃都太軟了，我好幾次想跟他說，我喜歡硬的水蜜桃，但是，最後都只傳一句謝謝。我應該早點告訴他的。水蜜桃還是硬的好吃。」大姊也很愛爸爸吧，只是她不知道怎麼開口。爸爸是大姊最忠實的讀者，他唯一會看完的書就是大姊的書。瓦旦說的沒錯，爸爸是騙子，我們被他哄騙。跟爸爸在一起時，永遠都不無聊。爸爸就算沒有錢，也會用嘴巴畫出美麗的未來。他說，要在湖口買透天房子讓全家住在一起，他還說，要帶我們去世界各地旅遊……。即使什麼都沒做到，我們依然愛著他。即使他最後拋下我們，我們依然愛著他。

車子繼續上行，下一站是十八兒部落。我們要先去拜訪舞蓋的阿婆，再去伍拜家。自從離開山上後，我很久沒見過舞蓋，連她是否還在山上也不清楚？我們在七歲時分開。那年，我背棄要長大一起下山的諾言，提前跟著爸媽到山下，從此我們再沒有聯絡。一晃眼，十年過去，我們都長大了。

車子行經大片竹林。大姊望著窗外，手中碩大水蜜桃只剩一顆籽。竹林傳來咻咻風吹聲，彷彿在竊竊私語：

她回來了。

她是誰？

竹林盡頭出現一道缺口，如同摩西渡海，海水往兩側移動，一條豁然開朗的小路蜿蜒向上。舞蓋的家就在竹林之海的中心。我一眼就認出那棟斑駁的雙層水藍色建物，儘管老舊，卻是山上少數的樓房。整棟房子彷彿在海上歷經風雨的船隻，牆壁的裂縫、漏水形成的壁癌，從遠方看去就像浪花與泡沫。

媽媽把車停在竹林形成的圍牆邊。那裡也是爸爸常停車的位置。停在這裡有個缺點，儘管爸爸已經預留一人通過的空間，但一個不小心仍會被竹枝刮傷。

「小心啊。」爸爸常提醒我。

我打開車門，從車子和竹林的夾縫裡鑽出來。我聞到熟悉的炭火香。樓房前有一塊空地，靠外的幽暗鐵皮屋是廚房，再過去有個小棚子，棚邊擺許多木頭，好讓炭火不熄。印象裡，大人們很少在客廳聚會，他們習慣圍著篝火聊天。跟舞蓋玩累的我，肚子餓就跑去篝火邊。他們會從炭火裡撈出一顆剛烤好的地瓜，讓我暫時填飽肚子。

「好久沒來了。」大姊環顧四周說。我從來不曾跟姊姊們來過這裡，原來大姊以前就來過。這不奇怪，媽媽認識爸爸前，姊姊們就常跟著爸爸上山。

「大姊，妳見過舞蓋嗎？」我問。

「舞蓋？賽達的妹妹嗎？」

「賽達？」大姊說出一個陌生的名字。這個名字讓我想起，舞蓋房間的牆上貼著一張照片，一個女孩抱著還是嬰兒的舞蓋。難道那個女孩就是賽達？

「賽達是舞蓋的姊姊，她和我一樣大。我們以前經常一起玩。」我從沒聽舞蓋提起過她有姊姊。

「後來呢？」我有種不好的預感。

「有一天，她不見了。好像是跟她爸爸吵架，跑下山去，再也沒回來。從此以後，就沒聽說她的消息。」

「誰？」蒼老的聲音傳來，伴隨輕微咳嗽聲。一個老嫗緩緩出現，是舞蓋的阿婆。多年過去，舞蓋的阿婆還是和記憶中的模樣差不多。

「亞亞！」媽媽開心迎了上去，緊緊擁抱老人家。媽媽比舞蓋的阿婆高，在媽媽懷裡的阿婆顯得嬌小。阿婆是客家話，以前我就跟著舞蓋這樣喊，不覺得奇怪。現在卻想，為什麼賽夏族的舞蓋會用客家話稱祖母呢？是受到住在山腳下客家人的影響？又或許他們曾跟客家人有過密切的往來？

阿婆的頭髮留到耳垂，銀白髮絲在空中恣意伸展。她穿著寬鬆花上衣和黑色寬褲裙，腳踩蝴蝶牌綠色網狀拖鞋，拖鞋邊緣有點破損，寬大腳掌溢出鞋面。如果不是深邃的眼眸和特殊的口音，舞蓋的阿婆和我的阿婆沒有太大不同。

阿婆疑惑的望向大姊。

「我是亞富的大女兒，很久以前來過。」大姊說。阿婆似乎想起什麼，咧嘴一笑，露出所剩無幾的牙齒，拉著大姊的手，招呼我們進屋。

山上世界不像山下變動快速，在這裡，我彷彿回到過去和爸爸在一起的時光。以前，我一到這裡就會跑進屋喊：「舞蓋，我來了！」這回，我在屋內東張西望，屋子深處靜悄悄，沒有其他聲音。

「舞蓋呢？」我小聲的問。

阿婆看向我，用沙啞的聲音反問：「妳不知道嗎？」

「不知道什麼？」我有點著急。怕舞蓋和賽達一樣，從此不見。我的雙拳不自覺緊握，感到手心的濕熱。我曾在腦海演練過千萬遍，有一天再見面，要怎麼開口跟舞蓋說話。阿婆不明白我的著急，只是像小孩學語般，一個字一個字慢慢說：「舞蓋想下山，她愛唱歌嘛。電視台辦歌唱比賽，舞蓋報名。後來，有唱片公司找她簽約，現在在台北受訓。」

「舞蓋好厲害呀。」媽媽說。

「什麼厲害？常打電話回來，一直哭，說受訓很累，想回來山上。叫她回來，又不肯，說要忍耐，要當我們賽夏的阿妹。」阿婆說到這裡掩嘴輕笑。「她說要用我們賽夏的名字，舞蓋．烏茂。」舞蓋．烏茂，這是我第一次得知舞蓋的全名。

小時候，舞蓋就曾告訴我，她的夢想是當歌手。沒想到，舞蓋真的往夢想前進了。我用手機微弱訊號搜尋「舞蓋．烏茂」，果然跑出好幾則相關訊息。我點開其中一段影片，那應該是舞蓋第一次站上舞台。她的五官跟小時候差不多，只是臉更尖，多了幾分女人味。長髮及肩，皮膚黝黑，大大亮亮的眼珠因為緊張而閃爍。音樂落下，舞蓋深吸一口氣，她手握麥克風，身體隨節奏搖晃，用乾淨嗓音念唱：「換種生活，讓自己變得快樂。放棄執著，天氣就會變得不錯。每次走過，都是一次收穫。還等什麼，做對的選擇。過去的就讓它過去吧，別管那是一個玩笑還是謊話，路在腳下，其實並不複雜，只要記得你是你呀。」接著用嘹亮的嗓音高唱：「我還是從前那個少年，沒有一絲絲改變，時間只不過是考驗，種在心中信念絲毫未減。眼前這個少年，還是最初那張臉，面前再多艱險不退卻。Say never never give up……」訊號不強，短短幾分鐘的影片斷斷續續播了好久。播完一遍，又再播一遍。阿婆、媽媽和大姊全湊到我身邊，手機螢幕上的舞蓋賣力演唱著，純淨高亢的歌聲在屋裡迴盪。

看著影片中的舞蓋，我想起從前和她在山上唱歌的情景。「我從山中來，帶著蘭花草……」這首〈蘭花草〉是爸爸教我們唱的。那時，爸爸在張學良故居門前擺攤賣手工皂，下雨天沒顧客，他會帶我上山找舞蓋，彈吉他唱歌給我們聽。

舞蓋的第二場比賽，選的是周杰倫的〈龍捲風〉，她用壓低聲音，唸唱：「愛像一陣風，吹完它就走，這樣的節奏，誰都無可奈何……」舞蓋最崇拜的偶像就是周杰倫。有一次，她神祕兮兮拿出一張CD，說「有人」從山下寄給她，那是一張盜版合輯，收錄周杰倫的熱門歌曲。當時我們都還不認識字，但只要是周杰倫的歌，舞蓋每首都能從頭唱到尾。回想起來，那個寄CD來的人會不會就是賽達呢？

「愛情走的太快，就像龍捲風，不能承受，我已無處可躲。我不要再想，我不要再想，我不，我不，我不要再想你……」舞蓋用清澈的高音、充滿動感的手勢，讓這首歌宛如颱風過境後的小溪，溪水滿漲，不顧一切往下游衝去。其中一位評審說，這是他當評審以來，聽過最具爆發力的聲音。另一位評審則說，舞蓋的聲線很特殊。舞蓋晉級了。從海選千人，到剩下二十位選手。他們分屬兩個陣營，準備迎向下一次淘汰賽。

我們從客廳移往外面的篝火。媽媽、大姊和舞蓋的阿婆圍坐，撥弄火堆中的地瓜，聊起爸爸還在度假村工作時，常造訪十八兒部落的往事。我找到下一段競賽影片，主題是自創曲。舞蓋喜歡吉他，以前就常撥弄爸爸的吉他，要爸爸教她簡單的和弦。我們搬去山下前，爸爸把自己的木吉他送給舞蓋。我有些吃醋，整整一天不跟爸爸說話。我不愛彈吉他，但也不希望他把懷裡的吉他送給別的女孩。

當我看見舞蓋抱著那把吉他上台時，我吃驚極了。木吉他上有些刮痕，舞蓋貼上寶可夢貼紙遮掩。小火龍、水箭龜和皮卡丘，可愛的貼紙讓吉他更像舞蓋的吉他。倘若爸爸把吉他給了我，現在大概只能擺進倉庫生灰塵。

舞蓋穿著賽夏族傳統服飾，紅白相間的背心，以紅色為底，間以細細的白紋，下半身則是一襲長圍裙。她沒有穿鞋，腳趾塗擦黑色指甲油。她望著台下的評審和觀眾，沒有彈奏肩上的吉他，一片安靜中，她開口清唱：「呀厚厚嘿，呀厚嘿，呀厚嘿哪……」她隨節奏前後踩踏。攝影棚裡，一盞聚光燈打在她身上，所有人凝神傾聽。歌聲裡有山裡的大樹，舞蓋宛如樹下的精靈，把山上的風帶往山下。哼唱完後，她稍微調整吉他的角度，以骨節分明的手指撥弄琴弦。是風吹過竹林，竹葉、竹枝相互碰撞的聲音。舞蓋是竹林樂團的主唱，她慧黠一笑，唱：「城市裡的霓虹，有千面的笑容；我看不見遠方的山，看不清你的面容。風啊，請代替我，告訴遠方，我的愛。我在追尋，我的夢。」吉他、鋼琴，山裡的大樹和竹葉，都在為她合唱。爸爸，祢聽見了嗎？

評審說，舞蓋很有潛力，是沒有琢磨的璞玉。舞蓋最終以一分之差落選，從這場以偶像為名的歌唱賽中畢業。有唱片公司從這場比賽看見這塊璞玉。我相信，很快就能在更多地方看見她。

趁大家聊得熱絡時，我跑進房子，想再看一眼那個房間。從前和舞蓋一起玩、一起睡覺的房間。舞蓋很久沒回來了吧，樓梯地板積了不少灰塵。花布幔掉落地面，舞蓋的房間就在眼前。洗得泛白的棉被鋪在軟墊上，枕頭邊多了一隻小火龍玩偶。矮桌上有盞檯燈，燈下放著芭比娃娃。娃娃穿水藍色禮服，坐在燈下，等待主人歸來。我拿出背包裡和舞蓋一模一樣的芭比娃娃，愛麗兒。我早就沒在玩娃娃了。愛麗兒是我和舞蓋之間唯一的連結。我把愛麗兒擺在舞蓋娃娃旁邊，她們就像一對雙胞胎。我用手機為她們拍下照片，傳到舞蓋的ＩＧ。舞蓋會看見的。

離開舞蓋家時，天空染上紅色彩霞，像台上的舞蓋穿的賽夏傳統服飾。

雖然是夏天，太陽下山後，山區溫度驟降。我穿上背包裡的薄長袖，媽媽把綁在腰間的外套解開套上。大姊忘記帶外套，雙手摩擦手臂試圖取暖。媽媽走到車子後方，打開後車廂，從一堆雜物中，翻找出一件紅白格紋絨毛襯衫。「果然還在。」媽媽滿意的將襯衫遞給大姊：「這是爸爸留下的，他習慣多準備幾件衣服放在後車廂。這件就送妳吧。」大姊接過外套，說聲謝謝。她抓著襯衫兩側，用力揚了揚外套，塵埃在空氣中飄散。大姊穿上爸爸過大的襯衫，將袖口反摺，扣上扣子。我們往上走，小路盡頭就是伍拜家。久未爬坡的我，走一小段路，就氣喘吁吁。

伍拜家和瓦旦家一樣是鐵皮屋，但比瓦旦家更老舊些。屋頂有好幾處補丁，邊緣生鏽。牆面下方被密實的竹子圍住，牆上有幾處塗鴉。比起我們在花蓮看到優席夫的畫作，伍拜的塗鴉用色深沉。他以粗細不一的藍黑色線條，畫上賽夏織布的「卍」字造型，以及老人的臉譜。跟隨他多年的黑狗也被畫上牆。

爸爸說過，伍拜離開度假村後，曾去山下當建築工人。搭鷹架、拆鷹架，鷹架都是竹子做的，對水泥房來說，鷹架是為了蓋房子而生的臨時存在。但是，竹子對賽夏族來說，卻是傳統家屋的主要材料。這裡四處可見叢生的竹林，它們被砍掉後再生，是山中最好的建材。這裡從前應該處處都是竹子搭建的家屋。舞蓋的爸爸是建築工人，跟我的表舅們一樣。從山上到山下，從東部到西部，最好找的工作，就是建築工人。這種需要勞力又高危險的工作，很多平地人不願意做，於是交給原住民。幾個山上認識的大哥哥們，也去山下蓋房子，休假日才能回山上。他們蓋水泥房子，自己的「家」全是方便便宜的鐵皮屋。休假時，他們喜歡在屋外煮火鍋，青菜、豬肉，加上馬告，配台酒。平日只能吃冷掉的便當，這一鍋熱呼呼的肉湯，就是最大的享受。

做一陣子建築工人，伍拜決定回山上。回到他和 Oya、妹妹一起生活過的家屋，種青菜、小米、地瓜度日。Oya 死後，伍拜成了台酒的奴隸，耕地荒廢。幾年前，有朋友拉他加入搜救隊，他的生活從此有了重心。搜救隊的任務是把迷失山中的人找回來。就像他找到爸爸那樣。

我還沒有好好跟伍拜道謝。但我要說的又何止是謝謝，還有許多的抱歉。想到這裡，我的心情沉重起來。

伍拜的狗一邊叫一邊朝我們跑來。

「伍拜！」媽媽大喊。一個臉蛋方正、皮膚黝黑的男人探出頭來。

「哎呀，是比黛！姊姊也來啦，快進來坐！」伍拜熱情的招呼我們。

「伍拜瑪瑪。」我勉強笑了笑。伍拜察覺我的異樣，走到我身邊，小聲問：「怎麼了妳？」他大概以為我被媽媽罵了。我搖搖頭，表示沒事。我該怎麼對他說？

「我帶了一袋米給你，太重，放在亞亞那裡，你找時間去拿。」媽媽說。伍拜的 Oya 過世後，他就把舞蓋的阿婆當成自己的 Oya。

「一個人，哪裡吃得完那麼多？上次亞富帶來的，我都還沒吃完。」

「你又喝酒啦。」媽媽瞇著眼看伍拜。

「哎呀，鼻子這麼靈。」伍拜摸摸頭笑。兩人聊著近況，說著說著，媽媽提到我們去找殺手叔叔的事。

「你記得殺手嗎？」

「當然！亞富南部的弟弟。他好不好？」

「算好吧。」媽媽苦笑：「我聽他說，亞富上次來跟你談賣地的事啊？」

伍拜點頭，指著山坡下的地說：「就是那塊嘛。我現在懶惰，沒有耕種。但是，那是Oya留給我的地，我不能賣。亞富講的沒錯，如果賣地，我會有錢。他說，我沒孩子，留地沒用。有錢，可以出國旅行，可以買想要的東西。我知道，我也想過，但我不能嘛。」伍拜重重嘆一口氣。親耳聽見伍拜說爸爸要他賣地的事，我的心情很沉重。爸爸說，如果「幫忙」賣掉山上的地，可以抽佣金。佣金可以拿來買我們的新家。我很想要擁有自己的家，但我聽完瓦旦說反對爸爸買賣山地的緣由，我感到深深的愧疚。

「我很抱歉。」我開口。

「不，小比黛，是我該抱歉。我拒絕亞富。」伍拜望著我，深邃眼睛裡帶著一抹憂鬱。

「伍拜，不要這樣說，我們一家都很感謝你。如果不是你，亞富還在那棵樹上。」媽媽說到最後有些哽咽。大姊逕自走去屋外，我聽見她啜泣的聲音。我也紅了眼眶，但不只是為了爸爸。

臨別時，媽媽、大姊先上車。我騙媽媽手機掉在伍拜家，要回去拿。折回去時，伍拜還站在門口。我抬頭看著他，決心要把話說出來。握緊雙拳的我，卻一句話也說不出。

「怎麼啦？我們的比黛。」伍拜溫暖聲音卸下我的心防。

「對不起，伍拜瑪瑪。」我含著淚，告訴伍拜慕伊的事。我不敢正眼看伍拜，但用餘光看見他伸出右手朝我揮來。我閉起眼睛，不閃躲，這巴掌是我該替爸爸承受的。然而，他只是輕輕摸摸我的頭。我睜開眼睛，看見伍拜流著眼淚。

「沒事的，小比黛。妳說的，我知道。這不是妳的錯啊。亞富一直很幫忙我們。慕伊的事，說實話，我生過他的氣，但早就原諒他了。那是慕伊的選擇，是她的人生。」伍拜說的是慕伊，但我想到的卻是爸爸。我緊緊抱住伍拜，淚水像奔騰的麥巴來溪。媽媽見我沒上車，下車尋我。見我抱著伍拜大哭，以為我想起爸爸。拍拍我的肩膀說：「小寶貝，沒事了。還有媽媽啊。」我止住哭泣，跟著媽媽上車，前往追思之旅的最後一站。

爸爸被發現的地方。

白蘭山莊。位在白蘭部落的露營地，以媽媽的名義購置，實際是由爸爸的幾個老同學合資買下。

我見過這塊土地最初的模樣。高處台地種植小米、地瓜，低處則長滿雜草與樹叢。怪手和卡車小心翼翼駛入山林，開挖、填平，剷除雜草，種植草皮，誕生現在的露營地。又運來嶄新的鐵皮屋，做成日式臥榻、廚房和淋浴間。由於海拔高，恆常雲霧繚繞。爸爸有時會獨自上山，在工寮前泡茶抽菸，觀賞遠方的山景。我會知道，是他總不忘拍照、打卡。這些影像至今還放在他的臉書上。爸爸透過各種方式「馴服」這座山，在度假村招攬遊客、蓋民宿做觀光，開發露營地或買賣山地。最後，是這座山馴服了他。我想像爸爸最後的身影。他拖著壞掉的身體，爬上山崖邊的那棵樹，決定永遠停留在那裡。

我看著那棵樹，拉拉大姊的衣袖。大姊看著那棵樹，身體微微顫抖。我牽起她冰涼的手。帶著她，一步步走近那棵樹。我們穿越露營地。草皮有段時間沒人整理，雜草紛紛冒出頭來，生得比韓國草還旺盛。我們走到了終點，一起站在那棵大樹下。

「妳想不想知道爸爸最後看見什麼？」大姊仰望大樹。我知道她想做什麼，我也有同樣的想法。這是我第一次深受到我們身體裡傳承同樣的血脈。我點點頭。

爬樹對在山裡長大的我並不困難，但對在小鎮長大的大姊來說，爬樹可就不太容易。我蹲低身體，讓她踩著我的背往上爬。她起初有點猶豫，怕我受傷。但還是按我的意思做了。她費了一些時間找到著力點，好不容易攀上了樹。大姊爬上較粗的枝幹，伸出手來拉我一把。我們就這樣慢慢的，爬上爸爸來過的地方。

樹幹交錯的中心比我想像中寬闊。半圓形凹洞如母親的子宮，大姊和我蹲坐在大樹的子宮裡。遠方山頂，雲海浮動。夕陽餘暉下，燦爛如仙境。我和二分之一血緣的姊姊，彷彿重新被孕育。在這棵樹上，成了孿生姊妹。真正的姊妹。爸爸，祢看見我們了吧。即使族長叔公太說過，爸爸回到家族祖塔中。但我還是覺得，爸爸的魂魄仍在山中徘徊。此刻，或許正看著我們微笑。

我想起爸爸火化那天。棺材被送進大火中，師父要我們姊妹對火化爐喊：「爸爸，火來了，快跑！」我不覺得爸爸怕火，在山上度過的許多日子，我們一起圍坐在篝火邊，火帶給我們溫暖。當棺材緩緩移入火化爐，好像看著爸爸的背影消失在熊熊火焰中。不知道是溫度過高，或煙灰太多，我們流下了眼淚。

我們在火化室旁的櫃檯領取爸爸的骨灰。骨灰依照腳、軀幹和頭的順序，放進骨灰罈裡。骨灰罈是媽媽和我一起選的，我們選了接近麥巴來溪石頭的顏色。我想爸爸會喜歡的。

「妳是老大吧？」師父向大姊確認。大姊點頭。「妳來端骨灰罈。」

「妳還沒結婚吧？」師父看著年紀最小的我問。我點頭。「妳來端香火。」

師父的車由長型小貨車改裝，後面座位被拿掉，好用來放棺材。爸爸的棺材不久前就放在那裡，從殯儀館一路開來火葬場。最後的儀式是將爸爸的骨灰壇和香火袋送進張家祖塔。大姊和我坐在小貨車前座，大姊抱著爸爸的骨灰，我捧著遺照。我們一路沉默。

一路上，我不只一次想：爸爸為什麼選擇在山上結束生命？被哈勇賜名、贈送土地的爸爸，終究不是真正的泰雅人。祖靈不會接受這樣的孩子。徒有名字，沒有血緣，還經常犯錯的孩子。然而，爸爸還是做出選擇。來到山上，在這裡結束生命。

遠方深山裡，有哈勇的獵場。我早忘了獵場的路該怎麼走，但我彷彿聽見風中響起哈勇的呼喚聲。

Yungay！

泰雅語「小女孩」、「小猴子」。我很喜歡哈勇這樣叫我。當他這樣叫我，我不用去想我是誰。我是我，像小猴子般蹦蹦跳跳的女孩。我爬上這棵樹，還帶姊姊上來。

很多事情，我不了解。唯一確信的是，無論多少年過去，我仍會回來。我是山裡出生、長大的孩子，我是亞富和娜高的孩子，也是哈勇、瓦旦和伍拜的孩子。我是比黛．娜高。

後記

# 走過了遙遠的流浪途

二〇一三年七月，我出版第一本散文集《我家是聯合國》。當時總覺得有些故事還未真正完成，我決心以小說的形式完成它。「客途三部曲」就這樣逐漸成形，包括第一部曲《織》（二〇一七）、第二部曲《海市》（二〇二〇），以及第三部曲《山鏡》（二〇二三）。「客途」有兩層意思，一是主要角色是客家人，二是人在生命旅途中，不過都是過客。匆匆數十年裡，書中主角傾盡一生之力想要抓住什麼，卻因戰爭、社會變遷或生命無常，最終徒勞無功。然而，在這看似沒有結果的途中，並非一無所獲。人如此渺小，儘管渺小，卻始終無畏的走自己的路。

《織》以我的阿公為原型，呈現冷戰年代，台灣越南跨國移動的紡織故事。《海市》以我的母親為原型，她在客家庄長大，一九八〇年代離婚後來到西門町尋夢。而《山鏡》的原型則是父親，他和母親離婚後走入一座山。一生經歷與山中的娛樂產業息息相關，從小跟著他上山的我，覺得山像一面鏡子，反映人們的慾望。故事開始之初，父親因病離世。為了繼續把故事寫完，我造訪父親的故友。寫作期間，耳邊經常迴盪父親從前喜歡哼唱的歌曲——葉佳修〈流浪者的獨白〉。「走過了遙遠的流浪途，嘗盡了途中的風雨露……。」在《山鏡》中，每個人都有屬於自己的流浪途。這些人物大多具有「混雜」身分，我希望透過小說呈現那些不能一分為二的模糊地帶。每一部曲既獨立又相關，因為寫作，我重新走一趟他們走過的路。在途中，我蒐集不同人們的故事，呈現一代人移動的經驗與背後的社會脈絡。

由衷感謝，在寫作途中給予協助的：趙燕秋、Ngian Ismahasan、Api Dongi、Pitai Api、Yafu Hayun。特別感謝甘耀明老師與亦絢在百忙中為我撰寫推薦序。感謝九歌出版社總編素芳姊、編輯欣純、行銷企劃毓純，以及國家文化藝術基金會長篇小說的補助。謝謝山豬窩文創書店為我找尋許多重要的參考書籍。謝謝史提幫我校稿。謝謝家人，讓我在文學創作外的世界如實生活。每本書的完成都如此不易，邁向出版的第十年，特別感謝一路以來支持及鼓勵我的讀者朋友。願你們會喜歡這趟新旅程。

張郅忻　於二〇二三年六月

九 歌 文 庫 1 4 0 9

山鏡

國家圖書館出版品預行編目（CIP）資料

山鏡 / 張郅忻著 . -- 初版 .
-- 臺北市 : 九歌 , 2023.08
面； 公分 . -- ( 九歌文庫 ; 1409)
ISBN 978-986-450-576-0( 平裝 )
863.57 112008523

作　　者——張郅忻
封面題字——楊希
責任編輯——鍾欣純
創 辦 人——蔡文甫
發 行 人——蔡澤玉
出　　版——九歌出版社有限公司
台北市 105 八德路 3 段 12 巷 57 弄 40 號
電話／ 02-25776564・傳真／ 02-25789205
郵政劃撥／ 0112295-1

九歌文學網　www.chiuko.com.tw

印　　刷——晨捷印製股份有限公司
法律顧問——龍躍天律師 ・ 蕭雄淋律師 ・ 董安丹律師
初　　版——2023 年 8 月
定　　價——380 元
書　　號——F1409
I S B N——978-986-450-576-0
9789864505883 (PDF)

本書榮獲 長篇小說 創作發表專案
國|藝|會 NCAF　PEGATRON 和碩聯合科技股份有限公司
長篇小說專題資料庫